100 Bilder
100 Fakten

Die großen Entdecker

Bildnachweis
akg-images, Berlin: S. 37, 47, 59, 75, 79, 91;
dpa Picture-Alliance, Frankfurt/Main: S. 4, 6, 9, 11, 13, 17, 19, 21, 23, 25, 27, 29, 33, 39, 43, 45, 49, 51, 53, 55, 57, 61, 63, 65, 71, 73, 81, 83, 87, 89, 93, 95, 99, 107, 109, 111, 115, 117, 119, 121, 133, 137, 141, 143, 145, 147, 149, 151, 153, 157, 159, 163, 165, 167, 169, 171, 173, 175, 177, 181, 187, 189, 191, 193, 195, 197, 199, 201, 203, 205, 207;
INTERFOTO, München: S. 15, 31, 113, 125, 129, 183;
Roland Knauer: S. 69, 127, 155, 161, 185;
mauritius images, Mittenwald: S. 35, 41, 67, 77, 85, 97, 101, 103, 105, 123, 131, 135, 139, 179

100 Bilder
100 Fakten

Die großen Entdecker

Kerstin Viering und Roland Knauer

Inhalt

Vorwort

Kleine Kinder wollen immer wissen, was sich hinter einer verschlossenen Tür verbirgt. Erwachsene sind da nicht viel anders, nur konzentriert sich ihre Neugier rasch auf andere Objekte als die Zimmertür: Wie sieht die Gegend hinter den Bergen aus, welches Land liegt auf der anderen Seite des Meeres, wo entspringt der Fluss?

Neugier und der Drang, unbekannte Gebiete zu erkunden oder gar zu erobern, das ist aber keineswegs eine Erfindung des Menschen. In der Natur untersuchen viele Organismen immer wieder ihre Umgebung. Junge Bären-Männchen laufen oft Hunderte von Kilometern, wenn es in ihrer Heimat übervölkert ist. Ein solcher Bär wanderte 1972 aus dem Grenzgebiet zwischen den heutigen Ländern Slowenien und Kroatien bis hundert Kilometer vor Wien, um die Lage zu inspizieren. Die entpuppte sich aus Bärensicht als optimal, hatte doch 1966 ein Jahrhundert-Föhnsturm in den nördlichen Kalkalpen in der Nähe des Ötscherberges 2500 Hektar Wald umgemäht. Auf den Kahlflächen standen inzwischen die Himbeeren voll im Saft. Außerdem gab es in der Gegend noch viel Wald, wenig Menschen und etliche Häuschen, aus denen Honigduft drang. Diesem schmackhaften Angebot konnte der Ötscherbär nicht widerstehen, er hatte seine neue Heimat gefunden.

Nicht anders verhalten sich auch menschliche Entdecker. Wirtschaftliche Gründe brachten Portugiesen und Spanier dazu, Wege zu den Gewürzinseln zu suchen. Auf der Strecke erkundeten sie nicht nur die Küsten Afrikas und entdeckten gleich einen kompletten Doppelkontinent, der heute Amerika heißt, sondern sie ließen sich auch dort nieder, wo sie in Zukunft ihren Lebensunterhalt zu verdienen hofften. Behagten ihnen die entdeckten Länder aber nicht oder versprachen sie keinen Profit, wurden sie links liegen gelassen. Der Bär aus Kroatien fand im Süden Österreichs einfach keinen guten Lebensraum, deshalb zog er weiter. Und als die Holländer Australien entdeckten, stießen sie zunächst auf undurchdringlichen Dschungel und später auf ein recht karges Buschland. Da es auch keinerlei Hinweise auf Gold und Edelsteine oder zumindest begehrte Gewürze gab, ignorierten sie den fünften Kontinent zunächst einmal einfach. Und auch die Briten besiedelten Australien mit seinen unwirtlichen Wüsten erst, als sie einen Platz für ihre Sträflinge suchten – und nachdem sie den sehr viel angenehmeren Südosten des Kontinents entdeckt hatten.

Ein Unterschied zwischen menschlichen und tierischen Eroberern aber fällt sofort ins Auge: Findet ein Bär einen guten Lebensraum, in dem bereits ein anderer Bär Honig schleckt, zieht er weiter, weil er gegen den Hausherrn vermutlich den Kürzeren ziehen würde. Menschen versuchen in solchen Fällen dagegen oft, ihre Neuentdeckung zu erobern. Oft scheitern sie dabei genauso wie der junge Bär scheitern würde. In Amerika mussten die meisten der ersten Siedlungen wieder aufgegeben werden, weil die Indianer ihr Land verteidigten. Manchmal aber setzen sich die Neuankömmlinge auch durch, obwohl sie in der Unterzahl sind und objektiv gesehen keine Chance haben. Das passierte in Mittel- und Südamerika sehr rasch, in Nordamerika erst nach einigen gescheiterten Anläufen.

Bisweilen aber machen Menschen sich auch auf, um neue Gebiete aus reiner Neugier zu erkunden. Hinter der Eroberung der Pole jedenfalls standen zunächst einmal keine wirtschaftlichen Gründe und auch der Drang des Menschen in den fernen Weltraum bringt am Anfang keineswegs finanziellen, sondern „nur" Erkenntnisgewinn. Neugier und Entdeckerdrang liegen den Menschen eben einfach im Blut.

Frühmenschen entdecken die Welt

Die Gattung Homo erobert den Globus

Im Jahr 2007 gruben Mitarbeiter des Nationalmuseums von Georgien in der Nähe der mittelalterlichen Ruinenstadt Dmanisi im äußersten Süden ihres Landes versteinerte Knochen aus. Und bewiesen damit gleichzeitig, dass schon die ersten Menschen sich aufmachten, die Welt zu entdecken. Denn die Knochen sind 1,77 Millionen Jahre alt und stammen von Frühmenschen der Gattung Homo, zu der auch der moderne Mensch Homo sapiens gehört. Die Wiege der Menschheit aber stand in Afrika, die Frühmenschen müssen also ziemlich wanderfreudig gewesen sein.

Prototyp eines Entdeckers

Genau wie eine Mischung aus urtümlichen und modernen Eigenschaften sehen die Knochen aus Dmanisi auch aus. Mit ihren relativ langen Beinen waren die Menschen vor 1,77 Millionen Jahren bereits ähnlich gute Langstreckenläufer wie der moderne Mensch. In den Schädel aber passte mit gerade einmal 0,6 bis 0,8 Litern nur rund die Hälfte eines Homo-sapiens-Gehirns, das zwischen 1,2 und 1,4 Liter Raum beansprucht.

Nicht nur die Beine sehen recht modern aus, auch der Fuß ähnelt dem eines modernen Menschen stark und passt zu einem äußerst effizienten Läufer. Urtümlich wie das kleine Gehirn ist dagegen der eher zierliche Körperbau. Zwischen 145 und 166 Zentimeter waren die georgischen Frühmenschen vor 1,77 Millionen Jahren groß und brachten zwischen vierzig und fünfzig Kilogramm auf die Waage. Ganz offensichtlich waren sie optimal an ausgiebige Wanderungen angepasst, ohne die ein Eroberer in dieser Zeit nicht weit kam. Entdeckungsreisen müssen diesen Frühmenschen im Blut gelegen haben. Denn sie gehören zur Art Homo erectus. Dieser aber entwickelte sich erst kurz vor seinem Auftauchen im Süden des Kaukasus vor vielleicht 1,85 Millionen Jahren im Osten Afrikas.

Während die Überreste älterer Arten der Gattung Homo bisher ausschließlich in Afrika gefunden wurden, entpuppt sich Homo erectus als echter Wanderer: Bereits 80 000 Jahre nach seiner Entstehung taucht er im heutigen Georgien an der Grenze zwischen Asien und Europa auf. Zur gleichen Zeit erreichen seine Verwandten die indonesische Insel Java. Demnach hat Homo erectus ganz im Stil späterer Entdecker offensichtlich bereits erst Grundlagen der Seefahrt beherrscht.

> ***Schlechte Überlieferung***
>
> *Nur ganz wenige Überreste von Frühmenschen haben Forscher bisher außerhalb Afrikas gefunden. Ob Homo erectus wirklich nur Asien bis an die Grenzen des Kaukasus und nach China erobert hat, weiß daher niemand. Vielleicht waren die Frühmenschen vor 1,8 Millionen Jahren ja auch schon in Europa, Amerika und Australien, haben dort aber keine Spuren hinterlassen. Oder diese Spuren sind nur noch nicht entdeckt worden. Sicher ist bisher lediglich, dass die Geschichte der Entdecker längst vor den schriftlichen Aufzeichnungen begann. Die Spur der Eroberer verliert sich im Dunkeln der Menschheitsentwicklung.*

Eroberer haben lange Beine

In den verschiedenen Weltgegenden aber trafen die wanderfreudigen Frühmenschen auf jeweils anderes Klima und meist auch auf andere Nahrung. An diese Gegebenheiten passte die Evolution dann die frühen Entdecker an. Waren zum Beispiel gute Läuferqualitäten gefragt, hatten Menschen mit längeren Beinen und besonders lauffreudigen Füßen einen großen Vorteil und erreichten viel häufiger das fortpflanzungsfähige Alter als ihre Freunde mit kürzeren Beinen. Wenn sich aber meist nur die Individuen mit längeren Beinen fortpflanzen, sterben kurze Beine mit der Zeit aus. Genau das passierte anscheinend in Georgien.

Fossile des frühen Menschen, wie die aus Dmanisi im Kaukasus, wo insgesamt fünf Schädel des frühen Homo erectus sowie mehrere Unterkiefer ausgegraben wurden, sind selten.

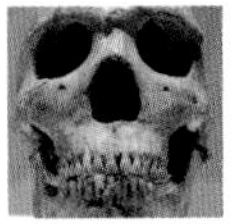

Russland wird entdeckt

Der moderne Mensch erreicht Europa

Ein Stück Elfenbein, aus dem ein Künstler anscheinend einen Kopf schnitzen wollte, einige Sticheln und Speerspitzen aus Stein, Nadeln aus Tierknochen – das sind die ältesten Spuren, die moderne Menschen in Europa hinterlassen haben. Die am Mittellauf des Don rund vierhundert Kilometer südlich von Moskau am Anfang des 21. Jahrhunderts entdeckten Kleinigkeiten sind nämlich nicht nur Utensilien von Steinzeitmenschen, sondern lagen auch 42 000 bis 45 000 Jahre in den Uferterrassen des Flusses begraben.

Vulkanasche über die Utensilien der ersten Europäer

So alte Spuren des modernen Menschen Homo sapiens aber wurden bisher nirgends in Europa gefunden. Gleich über den Utensilien lag außerdem eine Ascheschicht, die ein Vulkanausbruch vor rund 40 000 Jahren über weite Teile Süd- und Osteuropas ausbreitete. Alles unter dieser Asche sollte also älter sein.

Solche Altersbestimmungen funktionieren aber nur auf wenige tausend Jahre genau. Moderne Menschen der Art Homo sapiens könnten also Osteuropa und den Westen der Alten Welt ungefähr gleichzeitig entdeckt haben. Knapp 40 000 Jahre sind zum Beispiel die ältesten Homo-sapiens-Steinwerkzeuge alt, die im Boden des heutigen Österreich gefunden wurden. Und vor etwa 36 000 Jahren starb ein moderner Mensch, dessen Überreste im heutigen Rumänien gefunden wurden.

Die Welt wird entdeckt

Entstanden ist der erste moderne Mensch Homo sapiens allerdings schon vor knapp 200 000 Jahren in den Savannen im östlichen Afrika. Knochenfunde aber sind spärlich, die Entdecker-Geschichte von Homo sapiens bleibt weitgehend im Dunkeln. Vor ungefähr 120 000 Jahren jedenfalls tauchten die ersten modernen Menschen im heutigen Israel auf. Damals hatten sich die Gletscher der vorletzten Eiszeit noch weiter als heute zurückgezogen, die Temperaturen lagen ein wenig höher und in Mitteleuropa tummelten sich Flusspferde. Nach wenigen Tausend Jahren aber kam die Eiszeit zurück und beendete wohl auch das Intermezzo des Homo sapiens im Nahen Osten. Vor 50 000 oder 60 000 Jahren aber verließ Homo sapiens erneut die Wiege seiner Art in Ostafrika. Diesmal klappte die Entdeckungsreise erheblich besser, bis nach Südostasien kamen die modernen Menschen damals. Sogar in Australien hinterließ Homo sapiens seine ersten Spuren bereits vor ungefähr 44 000 bis 48 000 Jahren.

Als Homo sapiens aber vom heutigen Djibouti in Afrika aus auf die Arabische Halbinsel übersetzte, kam der Vormarsch nach Europa und Zentralasien erst einmal im westlichen Asien für fünf- oder zehntausend Jahre ins Stocken. Erst als die Eiszeit eine kleine Pause machte, brachen vor rund 45 000 Jahren die Menschen von dort in das südliche Sibirien auf und erreichten die auch damals eisfreien arktischen Gebiete Sibiriens vor 30 000 Jahren. Wohl gleichzeitig begann auch der lange Marsch von Homo sapiens aus dem Zwischenstopp im westlichen Asien in die Mittelmeerregion und in den Süden und Westen Europas. Den Osten Europas aber erreichten unsere Vorfahren wohl eher über den Kaukasus oder die Küste des Schwarzen Meers.

Die Entdeckung Südafrikas

Auch in den Süden Afrikas wanderten die Menschen damals ein, beweist ein bereits 1952 in der Stadt Hofmeyr in der südafrikanischen Provinz Ostkap gefundener Schädel. Ungefähr 36 000 Jahre ist dieser Schädel alt, der dem Homo-sapiens-Fund in Rumänien stark ähnelt. Die Entdecker Südafrikas und Europas stammten daher wohl aus der gleichen Gegend in Ostafrika.

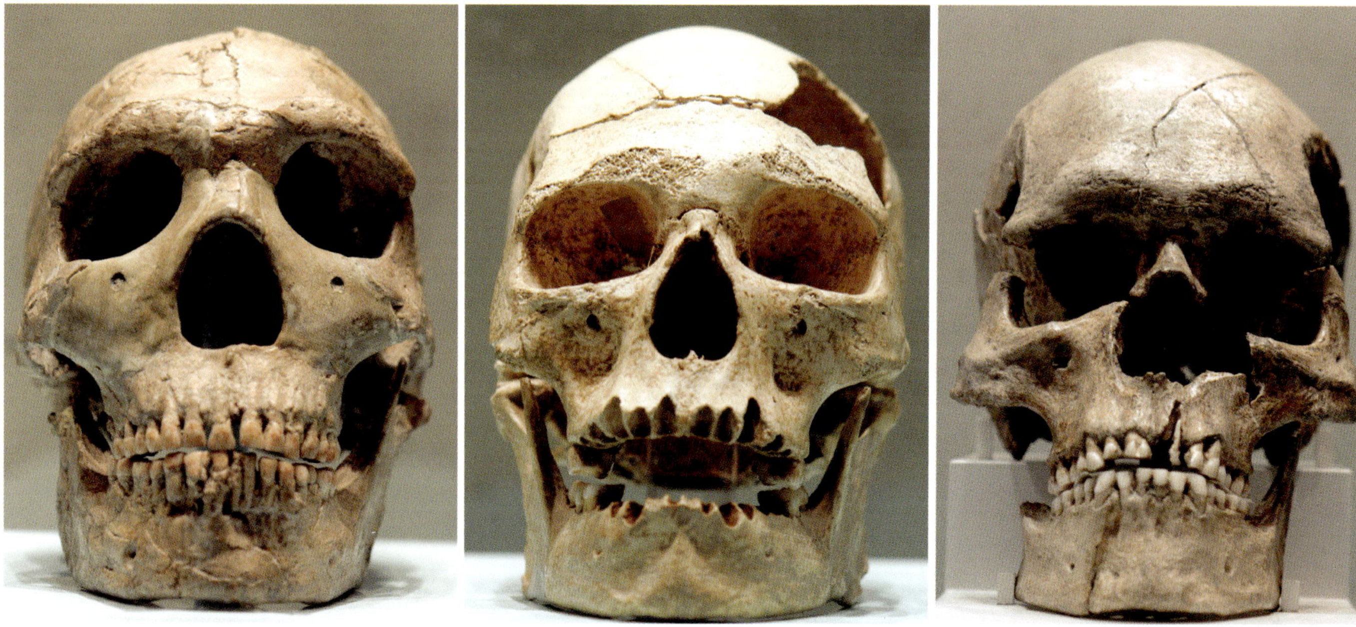

Menschliche Schädel aus verschiedenen Jahrtausenden: Ganz links handelt es sich um einen etwa 45 000 Jahre alten Neandertaler aus der israelischen Amud-Höhle; in der Mitte ein 35 000 Jahre alter Homo sapiens aus Pesteracu Oase (Rumänien); rechts ein etwa 30 000 Jahre alter Homo sapiens aus Combe Capelle (Frankreich).

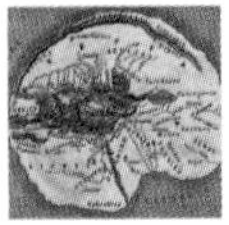

Was sie tatsächlich fanden, bleibt im Dunkeln

Entdecker der Antike

Die Wiege der Menschheit stand zwar in Afrika. Aber genau wie einzelne Menschen sich an ihre ersten Lebensjahre kaum erinnern können, vergaßen auch die Eroberer der neuen Welten Australien, Asien, Amerika und Europa ihren Ursprung. Nach und nach entdeckten sie dann diese „verlorenen" Welten wieder und stellten fast immer fest, dass dort schon Menschen lebten. .

Hanno der Seefahrer

Die meisten dieser ersten Entdecker waren ihren Zeitgenossen zwar vermutlich gut bekannt. Ihre Namen und Entdeckungen aber blieben der Nachwelt nur dann erhalten, wenn sie in einer Schrift festgehalten wurden, die auch heute noch verstanden wird. Die allermeisten dieser Entdecker verschwinden daher aus heutiger Sicht im Dunkel der Geschichte.
Hanno der Seefahrer († um 440 v. Chr.) entging dem gleichen Schicksal nur, weil sein Fahrtenbericht vermutlich vierzig Jahre nach seinem Tod von der punischen Originalversion ins Griechische übersetzt wurde. Mit vielen Schiffen und Menschen brach Hanno seinerzeit aus Karthago auf, segelte durch die Säulen des Herakles, wie die Straße von Gibraltar damals hieß und folgte dann der Atlantikküste Afrikas nach Süden. Einige der dort entdeckten Flüsse, Berge und Völker lassen sich inzwischen gut identifizieren und bestätigen damit, dass Hanno tatsächlich weit nach Süden vorgedrungen war. Mit Sicherheit erreichte er die Flüsse Senegal und Gambia, noch weiter im Süden berichtet er von einem hohen Berg, in dessen Mitte „ein steil aufsteigendes Feuer" Entsetzen unter der Mannschaft verbreitete. Um einen der Vulkane der Kanarischen Inseln dürfte es sich bei diesem feuerspeienden Berg kaum gehandelt haben, weil diese Inseln in Karthago damals längst bekannt waren und daher kaum erwähnenswert gewesen wären. Als einziger aktiver Vulkan kommt daher nur der Kamerunberg in Betracht, der mit mehr als 4000 Metern Höhe der größte Berg Westafrikas ist und den man vom Meer aus gut sieht. Dort aber lebten nicht die normalen Libyer, wie die hellhäutigen Nordafrikaner damals genannt wurden, sondern Menschen mit dunkler Hautfarbe, die Hanno „Aithiopen" nannte.
Der Grund der Expedition war übrigens der gleiche wie bei vielen Expeditionen später: Hanno wollte Handel treiben, vor allem das südlich der Sahara abgebaute Gold war damals wie auch später heiß begehrt.

> *Goldenes Land*
>
> *Auch die Ägypter trieb die Suche nach Gold auf legendäre Expeditionen. Bereits vor 4000 Jahren reiste Henenu in das sagenhafte Goldland Punt, das wohl im Gebiet des heutigen Somalia lag. Von dort importierten die Ägypter nicht nur Gold, sondern auch Weihrauch, Ebenholz und Elfenbein.*

Der erste Forschungsreisende

Nicht viel später als Hanno war Herodot (484–425 v. Chr.) unterwegs, der als erster wissenschaftlicher Forschungsreisender gilt. Der Grieche bereiste nicht nur die gesamte damals bekannte Welt, sondern zeichnete auch eine Karte, die teilweise recht gut mit heutigen Landkarten übereinstimmt. Der Süden Europas und der Norden Afrikas finden sich dort recht detailgetreu wieder, aber auch das Schwarze Meer, Kaukasus, Kaspisches Meer und die Arabische Halbinsel sind hervorragend abgebildet. Nur beim Nil ist Herodot ein gravierender Fehler unterlaufen: Statt im Herzen Afrikas entspringt der Fluss ganz im Nordwesten im Atlasgebirge und fließt von dort nach Osten, um schließlich wieder nach Norden zum Mittelmeer hin abzubiegen. Vermutlich kannte er den Niger in Westafrika und hielt diesen für den Oberlauf des Nil.

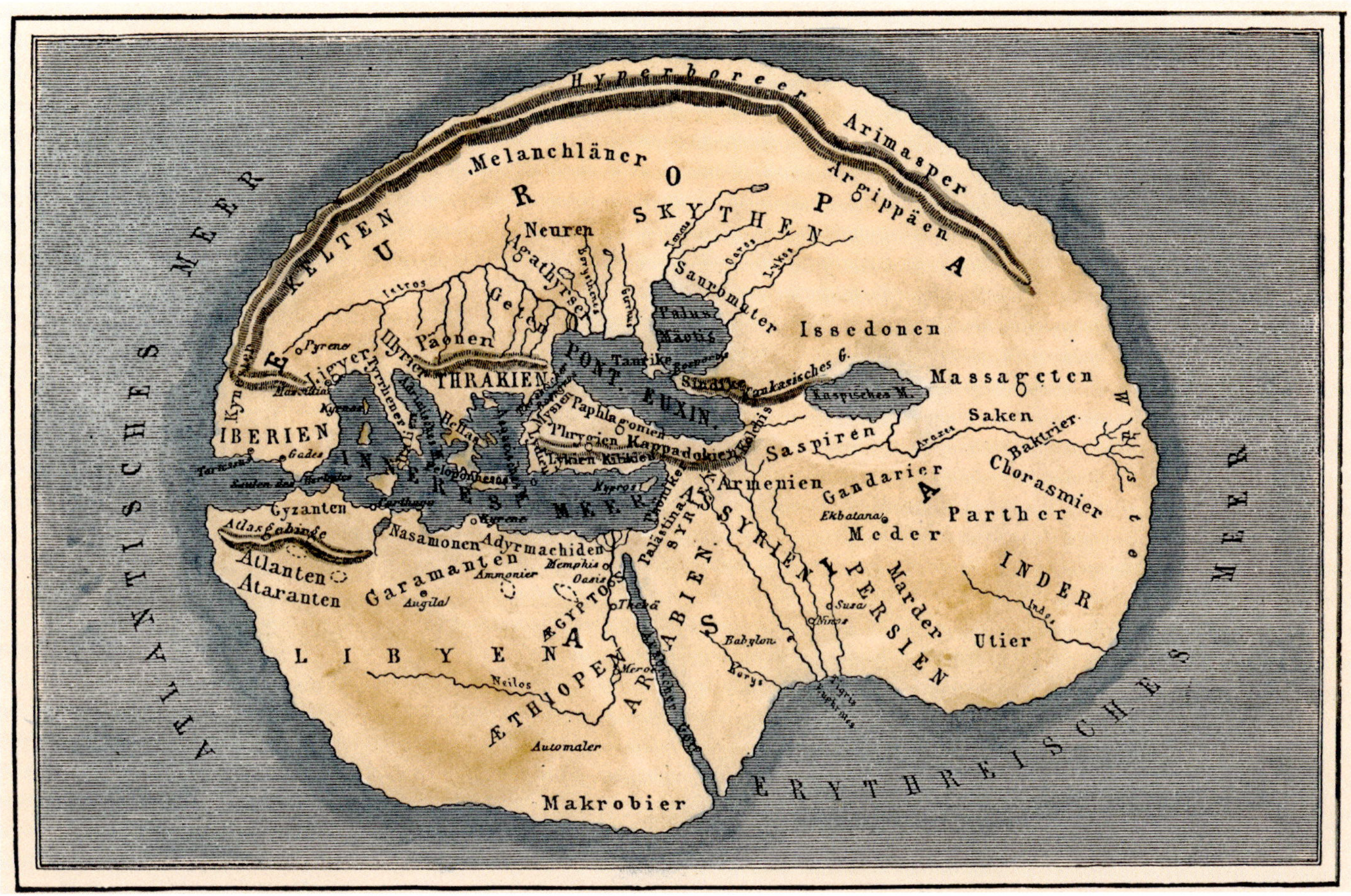

Herodot von Halikarnassos, Geschichtsschreiber, Geograf und Völkerkundler, fertigte bereits im 5. Jh. v. Chr eine Weltkarte an, die teils gut mit heutigen Karten übereinstimmt. „Die Erde nach Herodot", kolorierter Holzstich, 1867.

120 000 Kilometer unterwegs

Die „Rihla" des Ibn Battuta (Mitte 14. Jh.)

Ihre Welt war ihnen zu klein. Etliche fernwehgeplagte Araber bestiegen im Mittelalter Schiffe, Pferde und Kamele und machten sich auf, exotische Landstriche zu erkunden. Sie reisten nach Indien und Ostafrika, an die Wolga und nach China – immer auf der Suche nach lukrativen Handelswaren und interessanten Kulturen. Und wenn man sich bei der Gelegenheit auch noch einen Namen als Verfasser von spannenden Reiseberichten machen konnte, umso besser.

Arabisches Fernweh

Einer der Stars der damaligen Weltenbummler war der in Marokko geborene Abu Abdullah Muhammad Ibn Battuta (1304–1368/77), den das Reisefieber schon mit 20 Jahren gepackt hatte. Seine erste Unternehmung war allerdings ganz klassischer Art: Er ging auf die für Moslems traditionelle Pilgerfahrt nach Mekka. Damit aber war er auf den Geschmack gekommen. Er reiste quer durch die muslimische Welt und darüber hinaus, besuchte Mesopotamien und die Seidenstraße, Afrika und Indien, Konstantinopel und die Krim, die Malediven und China. Insgesamt soll er in seinem Leben mehr als 120 000 Kilometer zurückgelegt haben. Ganz ohne Dramatik ging das nicht ab. Unterwegs wurde er etliche Male von Banditen und Piraten überfallen. Mal rettete er sich mit knapper Not von einem sinkenden Schiff, mal wäre er um ein Haar von einem tyrannischen Herrscher geköpft worden. Und so nebenbei heiratete er mehrfach, hatte zahlreiche Geliebte und zeugte etliche Kinder.

Als er 1326 nach Kairo kam, hatte die Stadt vor allem ein Gesprächsthema: Den sagenhaften Reichtum des Königreiches Mali in Westafrika. Der malische König Mansa Musa war zwei Jahre zuvor auf einer Pilgerreise durch Ägypten gekommen und hatte mit seinem Gold, seinem prunkvollen Gefolge und seinen freigiebig verteilten Spenden einen bleibenden Eindruck hinterlassen. Ibn Battuta beschloss, das Land der sagenhaften Goldreichtümer eines Tages selbst zu besuchen.

Durch die Sahara

Im Herbst 1351 war es soweit, er verließ die marokkanische Stadt Fez Richtung Mali. Vor ihm lag eine Reise durch eine der gnadenlosesten und gefährlichsten Landschaften der Welt: Mit einer Kamelkarawane machte er sich im Februar 1352 daran, die Sahara zu durchqueren. Nach einem knappen Monat Strapazen erreichten die Männer die Stadt Taghaza, ein bedeutendes Zentrum des damaligen Salzhandels. Ibn Battuta konnte dem Ort allerdings kaum etwas abgewinnen. „Es gibt nichts Gutes über dieses Dorf zu sagen", schrieb er später. „Es ist der Fliegen-verseuchteste Ort überhaupt". So ging es bereits nach zehn Tagen weiter durch den nun folgenden trockensten Teil der Wüste. Ibn Battuta machte sich Sorgen: Würden sie genug Wasser finden, kannten die Führer auch den richtigen Weg oder würden sie alle den „Dämonen, die durch diese Wüstenei spukten" zum Opfer fallen?

Trotz aller Zweifel kam die Karawane wohlbehalten in Mali an. Acht Monate blieb der marokkanische Reisende im Land und erkundete dort verschiedene Regionen, bevor er 1353 wieder nach Marokko zurückkehrte. Ibn Battutas letzte große Fahrt war zu Ende.

> *Wahrheit und Legende*
>
> *Seine Erinnerungen veröffentlichte Ibn Battuta unter dem Titel „Rihla" (Reise). Das Werk erregte unter seinen Zeitgenossen wenig Aufsehen, wurde aber im 19. Jahrhundert wiederentdeckt und in mehrere Sprachen übersetzt. Allerdings darf man wohl nicht alle Schilderungen in diesem Buch für bare Münze nehmen. Welche Teile der Berichte den Tatsachen entsprechen und welche der Fantasie des Autors entsprungen sind, ist schwer zu sagen.*

Ein Star unter den Reisenden und Entdeckern seiner Zeit war Ibn Battuta, hier zu Pferd vor einer Karte, die seine Reiseroute nachzeichnen soll.

Sindbad im Original

Die Reisen des Zheng He (1405–1433)

Wer je die orientalischen Märchen aus Tausendundeiner Nacht gelesen hat, wird sich an Sindbad den Seefahrer erinnern. Sieben Reisen voller fantastischer Abenteuer soll der Held auf den Meeren der Welt erlebt haben. Es gibt verschiedene Theorien darüber, wie diese Geschichte entstanden ist. Manche Experten vermuten, man habe einfach die Erlebnisse verschiedener Seefahrer kombiniert und mit allerlei Seemannsgarn verwoben. Andere aber glauben, dass Sindbad durchaus ein historisches Vorbild hatte. Infrage kommt dafür der chinesische Admiral Zheng He (1371-1433/35), der zwischen 1405 und 1433 sieben große Entdeckungsreisen in den Pazifik und den Indischen Ozean unternahm. Der Moslem trug verschiedene Beinamen, darunter auch „San Bao" („Drei Juwelen"). Daraus könnte im arabischen Raum leicht „Sindbad" geworden sein.

Reisen für den Ruhm

Unbestritten ist jedenfalls, dass es der Chinese zu einem der wichtigsten Seefahrer seiner Zeit brachte. Und er operierte dabei in ganz anderen Größenordnungen als die berühmten europäischen Entdeckungsreisenden des 15. und 16. Jahrhunderts. Während Kolumbus, Vasco da Gama und Magellan mit höchstens einer Handvoll Schiffe in See stachen, hatte Zheng He schon bei seiner ersten Reise 62 Schiffe und 27 800 Mann Besatzung unter seinem Kommando. Schließlich war es ein erklärtes Ziel der Reise, die Macht und den Ruhm der chinesischen Ming-Dynastie zu demonstrieren und von den „Barbaren jenseits des Meeres" Tribut zu fordern. Da musste man schon eine beeindruckende Flotte zusammen stellen.

Doch auch dem Handel gedachte man sich zu widmen, schließlich waren bereits frühere chinesische Entdeckungsreisende auf dem Landweg nach Indien vorgestoßen. Man wusste also, dass es dort lohnende Handelswaren wie Gewürze gab. Daher waren auch zahlreiche Kaufleute mit von der Partie, als Zheng He 1405 mit seiner ersten Flotte über Vietnam, Java, Malakka und Sri Lanka nach Indien steuerte.

Die Ozeanriesen des 15. Jahrhunderts

In dieser Flotte segelten sogenannte Schatzschiffe mit, die wohl zu den größten je gebauten Holzschiffen gehörten. 120 Meter lang und 50 Meter breit sollen sie gewesen sein, behaupten alte chinesische Chroniken. Auch wenn manche heutigen Forscher das für übertrieben halten, waren die schwimmenden Kolosse sicherlich ein imposanter Anblick. Kolumbus' berühmtes Flaggschiff Santa Maria, das wohl um die 25 Meter lang gewesen ist, hätte sich daneben wie ein Zwerg ausgenommen. Außer diesen Ozeanriesen befehligte Zheng He auch Kriegsschiffe und Pferdetransporter, Wassertanker und Versorgungsschiffe. Mit ähnlichen Flotten bereiste der Chinese später nicht nur Asien, sondern erkundete auch die Seerouten nach Arabien und Ostafrika. So segelte er mehrfach durch den persischen Golf bis an die Ostküste Afrikas. Auf dieser Strecke machten die „Schatzschiffe" ihrem Namen alle Ehre. Denn auf der Rückfahrt waren sie mit Perlen, Edelsteinen und anderen Kostbarkeiten beladen. Und auch eine nie gesehene Kuriosität mit langem Hals und geflecktem Fell kam auf einem von Zheng Hes Schiffen nach China: Von einer seiner Afrika-Reisen brachte er eine Giraffe mit.

Keime für die Gesundheit

Auf Zheng Hes Reisen fuhren auch schwimmende Gärtnereien mit. Auf einigen Versorgungsschiffen wurden Mungobohnen-Keime herangezogen. Diese Maßnahme bewahrte die Besatzung vor einer der gefürchtetsten Geißeln der damaligen Seefahrt: Die frische Nahrungsergänzung beugte der gefährlichen Vitaminmangel-Krankheit Skorbut vor.

Der fast fertiggestellte Nachbau von Zheng Hes prächtigem und ruhmvollen Flagschiff, mit dem er sich Anfang des 15. Jahrhunderts auf seine erste Entdeckungsreise begab.

Abenteuer zwischen Ost und West

Unterwegs auf der Seidenstraße

Die Route ist 6000 Kilometer lang und alles andere als bequem. Wer sie bereist, muss sich durch wasserlose Wüsten quälen und auf eisigen, steilen Pässen die höchsten Gebirgsketten der Erde überwinden. Im Sommer hat er mit glühender Hitze zu kämpfen, im Winter mit klirrender Kälte. Und ständig droht der nächste Sandsturm. Doch trotz aller Widrigkeiten war die Seidenstraße Jahrhunderte lang eine der wichtigsten Handelsrouten der Welt.

Das Netz aus Karawanenwegen verband Europa und den Mittelmeerraum mit Ostasien. Seide und Porzellan, Gewürze, Parfüm und Tee reisten auf dem Rücken von Pferden und Kamelen von China nach Westen, in der Gegenrichtung transportierten die Packtiere dann zum Beispiel Gold, Silber und Edelsteine.

Gefährliche Gesandtschaft

Schon früh weckte die lukrative Handelsverbindung zwischen Ost und West das Interesse von Herrschern und Händlern. So schickte der chinesische Kaiser Wu schon im Jahr 138 v. Chr. einen Gesandten nach Westen, um endlich verlässliche Informationen über die Völker Zentralasiens zu sammeln. Eine leichte Aufgabe sollte das für Zhang Qian (195–114 v. Chr.) nicht werden. Denn gleich zu Beginn seiner Reise geriet er ernstlich in Schwierigkeiten. Eigentlich hätte er ein Bündnis mit dem Volk der Yuezhi im heutigen Tadschikistan aushandeln sollen. Doch unterwegs wurde er von einem anderen Stamm namens Xiongnu gefangen genommen. Zehn Jahre sollte sein unfreiwilliger Aufenthalt dauern – der allerdings wohl nicht nur unangenehme Seiten hatte. Der Chinese heiratete eine der Xiongnu-Frauen und gewann im Laufe der Zeit auch das Vertrauen des örtlichen Herrschers. Dadurch konnte er seine Reise schließlich doch noch fortsetzen. Er bleib ein Jahr bei den Yuezhi, studierte ihre Kultur und machte akribische Aufzeichnungen. Zurück in China berichtete er dem Kaiser von durchaus zivilisierten Menschen dort im Westen, mit denen sich womöglich ein lukrativer Handel aufziehen ließe. Mit dieser Idee stieß der Pionier durchaus auf offene Ohren. In der Folge machten sich viele weitere chinesische Gesandtschaften auf den Weg Richtung Westen. Die Seidenstraße war entstanden.

> ### *Ideen auf Reisen*
> *Auf der Seidenstraße reisten nicht nur Gesandte, Händler und Waren, sondern auch Ideen und Glaubensvorstellungen. Der Buddhismus zum Beispiel gelangte auf diesem Weg von Indien nach China. Und etliche seiner Anhänger machten sich in umgekehrter Richtung auf den Weg, um diese Religion in ihrem Ursprungsland zu studieren.*

Neuer Name für einen alten Weg

Ihren Namen bekam die uralte Handelsroute allerdings erst im 19. Jahrhundert vom deutschen Geografen und Forschungsreisenden Ferdinand Freiherr von Richthofen (1833–1905). Zu dieser Zeit hatte die Karawanenroute ihre Bedeutung für den Handel längst verloren, statt der Packtiere transportierten Schiffe die Waren zwischen Ost und West. Für europäische Wissenschaftler aber hatte die geheimnisvolle Welt im fernen Osten nichts von ihrer Faszination eingebüßt. Von Richthofen erkundete zwischen 1868 und 1872 systematisch 13 der 18 chinesischen Provinzen. Es gab kaum etwas, wofür er sich nicht interessierte. Die Gesteine und Landschaftsformen begeisterten ihn ebenso wie die Pflanzen und Tiere. Und er versuchte, so viele Informationen über Kultur und Wirtschaft der dortigen Menschen zusammen zu tragen, wie nur möglich. Alle diese einzelnen Mosaiksteine fügte er zu einem umfassenden Bild von dem Riesenreich im Fernen Osten zusammen – nie zuvor hatten Europäer so viel Fundiertes über China erfahren.

Bis zur Öffnung des Seewegs nach Indien Ende des 15. Jahrhunderts blieb der Karawanenweg die einzige Route, auf der Waren zwischen Ost und West ausgetauscht werden konnten. Kamelkarawane in der chinesischen Provinz Xinjiang, hier verlief einst der größte Teil der östlichen Seidenstraße.

Entdecker oder Hochstapler?

Marco Polos chinesische Reise (um 1274–1295)

Seit Marco Polo (um 1254-1324) am Ende des 13. Jahrhunderts nahezu ein Vierteljahrhundert lang das sagenhafte China mit seinen Gewürzen, Edelsteinen und Geheimnissen erkundete, ist er der wohl legendärste Entdecker der alten Welt. Ob diese fantastische Reise aber jemals stattgefunden hat, bezweifeln viele Forscher: Vielleicht hatte Marco Polo nur in den arabischen Ländern oder in Persien die Geschichten anderer Reisender gesammelt und aufgeschrieben und am Ende als seine eigenen Erlebnisse wiedergegeben?

Der Präfekt des Kublai Khan

Seinen eigenen Angaben nach will Marco Polo von Persien aus über Afghanistan im Jahr 1274 den äußersten Westen des heutigen China erreicht haben. Während Europa vor den Horden der Mongolen zitterte, ließ Marco Polo sich in Schangdu in unmittelbarer Nähe der Sommerresidenz des Mongolenherrschers Kublai Khan nieder, der gleichzeitig Kaiser von China war. Der ließ die fremden Europäer nicht nur unbehelligt, sondern ernannte Marco Polo schließlich sogar zum Präfekten. Als solcher aber bereiste der Mann aus Venedig einige Jahre lang China und berichtete nach seiner Rückkehr den staunenden Europäern von vielen fremden Dingen aus dem fernen „Reich der Mitte".

Nicht nur seinen Zeitgenossen, sondern vor allem auch heutigen Forschern kommt einiges in diesen Reiseberichten seltsam vor. Da berichtet Marco Polo zum Beispiel ausführlich über die südwestlich des Pekinger Stadtkerns den Yongding-Fluss überspannende „Schilfrohrgossenbrücke" mit ihren 27 Bögen. Diese 235 Meter lange Steinbrücke gibt es wirklich, sie wird oft sogar Marco-Polo-Brücke genannt. 27 Brückenbögen aber hatte das Bauwerk nie, sondern immer nur elf.

Wieso fehlt das Feuerwerk und der Buchdruck?

Eine ganze Reihe von chinesischen Besonderheiten fehlen in den Reiseberichten von Marco Polo völlig, obwohl sie ein Mann, der viele Jahre durch China gereist sein will, kaum übersehen konnte: Obwohl damals bereits große Teile der mehrere tausend Kilometer langen chinesischen Mauer standen, erwähnt der Venezianer sie mit keinem Wort. Auch viele Unterschiede zwischen der chinesischen und europäischen Kultur unterschlägt Marco Polo. Mit keinem Wort erwähnt er den damals in China weit verbreiteten Buchdruck, während die Europäer Marco Polos Reiseberichte noch mühselig mit dem Gänsekiel abschrieben. Sollte dem schreibfreudigen Marco Polo diese Kunst etwa verborgen geblieben sein? Auch die chinesischen Schriftzeichen erwähnt der Venezianer mit keinem Wort.

Genauso sollte er auch das für Feuerwerk und beim Militär verwendete Schwarzpulver bemerkt haben und wird wohl selbst auch mit den typischen Ess-Stäbchen seine Mahlzeiten zu sich genommen haben. Auch dazu aber findet sich kein einziger Hinweis in seinen Reiseberichten. Über Tempel und Rituale der Mönche in China schreibt Marco Polo zwar einiges, dass es aber in China damals mit dem Buddhismus und dem Taoismus zwei große Religionen gab, scheint ihm entgangen zu sein.

Viele Forscher meinen, so viele Fehler sollten einem Reisenden nach beinahe zwei Jahrzehnten in China nicht unterlaufen. Und sie weisen vor allem darauf hin, dass Marco Polo zwar viel über China schreibt, sein Name aber in den gut erhaltenen chinesischen Schriften aus dieser Zeit nicht einmal auftaucht.

> ***Das größte Land aller Zeiten***
>
> *Das Mongolenreich war zur Zeit Marco Polos der Staat mit der größten Fläche, den die Erde je gesehen hat. Vom Chinesischen Meer bis an die Grenzen Mitteleuropas reichte das Herrschaftsgebiet des Kublai Khan.*

Marco Polos Reiseberichte wurden zu einem der meistgelesenen Bücher des Mittelalters. Die Illustration aus dem „Katalanischen Atlas“ (um 1375) zeigt ihn unterwegs mit einer Karawane.

Durch Hochland und Wüste

Nikolai Przewalskis Expeditionen in Zentralasien (1870–1888)

Das Innere Asiens gehört zu den trockensten Regionen auf unserem Planeten. Endlose Wüsten aus Sand und Kies, verkrustete Salzseen und über Hunderte von Kilometern kein Wasser für Reisende und ihre Tiere. Kein Wunder, dass die Landkarte dieser unwirtlichen Regionen noch im 19. Jahrhundert etliche weiße Flecken aufwies.

Eine waghalsige Expedition

Dennoch hatte der russische Forschungsreisende Nikolai Przewalski (1839-1888) gleich für seine erste große Zentralasien-Expedition ehrgeizige Pläne: Von der Stadt Kjachta an der russisch-mongolischen Grenze aus wollte der Armeeoffizier zunächst nach Peking und zum Oberlauf des Gelben Flusses, um dann die Wüste Gobi zu durchqueren und den riesigen Salzsee Kuku Nor zu erreichen. Dann sollte es weiter zum Jangtse und schließlich zurück nach Kjachta gehen. 1870 machte sich die kleine Gruppe von vier Männern, zwei Pferden und acht Kamelen auf den Weg, im Gepäck zahlreiche Waffen und eine Reisekasse mit 2500 Rubeln.

Doch schon auf der Reise entlang des Gelben Flusses gab es Probleme. Die örtliche Bevölkerung zeigte sich alles andere als hilfsbereit. Zudem waren die Karten unzuverlässig, sodass sich die Männer mehrfach verirrten. Und so dauerte es deutlich länger als geplant, bis sie schließlich die Wüste Alashan am Südrand der Gobi erreichten.

Kilometer um Kilometer kämpften sich Przewalski und seine Begleiter durch diese unendliche Sandlandschaft, die Strapazen zehrten an Kräften und Nerven. Als die Gruppe die Stadt Bayanhot in der Inneren Mongolei endlich erreichte, war es mittlerweile Oktober geworden, der strenge Winter stand bevor. Keine Chance, das nächste Ziel Kuku Nor noch in diesem Jahr zu erreichen. Den Männern blieb nichts anderes übrig, als nach Peking zurück zu kehren.

Feindliche Natur

Doch kaum neigte sich der Winter dem Ende zu, unternahm Przewalski einen neuen Versuch. Diesmal schaffte er es bis zum Kuku Nor und reiste dann weiter nach Westen zu den riesigen Salzsümpfen des Tsaidambeckens. Das nächste Ziel war das tibetanische Hochland mit der verbotenen Stadt Lhasa. Doch wieder empfand Przewalski die raue Natur als Gegner: „Das Land sperrt sich gegen Eindringlinge wie eine ungeheure, von Zyklopenmauern umgebene Festung." Trotzdem kämpften sich die Männer weiter voran. Der Proviant wurde knapp, die Luft dünn. Das Geld ging aus, die Lasttiere waren am Rand der Erschöpfung und der Frost des hereingebrochenen Winters drang unbarmherzig durch die verschlissene Kleidung der Reisenden. Und Lhasa war noch 900 Kilometer entfernt. Enttäuscht machte sich die Gruppe auf den Rückweg.

Der russische Gesandte in Peking schickte ihnen Geld entgegen, sodass die Männer nicht zurück nach Peking reisen mussten. Statt dessen schlugen sie den direkten Weg zu ihrem Ausgangspunkt Kjachta ein, der mitten durch die zentrale Wüste Gobi führte. Przewalskis Hund Jucha verdurstete unterwegs und die zweibeinigen Reisenden hätte um ein Haar das gleiche Schicksal ereilt. Doch nach drei Jahren und 11 800 Kilometern Weg erreichten die Männer schließlich unendlich erleichtert das heutige Ulanbaatar, die Hauptstadt der Mongolei. Die Landkarte Zentralasiens hatte ein paar weiße Flecken weniger.

> *Der Pferde-Pate*
>
> *Nikolai Przewalski ist nicht nur für seine vier Reisen durch Zentralasien bekannt. Er entdeckte auch mehrere Tierarten wie das Wildkamel und das asiatische Wildpferd. Letzteres bekam ihm zu Ehren den Namen „Przewalski-Pferd".*

„Die grenzenlose Öde erfüllt den Menschen, der sich hier verirrt, mit Grauen“ schrieb Nikolai Przewalski beim Durchqueren der Wüste Gobi in sein Tagebuch. Und es gibt tatsächlich kaum einen lebensfeindlicher Ort als die fünftgrößte Wüste der Erde in der heutigen Mongolischen Republik.

Ins Herz Asiens

Sven Hedin erforscht Wüsten und Gebirge, Flüsse und Seen (1893–1935)

Am 24. April 1880 lief das Schiff Vega in den Stockholmer Hafen ein. An Bord war der schwedische Polarforscher Adolf Erik Nordenskiöld, der gerade zum ersten Mal die gefährliche Nordostpassage im Nordpolarmeer bezwungen hatte. Zahllose Schaulustige am Ufer jubelten ihm zu – und inmitten der Menge stand ein 15-Jähriger, den die triumphale Ankunft tief bewegte. Von dem Moment an stand für Sven Hedin (1865-1952) fest: „So will ich einst heimkommen."

Zwischen Gipfeln und Wüste

Tatsächlich gelang es dem Schweden, sich mit vier waghalsigen Expeditionen nach Zentralasien einen Namen als Forschungsreisender zu machen. Am 16. Oktober 1893 brach er zur ersten dieser Unternehmungen auf. Über Sankt Petersburg und die usbekische Hauptstadt Taschkent reiste er zunächst zum Pamir-Hochgebirge. Die gewaltigen Gipfel zogen ihn magisch an. Mehrfach versuchte er, den als „Vater der Eisberge" bekannten Muztagata zu besteigen. Doch der 7546 Meter hohe Riese ließ sich nicht bezwingen. Hedin und seine Begleiter litten an Höhenkrankheit und selbst die als Lasttiere mitgebrachten Yaks verweigerten schließlich den Dienst. Enttäuscht blies der Schwede das Unternehmen ab.

Doch schon im April 1895 brach er zu einer noch riskanteren Tour auf. Mit vier einheimischen Begleitern und acht Kamelen verließ er das Dorf Merket, um eine der lebensfeindlichsten Regionen auf dem Planeten zu durchqueren. Die Taklamakan Wüste in der chinesischen Provinz Xinjiang gilt als zweitgrößte Sandwüste der Erde: 300 000 Quadratkilometer Dünen, Salzseen und Ödnis, in denen Sandstürme und Wassermangel, brennende Hitze und klirrende Kälte das Reisen zur Qual machen.

Kostbare Tropfen

Zunächst aber ging alles gut. In den Randbereichen der Wüste konnten die Männer immer wieder Brunnen graben, die genügend Wasser für den Weitermarsch lieferten. Doch dann kamen sie ins Herz der Sandwelt, der flüssige Nachschub versiegte. Und plötzlich stellte sich heraus, dass der mitgenommene Wasservorrat nicht reichen würde. Sieben Kamele verdursteten und Sven Hedins dramatischer Beschreibung nach kamen auch zwei seiner Begleiter ums Leben. An dieser Behauptung tauchten später zwar Zweifel auf. Sicher scheint jedoch, dass die ganze Gruppe kurz vor dem Verdursten gestanden hatte und auch Hedin sich nur mit Not zu einer Wasserstelle retten konnte.

Nach diesem Abenteuer besuchte der Schwede die Ruinen alter Wüstenstädte und entdeckte den Bosten-See, einen der größten Seen Zentralasiens. Im Juni 1896 brach er erneut mit einer Kamelkarawane auf und reiste durch den Norden Tibets und China bis nach Peking, wo er am 2. März 1897 ankam. Anschließend kehrte er nach Stockholm zurück.

Doch Zentralasien ließ ihn nicht los. In den folgenden Jahren unternahm er drei weitere Expeditionen in die Region. Dabei entdeckte er den Transhimalaya, der ihm zu Ehren eine Zeit lang den Namen Hedin-Gebirge trug. Er fand die Quellen der großen Flüsse Indus, Brahmaputra und Sutlej, den riesigen Salzsee Lop Nor und die Ruinen mehrerer Jahrhunderte alter Gräber und Wüstenstädte. Und als er von seiner dritten Expedition zurück nach Stockholm kam, war der triumphale Empfang durchaus mit dem für Nordenskiöld vergleichbar.

Kritik am Helden

Trotz all seiner Verdienste als Entdeckungsreisender war Sven Hedin nicht unumstritten. Viel Kritik hat ihm vor allem seine Nähe zu den Nationalsozialisten eingetragen. Allerdings setzte er sich bei den führenden Köpfen des NS-Regimes auch für die Freilassung von etlichen im Konzentrationslager einsitzenden Opfern ein.

Sven Hedin auf seiner zweiten zentralasiatischen Expedition in den Jahren 1899-1902, gekleidet als mongolischer Pilger. (kolorierte Fotografie)

Der Wilde Osten

Erforschung und Eroberung Sibiriens (2. Hälfte 16. Jh.)

Die Raubzüge und die Jagd der Konquistadoren nach Gold in Südamerika oder die Eroberung der weiten Prärien und Gebirgszüge im Herzen Nordamerikas kennt in Europa jedes Kind. Während das Wissen um den Wilden Westen zum Allgemeingut gehört, ahnt kaum ein Mitteleuropäer, dass Sibirien eine ähnliche Geschichte erlebt hat. Während bei der Eroberung Amerikas aber oft die Gier nach Gold eine wichtige Rolle spielte, lockten die Pelze eines „Zobel" genannten Baummarders die Russen über den Ural nach Osten.

Der Lockruf des Pelzes

Der Handel mit diesen Pelzen war auch einer der Gründe, aus denen die Kaufleute der großen Familie Stroganow sich unmittelbar im Westen des Ural-Gebirges ansiedelten, das damals wie heute die Grenze zu Sibirien bildete. Seit 1558 durften die Kaufleute im Gebiet der heutigen Stadt Perm Zobeljäger ausschicken und mit Salz handeln. Der Marder-Pelz aber war damals kaum mit Gold aufzuwiegen. Als die Tiere in ihrem Gebiet immer seltener wurden, richtete der Blick der Stroganows sich folgerichtig nach Osten über den Ural. Dort sollten noch viele Zobel durch die Taiga streifen. Allerdings existierte dort mit dem Khanat „Sibir" auch noch ein Überbleibsel aus dem Riesenreich der Mongolenherrscher und der Goldenen Horde.

Zehntausend freie und fünftausend leibeigene russische Bauern im Westen des Ural aber konnten gegen diese kampferprobten Reiterhorden wenig ausrichten. Die Wende kam erst, als 1572 und 1573 Mongolentrupps über den Ural vordrangen und das Eigentum der Stroganows bedrohten. Jetzt erlaubte der Zar, Befestigungen zu bauen. Die Kaufleute legten diese Erlaubnis recht großzügig aus und heuerten eine Kosakentruppe von der Wolga an, die vorher die Gesetze des Zaren nicht immer so genau beachtet und als Flusspiraten ihr Unwesen getrieben hatte. An ihrer Spitze stand als Ataman oder Hauptmann Jermak Timofejewitsch (um 1537/40–1585), dessen Mutter Russin war, während sein Vater aus dem Mongolenreich stammen sollte. Angeblich kannte Jermak daher die Taktiken und Tricks der Mongolen.

1582 griffen gerade einmal 540 Kosaken und 300 Söldner der Stroganows die Tataren an. Blitzschnell überquerte die kleine Truppe mit Booten die Flüsse Tura, Tobol und Irtysch und überraschte die Tartaren mit solchen Vorstößen. Da sie auch erheblich besser mit Feuerwaffen ausgestattet waren, gewannen die Kosaken nicht nur die Schlacht, sondern eroberten auch die Hauptstadt der Tataren. Jermak sandte einige der dabei erbeuteten Zobelpelze nach Moskau, um den Zaren um Verstärkung zu bitten.

Der Nachschub aber lief nur schleppend an, während gleichzeitig die Tartaren ihre Truppen wieder gesammelt hatten und die Kosakenstreitmacht belagerten. Das Glück war einmal auf der einen und dann wieder auf der anderen Seite. Erobert hatte Jermak das Tartarenreich jedenfalls noch längst nicht, als die Mongolen ihn aus der Hauptstadt lockten und am Abend des 5. August 1585 die Kosakenboote angriffen. Von seiner schweren Rüstung in die Tiefe gezogen starb Jermak in dieser Nacht, als er in den Irtysch stürzte. Erst 1598 besiegten die Russen die Tartaren endgültig. Aufgestoßen aber hatte die Tür nach Sibirien bereits 1582 der Kosaken-Ataman Jermak.

> *Rasche Ausbreitung*
>
> *Getrieben von der Gier nach Zobelpelzen eroberte Russland das riesige Sibirien nach den ersten Erfolgen der Kosaken sehr rasch. Schon 1632 wurde die Stadt Jakutsk weit im Osten gegründet, die heute als kälteste Großstadt der Welt gilt. Und bereits 1648 hatte Semjon Deschnjow (*um 1605, †1673) die Ostspitze Sibiriens erreicht, die heute seinen Namen trägt.*

„Bildnis des Eroberers von Sibirien, Jermak Timofejewitsch" (unbekannter russischer Meister, 1. Hälfte des 18. Jhs., Tomsk, Kunstmuseum).

Homer beim Wort genommen

Heinrich Schliemann entdeckt Troja (1873)

Auf Entdeckungsreisen kann man nicht nur in den abgelegensten Regionen der Erde gehen. Der Hügel Hissarlik in der Türkei etwa war im 19. Jahrhundert auch für Normalsterbliche problemlos zu erreichen. Und doch löste Heinrich Schliemann (1822–1890) an diesem wenig spektakulären Ort eine Weltsensation aus. Denn seine Reise führte weit zurück in die Vergangenheit. Das antike Troja, das Homer in seiner mehr als 2700 Jahre alten Geschichte „Ilias" beschreibt, kam wieder ans Tageslicht.

Dabei deutete zunächst nichts darauf hin, dass Heinrich Schliemann eine glänzende Karriere als Archäologe bevorstehen würde. Zwar hatte er als Kind begeistert die Geschichten von den Helden und Schlachten des Trojanischen Krieges gehört. Schon damals soll er beschlossen haben, die Reste der untergegangenen Stadt wiederzufinden. Doch statt sich in die Abenteuer der Vergangenheit zu stürzen, machte er zunächst eine ganz profane Kaufmannslehre im wenig exotischen Städtchen Fürstenberg in der Uckermark.

Die Stationen seiner kaufmännischen Karriere führten ihn dann über Amsterdam nach St. Petersburg, wo er ein Handelshaus gründete. In Kalifornien stampfte er eine Goldgräberbank aus dem Boden und investierte in verschiedene amerikanische Eisenbahnprojekte. Doch erst seine Waffenlieferungen an die Armee des Zaren im Krimkrieg machten Schliemann schließlich so reich, dass er 1864 seinen bisherigen Beruf an den Nagel hängen konnte. Er unternahm Studienreisen nach Asien, Nord- und Mittelamerika und Griechenland, studierte Altertumswissenschaften in Paris und promovierte. Und dann stand er 1870 schließlich vor dem Hügel Hissarlik – bereit, nach den Spuren der Vergangenheit zu graben.

Der Schatz des Priamos

Schliemann war nicht der erste, der dort die Überreste des antiken Troja vermutete. Schon ein Brite namens Edward Daniel Clarke hatte Anfang des 19. Jahrhunderts in eine ähnliche Richtung gedacht. Nun aber wollte Schliemann der Sache auf den Grund gehen. Akribisch hatte er die Ilias studiert und sämtliche geografischen Hinweise Homers schienen seinen Verdacht zu bestätigen. Schliemann war nicht zu bremsen, ohne Genehmigung begann er zu graben. Erst im darauffolgenden Jahr bekam er die offizielle Erlaubnis für eine Grabungskampagne. Zwei Jahre später hatte der Archäologe aus Leidenschaft bereits zahlreiche Fundamente der antiken Stadt freigelegt.

Richtig Furore aber machte er erst, als er Gold in den Händen hielt. Am 31. Mai 1873 stieß er an einer brüchigen Mauer auf einen schuttbedeckten steinernen Behälter. Mit einem Messer legte er die Kiste frei und entdeckte darin Schmuck und Gefäße aus Gold und Silber. Schliemann war sich sicher: Er hatte den Schatz des Priamos gefunden, jenes sagenhaften Herrschers aus der Zeit des Trojanischen Krieges. Später stellte sich allerdings heraus, dass die Schmiede der Kostbarkeiten mehr als 1000 Jahre vor dieser Zeit gelebt haben müssen. Dennoch zweifeln auch heutige Wissenschaftler nicht daran, dass Schliemann tatsächlich die Ruinen von Troja gefunden hat. Nur stand Homers Stadt eben auf der gleichen Stelle, die schon frühere Kulturen als Wohnort gewählt hatten.

Agamemnons Maske

Auch in der griechischen Ruinenstadt Mykene grub Heinrich Schliemann nach den Spuren der Vergangenheit. Sein wichtigster Fund war dort eine goldene Maske. Für ihn war klar: Dieses Stück konnte nur dem legendären Agamemnon gehört haben, der die Griechen in den Trojanischen Krieg geführt hatte. Später stellte sich allerdings heraus, dass die Maske schon 300 Jahre vor Agamemnons Zeiten angefertigt worden war.

Originalaufnahme der Ausgrabungen in Troja von 1870-1882 durch Heinrich Schliemann. (Blick vom Turm VI nach Norden zum Tor G der III. Stufe, 6. Schicht. Mauern der Mykenischen Periode, durchsetzt von römischen Mauern, 9. Schicht. Rechts vom Gang griechische Mauerreste.)

Der Schatz des Pharao

Howard Carter findet das Grab Tutanchamuns (1922/1923)

„Habe wunderbare Entdeckung im Tal gemacht. Ein großartiges Grab mit unversehrten Siegeln. Bis zu Ihrer Ankunft alles wieder zugedeckt. Gratuliere." Als Howard Carter (1874-1939) dieses Telegramm am 6. November 1922 an seinen Mäzen Lord Carnarvon schickte, war er endlich am Ziel seiner Wünsche.

Die Jagd nach Tutanchamun

Sieben Jahre lang hatte der Brite im Tal der Könige vergeblich nach bisher unentdeckten Gräbern altägyptischer Pharaonen gesucht. Bei seinen Fachkollegen hatte er dafür reichlich Kopfschütteln geerntet. Ein unberührtes Grab in diesem Mekka aller Archäologen und Schatzsucher, wo jeder Zentimeter bereits umgewühlt schien? Unmöglich! Doch Howard Carter ließ sich nicht beirren. Denn ein Grab fehlte auf der Liste der bisherigen Entdeckungen: Wo hatte der Kindkönig Tutanchamun, der etwa von 1333 bis 1323 v.Chr. regierte, seine letzte Ruhestätte gefunden?

Howard Carter war entschlossen, dieses Rätsel zu lösen. Doch seine Geduld wurde auf eine harte Probe gestellt. „Sechs ganze Winter hindurch haben wir im Tal gegraben und Jahr für Jahr eine Niete gezogen", schrieb er später. „Wie niederdrückend das sein kann, weiß nur ein Ausgräber". 1922 hatte sein Geldgeber Lord Carnarvon schließlich genug und wollte den Geldhahn zudrehen. Unter Aufbietung seiner ganzen Überredungskünste konnte Carter ihn zu einem letzten Versuch bewegen.

Die Freude des Entdeckers

Denn er hatte eine Idee, wo das heiß ersehnte Grab liegen konnte. Tatsächlich legten seine Arbeiter am 4. November 1922 eine Steinstufe und einen Gang frei. An dessen Ende lag eine versiegelte Tür mit dem Zeichen Tutanchamuns. Mühsam beherrschte der Ausgräber seine Ungeduld, bis zwei Wochen später auch Lord Carnarvon vor Ort war. Dann endlich konnte man daran gehen, die geheimnisvolle Tür aufzubrechen. Was würde dahinter zum Vorschein kommen? „Es ist die Freude des Entdeckers, die uns beherrscht", schrieb Carter später über diesen wohl wichtigsten Moment in seinem Leben. „Der Gedanke, die Rätsel der Vergangenheit zu lösen, das Fieber der Erwartung – warum es nicht eingestehen – des Schatzgräbers".

Schon in der Vorkammer des eigentlichen Grabes fanden die Ägyptologen prunkvolle Truhen und Möbelstücke, sowie zwei steinerne Figuren, die einen weiteren Eingang bewachten. Diese Tür wurde offiziell am 17. Februar 1923 im Beisein von Regierungsbeamten und Journalisten geöffnet. Zutage kamen ein goldener Schrein und prächtige Grabbeigaben, Truhen voller Kostbarkeiten, ein vergoldeter Thron und das wohl berühmteste Fundstück, die Totenmaske des Tutanchamun. Der jugendliche Herrscher war kein sonderlich bedeutender König gewesen, seine Regierungszeit hatte nur zehn Jahre gedauert. Doch die Schätze in seinem Grab, die Jahrtausende nach seinem Tod wieder ans Licht kamen, machten ihn zu einem der berühmtesten Pharaonen überhaupt.

Der Fluch des Tutanchamun

Nach der spektakulären Graböffnung machten Gerüchte über einen Fluch die Runde. Denn etliche Mitglieder des Teams, darunter auch Lord Carnarvon, kamen wenige Jahre nach dem Fund zu Tode. Dafür gibt es allerdings ganz profane Erklärungen. Einige Grabungsteilnehmer starben in recht hohem Alter oder hatten schon vorher unter Krankheiten gelitten. Einer Theorie zufolge sollen auch lebensgefährliche Schimmelpilze aus dem Grab für einige Todesfälle verantwortlich sein. Und schließlich haben offenbar einige Expeditionsteilnehmer Selbstmord begangen, nachdem sie vom Schicksal angeblicher Fluchopfer erfahren hatten.

Howard Carter bei der Öffnung des Sarges von Tutanchamun in den Königsgräbern von Theben, Winter 1925/26.

Der Berg ruft

Auf dem Gipfel des Matterhorns (14. Juli 1865)

„Der Berg ruft", mit diesem Film hat der Bergsteiger, Schauspieler und Regisseur Luis Trenker 1937 nicht nur Filmgeschichte geschrieben, sondern auch eine der allerletzten großen Eroberungen mitten in Europa auf die Leinwand gebracht. Im 18. und 19. Jahrhundert interessierten sich die Menschen der alten Welt mehr und mehr für einen neuen Sport, das Bergsteigen. Nach und nach kletterten Männer aus den Alpenländern und oft auch Engländer auf die bekanntesten Gipfel Europas. Nur das Matterhorn blieb unbesiegt, zu schroff waren die Felswände, die 4478 Meter über den Meeresspiegel aufragen. Erst 1865 bezwangen ein Engländer und ein Italiener in einem dramatischen Wettrennen diesen vielleicht spektakulärsten Gipfel der Alpen. Diese Erstbesteigung erzählt Luis Trenker in „Der Berg ruft" nach und spielt selbst mit gutem Grund den Verlierer des Wettstreits.

Falscher Verdacht

Obwohl er das Rennen auf den Gipfel des Matterhorns verloren hatte, war der Italiener Jean-Antoine Carrel (1829-1890) der moralische Gewinner des Zweikampfes. Denn seine Zweiergruppe kam lebend vom Berg zurück, während der Engländer Edward Whymper (1840-1911) auf dem Rückweg vom Gipfel vier seiner sechs Begleiter durch ein gerissenes Seil verlor. Unmittelbar nach seinem Triumph kam sogar der Verdacht auf, die vier Männer wären abgestürzt und Edward Whymper hätte das Seil, an dem sie noch hingen, durchgeschnitten, um sein eigenes Leben zu retten. Erst als das fragwürdige Seil am Berg gefunden wurde, konnte der Engländer entlastet werden: es war eindeutig gerissen. Gefunden aber hatte das Seil in einer dramatischen Suchaktion ausgerechnet Jean-Antoine Carrel, der zuvor den Wettlauf zum Gipfel verloren hatte. Genau diese Aktion bildet dann auch den Höhepunkt des Films von und mit Luis Trenker „Der Berg ruft".

Wettkampf am Berg

Edward Whymper hatte bereits 1864 und im Frühsommer 1865 Aufsehen erregt, als er als erster einige relativ bekannte Gipfel in den Alpen bestieg. Da lockte natürlich die gewaltige Pyramide des Matterhorns genau auf der Grenze zwischen dem Kanton Wallis der Schweiz und der italienischen Provinz Aosta besonders. Der Engländer wollte diesen letzten großen, noch unbezwungenen Alpengipfel mithilfe des italienischen Bergführers Jean-Antoine Carrel besteigen. Doch dieser lehnte ab, weil er den Anstieg nicht aus dem Wallis, sondern aus seiner Heimat Aosta beginnen wollte. Edward Whymper bat daher die Bergführer Michel Croz aus Chamonix, sowie Peter Taugwalder und dessen gleichnamigen Sohn aus Zermatt, ihn und drei weitere Engländer zum Gipfel zu führen. Die sieben Männer stiegen am 14. Juli 1865 über den Hörnligrat auf und erreichten den Gipfel erfolgreich. Heute ist dieser Weg die sogenannte „Normalroute" zum Gipfel. Praktisch zur gleichen Zeit startete von seinem italienischen Heimatort Valtournenche aus Jean-Antoine Carrel gemeinsam mit seinem Bruder, erreichte den Gipfel aber nach den Engländern. Den letzten großen Alpengipfel haben demnach Ausländer bezwungen.

Freundschaft am Berg

Edward Whymper und Jean-Antoine Carrel blieben trotz ihres dramatischen Wettlaufs zum Matterhorn und dessen für den Engländer erschütternden Ausgangs zeit ihres Lebens Freunde. Am 4. Januar 1880 gelang den beiden sogar eine weitere Erstbesteigung: Im südamerikanischen Ecuador bestiegen sie den Vulkan Chimborazo, der mit seinen 6267 Metern über dem Meeresspiegel als höchster Berg der Erde gilt, wenn man die Höhe vom Erdmittelpunkt aus berechnet.

Eine der letzten großen Eroberungen inmitten Europas war die Erstbesteigung des Matterhorns, der mit „Der Berg ruft" (1937) ein filmisches Denkmal gesetzt wurde. Szene mit Luis Trenker in der Wand des Matternhorns.

Auf dem Dach Europas

Die Erstbesteigung des Mont Blanc (1786)

Ganz geheuer waren sie ja nicht, diese riesenhaften Türme aus Fels und Eis. Hohe Berge galten noch bis ins 18. Jahrhundert hinein als etwas Bedrohliches und Unheimliches. Auch der 4807 Meter hohe Mont Blanc, der höchste Berg der Alpen, jagte vielen Betrachtern damals einen Schauer über den Rücken. Unheil schien den majestätischen Gipfel im Grenzgebiet zwischen Italien und Frankreich zu umwittern, nicht umsonst hatte man ihm den Namen „La Montagne Maudite" (der verfluchte Berg) verpasst. Jahrhunderte lang war niemand auf die Idee gekommen, einfach so in diese eisigen Höhen hinauf zu steigen. Doch genau das war der große Traum von Horace Bénédict de Saussure (1740-1799).

Statt Beklemmung empfand der Genfer Naturforscher angesichts des Mont Blanc vor allem eins: Faszination. Irgendwie musste es doch einen Weg hinauf in diese Welt aus Gletschern, Schnee und scharfen Felszacken geben. 1760 setzte de Saussure eine stattliche Summe Geld als Belohnung für denjenigen aus, der eine Route auf den Gipfel finden und ihm so bei der Bezwingung des steinernen Riesen helfen würde.

Etliche Bergführer versuchten, diese lockende Geldquelle anzuzapfen. Doch ein ehrgeiziger Gipfelstürmer nach dem anderen scheiterte. Jahr für Jahr blieb de Saussure auf seinem Geld sitzen und der Mont Blanc schien unbezwingbar wie eh und je. Dann aber trafen eines Tages zwei sehr unterschiedliche Einwohner von Chamonix aufeinander. Der Bauer und Bergkristallsucher Jacques Balmat (1762-1834) hatte einen Arzt namens Michel-Gabriel Paccard (1757-1827) zu seiner kranken Tochter Judith gerufen. Bald entdeckten die beiden Männer ein gemeinsames Interesse: Den Mont Blanc. Paccard wollte Balmat unbedingt als Bergführer gewinnen. Er bot ihm nicht nur die übliche Bezahlung an, sondern auch die gesamte ausgesetzte Belohnung.

> ### *Der Alpenriese*
> *Der 4807 Meter hohe Mont Blanc gehört zu den beiden höchsten Bergen Europas. Ob ihm der erste Platz auf dem Kontinent zusteht, hängt davon ab, ob man den Elbrus im Kaukasus zu Europa oder zu Asien rechnet. Der nämlich ist mit 5642 Metern noch ein gutes Stück höher.*

Auf dem Weg zum Gipfel

Balmat war einverstanden und so machten sich die beiden am 7. August 1786 auf den Weg. Sie hatten Rucksäcke und lange, eisenbeschlagene Stöcke dabei, mit denen sie Stufen ins Eis schlagen und Gletscherspalten bezwingen wollten. Im Gepäck befanden sich zudem Thermometer, Barometer und Kompass, sowie Proviant und Decken.

Am Abend schlugen die Männer auf 2400 Meter Höhe ein provisorisches Lager auf, in dem sie die Nacht verbrachten. Schon um 4 Uhr früh ging es weiter Richtung Gipfel. Zunächst war ein gefährlicher Gletscher zu bezwingen, der die Fitness der Männer auf eine harte Probe stellte: „Erst gegen Mittag bewältigten wir den letzten Felsen und steigen dann weiter", berichtete Paccard später. „Der Anstieg war sehr mühsam". Und noch immer lag ein stundenlanger Weg vor ihnen. Die Männer kämpften gegen Kälte und eisigen Wind und gegen die eigene Erschöpfung, die jeden weiteren Schritt zur Herausforderung machte. Doch am Abend dieses 8. August 1786 um 18:23 Uhr standen der Bauer und der Arzt aus Chamonix tatsächlich als erste Menschen auf dem höchsten Gipfel der Alpen.

De Saussure zahlte widerstandslos die versprochene Belohnung von 20 Goldtalern. Doch so ganz zufrieden war er nicht – wollte er doch eigentlich selbst bei der Erstbesteigung dabei sein. So aber sollte es ihm erst ein Jahr nach Balmat und Paccard gelingen, den „verfluchten Berg" zu bezwingen.

Das als unbezwingbar geltende Ziel vor Augen – Denkmal zu Ehren der Erstbesteiger des Mont Blanc Michel-Gabriel Paccard und Jacques Balmat in Chamonix am Fuße des Mont Blanc.

Auf dem Weg zur Himmelsgöttin

Die Bezwingung des Mount Everest (29. Mai 1953)

„Sagarmatha", „die Himmelsgöttin", nennen die Nepalesen den Mount Everest. In Tibet trägt er den Namen „Qomolangma", „die Mutter der Universums". Ehrfürchtig und fasziniert haben Menschen seit jeher vor dem gewaltigen Massiv an der Grenze zwischen beiden Ländern gestanden. Das Himalaya-Volk der Sherpa sieht in dem Fels- und Eiskoloss einen heiligen Berg. Und selbst nüchterne Geografen sprechen nur in Superlativen von dem 8850 Meter hohen Gipfel. Denn er ist immerhin der höchste Berg der Erde.

Reise aufs Dach der Welt

Dieses geheimnisumwobene „Dach der Welt" hat schon in den 1920er Jahren wagemutige Gipfelstürmer angezogen. Doch Jahrzehnte lang mussten alle Besteigungsversuche erfolglos abgebrochen werden. So auch die Expedition einer Gruppe Neuseeländer im Jahr 1951. Einer der Teilnehmer aber war nach diesem Misserfolg nicht gewillt, die Sache an den Nagel zu hängen. Zwei Jahre später war Edmund Hillary (1919-2008) erneut am Mount Everest, diesmal hatte er sich einem britischen Team angeschlossen. Zu dieser Gruppe gehörte auch der Sherpa Tenzing Norgay (1914-1986), der ebenfalls schon mit mehreren Expeditionen am Dach der Welt unterwegs gewesen war. Der Neuseeländer und der Sherpa schickten sich an, gemeinsam Geschichte zu schreiben. Die Nacht vom 28. auf den 29. Mai 1953 verbrachten sie in der dünnen Luft eines Lagers auf 8510 Metern Höhe. Um 6:30 Uhr am nächsten Morgen brachen sie von dort auf und erreichten nur zweieinhalb Stunden später den 8760 Meter hohen Südgipfel. Doch noch immer trennten sie 90 Höhenmeter vom höchsten Punkt der Erde. Der beschwerliche Anstieg nahm kein Ende. Und dann schien es plötzlich gar nicht mehr weiter zu gehen. Vor den Bergsteigern ragte eine steile, zwölf Meter hohe Felsstufe auf. Wer hier einen falschen Schritt machte, konnte leicht 3000 Meter in die Tiefe stürzen. Doch die beiden Männer überwanden auch diese gefährliche Stelle, die später den Namen „Hillary Step" bekam. Gegen 11:30 Uhr standen Edmund Hillary und Tenzing Norgay endlich auf dem Dach der Welt.

Mallorys Geheimnis

Doch waren sie wirklich die ersten hier oben gewesen? Schon lange gab es Gerüchte, dass die britischen Bergsteiger George Mallory (1886-1924) und Andrew Irvine (1902–1924) das Ziel vielleicht schon 1924 erreicht haben könnten. Sie waren damals in der Nähe des Gipfels im Nebel verschwunden und nicht wieder aufgetaucht. Was aus ihnen geworden war und ob sie vielleicht ihr Ziel erreicht hatten und erst auf dem Rückweg gestorben waren, konnten auch Edmund Hillary und Tenzing Norgay nicht klären. Selbst als Mallorys Leiche 1999 in 8200 Metern Höhe entdeckt wurde, blieb dieses Rätsel ungelöst.

Für Edmund Hillary aber war es auch gar nicht so wichtig, ob vor ihm schon einmal jemand auf dem Gipfel gestanden hatte. Es komme gar nicht darauf an, als erster oben zu sein, kommentierte der Neuseeländer trocken. Viel entscheidender sei ja, dass man lebend wieder hinunter komme.

> ### *Gefährliche Berge*
> *Der höchste Berg der Erde ist nicht unbedingt auch der gefährlichste. Der ebenfalls im Himalaya gelegene Nanga Parbat ist mit 8125 Metern Höhe zwar nur der neunthöchste Berg der Erde. Doch er gilt bei Bergsteigern als schwierigster Achttausender. Mehr als 60 Menschen sind bei Besteigungsversuchen schon umgekommen. Laut Statistik ist die Wahrscheinlichkeit, am Nanga Parbat sein Leben zu verlieren, damit dreimal höher als am berühmten Mount Everest.*

„Die Bezwingung des Everest" (The Conquest of Everest). Standfoto aus dem gleichnamigen Dokumentarfilm der Erstbesteigung des Mount Everest am 29.5.1953.

Heinrich der Seefahrer

Madeira und die Azoren werden wiederentdeckt (1419 und 1427)

Pfeffer und Nelken, Muskat und Zimt waren im 15. Jahrhundert in Europa Mangelware. Wuchsen sie doch vor allem auf Inseln, die heute zu Indonesien gehören. Nur wenige dieser Gewürze kamen aus diesem Fernsten Osten auf langen Handelswegen quer durch Asien nach Europa. Obendrein kontrollierten die Araber diese Handelsrouten, mit denen die Südeuropäer nicht gerade ein vertrauensvolles Verhältnis hatten, seit die Araber große Teile der iberischen Halbinsel erobert hatten.

Zwar wurden die Mauren im 15. Jahrhundert nach und nach wieder aus dem heutigen Spanien vertrieben, verdienten sich beim Handel mit Pfeffer und anderen Gewürzen aber immer noch eine goldene Nase. Wer aber mit dem Schiff in den Fernen Osten fahren würde, könnte so die Karawanenwege an Land umgehen, in Asien direkt handeln und selbst die hohen Gewinne kassieren. Deshalb scheuten die Herrscher Spaniens und Portugals im 15. Jahrhundert die Kosten für teure Expeditionen nicht, die den Seeweg nach Indien finden sollten.

Entdecker brauchen Karavellen

Der wohl erste große Finanzier solcher Expeditionen war Heinrich der Seefahrer (1394–1460). Als Gouverneur der Algarve im Süden Portugals legte er 1418 ein großes Programm für solche Entdeckungsfahrten auf und ließ sogar eigene Schiffe dafür entwickeln. Diese Karavellen konnten sehr hoch am Wind segeln und so viel besser als Schiffe älterer Bauart bei widrigen Winden kreuzen. Der mächtige Schiffsrumpf bot viel Platz für große Lebensmittel- und Trinkwasservorräte, aber auch für Ersatzteile und Tauschwaren. Und die Karavellen konnten ohne Werft gut repariert werden. Ohne diese Voraussetzung waren Vorstöße in unbekannte Regionen nicht denkbar.

Heinrich der Seefahrer selbst aber war bei solchen Entdeckungsreisen nie dabei, der portugiesische Prinz schickte vielmehr erfahrene Kapitäne aus. Alle auf den Expeditionen gemachten Entdeckungen und die für das Wiederfinden der jeweiligen Orte so wichtigen Navigationsdaten mussten die Kapitäne in geheimen Logbüchern festhalten, die „Roteiros" genannt wurden.

> **Der Weg um Afrika**
>
> *Da Afrika im Osten an den Indischen Ozean und im Westen an den Atlantik grenzt, vermutete Heinrich der Seefahrer zu Recht eine Route um Afrika herum nach Indien. Daher schickte der portugiesische Prinz erst einmal Seefahrer aus, die sich entlang der Atlantikküste Afrikas nach Süden vortasteten.*

Inseln mitten im Atlantik

Erst einmal aber entdeckten die Kapitäne nicht den Handelsweg um Afrika herum, sondern Inseln, die weit draußen vor der Küste Afrikas liegen. Den Anfang machte 1418 João Gonçalvo Zarco (um 1380– um 1467), als er die zu Madeira gehörende Insel Porto Santo im Atlantik fand. 1425 trafen auf der Inselgruppe 700 Kilometer westlich von Marokko dann die ersten Siedler ein, weil Heinrich der Seefahrer sich das kostbare Holz der dortigen Lorbeerbäume sichern wollte, das er für den Bau seiner Schiffe benötigte.

1427 entdeckte dann Diogo de Silves die Azoren-Insel Santa Maria. Auf der Suche nach dem Seeweg nach Indien dürfte er damals aber kaum gewesen sein, liegt diese Inselgruppe doch nicht etwa vor der Küste Afrikas, sondern 1500 Kilometer westlich Portugals und 3600 Kilometer östlich von Amerika mitten im Atlantik. Tatsächlich wurden im 18. Jahrhundert auf der Azoren-Insel Corvo Münzen gefunden, die mehr als 2000 Jahre zuvor die Phönizier dorthin gebracht haben müssen. Das Wissen um die Azoren ging wohl nie ganz verloren.

Detail des 1960 zu Ehren des 500. Todestages von Heinrich dem Seefahrer erbauten „Monumento dos Descobrimentos“ in Lissabon. Heinrich der Seefahrer (rechts) hält eine Karavelle in der Hand und führt seine Kapitäne, Wissenschaftler und Missionare an.

Die Atlantikküste Afrikas

Der Anfang der Gewürzroute wird gefunden (2. Hälfte 15. Jh.)

Beim Blick auf eine moderne Landkarte scheint der Seeweg nach Indien ganz einfach: Von der iberischen Halbinsel aus immer an der Atlantikküste Afrikas entlang nach Süden segeln, das Kap der Guten Hoffnung in Südafrika umrunden und dann an der Ostküste Afrikas nach Norden und später im Süden der Arabischen Halbinsel nach Osten. In der Realität aber gestaltete sich die Suche nach dieser sogenannten Gewürzroute viel schwieriger, weil eine solche Landkarte im 15. Jahrhundert eben nicht existierte.

Kap Bojador

So zieht sich zum Beispiel der Gebirgszug Dschebel el Aswad aus der Sahara ein Stück weit in den Atlantik hinein und bildet dort das Kap Bojador, das heute zur Westsahara gehört. Hier gibt es an einer ohnehin äußerst unwirtlichen Küste mit 130 Metern die höchsten Sanddünen der Sahara, widrige Winde, Sandbänke, Klippen und praktisch ewiger Nebel erschweren das Umsegeln des Kaps. Seit 1422 hatte Heinrich der Seefahrer seine Kapitäne mindestens 15 mal ausgeschickt, das Kap zu umrunden, um dahinter endlich den Weg nach Indien zu finden. 15 mal kehrten die Schiffe erfolglos vom „Kap des Schreckens" zurück, wie es inzwischen auch genannt wurde.

1434 schaffte dann der Portugiese Gil Eanes den Weg um das Kap Bojador herum, endlich war der Seeweg an die Küsten Afrikas südlich der Sahara frei. Denn entgegen allen Erwartungen kochte die See südlich des Kaps keineswegs. Niemand ahnte damals, dass man noch viele Tausend Kilometer nach Süden fahren muss, um Afrika zu umrunden. Der Seeweg nach Indien lag also immer noch in weiter Ferne, als Heinrich der Seefahrer 1460 starb.

Diese Gewürzroute hoffte als nächster Diogo Cão († um 1486) gefunden zu haben. Er hatte 1482 im Auftrag des portugiesischen Königs Johann II. die Mündung des Kongo-Flusses erreicht. Als der Kapitän den breiten Fluss hinauffuhr, muss er spätestens an den Wasserfällen von Ielala festgestellt haben, dass der Kongo doch nicht der erhoffte Seeweg zu den Gewürzen ist. Auch als der Seefahrer im Atlantik weiter nach Süden fuhr und immerhin die Wüstenküste des heutigen Namibias erreichte, fand sich kein Seeweg nach Osten.

> *Erste Südafrikaner*
>
> *Die Küste Südafrikas war schon lange vor der Ankunft der ersten Portugiesen im Jahr 1488 besiedelt: So entdeckten Forscher genau in der Mossel Bay, in der Bartolomeu Diaz gelandet war, in der Pinnacle-Point-Höhle Spuren von Farben, Steinklingen und Reste von Krebsen und Muscheln, die Menschen dort vor rund 164 000 Jahre genutzt hatten.*

Die Entdeckung Südafrikas

Jetzt schickte König Johann II. Bartolomeu Diaz (um 1450-1500) mit der nächsten Expedition aus. Starke Nordwinde trieben seine beiden Karavellen 1488 weit über das Kap der Guten Hoffnung und den Süden Afrikas hinaus. Weit im Süden hielt Bartolomeu Diaz endlich nach Osten. Lange tauchte kein Land auf, eisige Temperaturen machten der Mannschaft zu schaffen. Beinahe resignierend drehte er nach Norden und stieß wohl an der heutigen Mossel Bay auf eine von Afrikanern bewohnte Küste. Diese Küste aber verlief von Westen nach Osten. Sollte das etwa der Süden Afrikas sein, hatte er endlich den Seeweg um Afrika herum in den Indischen Ozean gefunden? Inzwischen drohte die an Skorbut erkrankte Mannschaft zu meutern. Trotzdem befahl der Kapitän: Kurs Ost. Und tatsächlich wandte sich der Küstenverlauf nach einiger Zeit deutlich nach Nordost. Die Gewürzroute war offen. Aber Diaz musste umkehren, weil die zermürbte Mannschaft einfach nicht mehr weiter konnte.

Scheinbar endlos ziehen sich die Ausläufer der Wüste des Namib-Naukluft-Nationalparks im heutigen Namibia bis an die Atlantikküste.

Vasco da Gama segelt nach Indien

Die Gewürzroute befördert Portugal zur Weltmacht (15./16. Jh.)

Unter unsäglichen Strapazen hatte Bartolomeu Diaz das Kap der Guten Hoffnung an der Südspitze Afrikas umsegelt und so den lange gesuchten Seeweg nach Indien endlich für sein Heimatland Portugal geöffnet. Bald aber wurde mit Manuel I. ein neuer König gekrönt. Und der beauftragte 1497 nicht den erfolgreichen Bartolomeu Diaz mit der alles entscheidenden Folge-Expedition, sondern den eher unerfahrenen Vasco da Gama (um 1469-1524). Die Gründe für dieses Vorgehen sind bis heute unbekannt.

Der Seeweg ist offen

Seine Vorgänger hatten zwar alle Hindernisse bis zum Kap der Guten Hoffnung beseitigt, aber auch danach tauchten Probleme auf. Als Vasco da Gama den heute in Kenia liegenden Hafen Mombasa erreichte, fand er die Stadt in den Händen der Araber. Das aber war ein Treppenwitz der Weltgeschichte. Hatten die Portugiesen sich doch auf die Suche nach dem Seeweg nach Indien gemacht, um das Monopol der Araber auf Gewürze zu brechen, die den Landweg in die Gewürzländer im Süden und Südosten Asiens kontrollierten.

Auch die Araber in Mombasa ahnten, was vor sich ging und wollten die Portugiesen am Weiterfahren hindern. Kurzerhand segelte Vasco da Gama nach Malinda weiter, das ebenfalls in arabischer Hand war, aber mit Mombasa konkurrierte. Dort stellte ihm der Sultan einen Navigator zur Verfügung, der die Portugiesen quer über den Indischen Ozean bis zur Südküste Indiens leitete. Das Gewürz-Monopol der Araber war damit gebrochen – und die Portugiesen waren zur Weltmacht aufgestiegen.

Die nächste Expedition

Am 9. März 1500 sendeten die Portugiesen Pedro Alvarez Cabral (um 1467- um 1526) mit einer riesigen Flotte aus, um den von Vasco da Gama entdeckten Seeweg nach Indien zu sichern. Um die Passatwinde auszunutzen, segelte die Flotte im Atlantik weit nach Westen und stieß dabei am 22. April 1500 auf die Küste Brasiliens. Die Portugiesen nahmen das Land in Besitz und schickten eines ihrer Schiffe mit Beweisen in Form von Papageien und Tropenholz nach Portugal zurück. Der Rest der Flotte aber hielt Kurs auf das Kap der Guten Hoffnung und erreichte schließlich erneut Indien. Dort aber hatten die um ihr Handelsmonopol fürchtenden Araber inzwischen die Herrscher gegen die Portugiesen aufgebracht, die gerade erst entdeckte Gewürzroute schien wieder in Gefahr. Daher schickte König Manuel I. 1505 Francisco de Almeida (um 1450-1510) aus, um den Seeweg militärisch zu sichern. Mit 1500 Soldaten griff die Flotte die arabischen Hafenstädte an und errichtete portugiesische Festungen, um die Eroberungen an den Küsten Afrikas und Indiens zu sichern. Den Rest der Gewürzroute sicherte Alfonso de Albuquerque (1453-1515), der mit seinem Geschwader als Nachfolger von Francisco de Almeida 1511 Malakka im heutigen Malaysia eroberte. Damit war auch die gleichnamige Meeresstraße und damit das letzte Stück des Seewegs zu den Gewürzinseln unter portugiesischer Kontrolle.

Das gebrochene Monopol

Die Bedeutung der Gewürzroute für das Europa des beginnenden 16. Jahrhunderts war enorm: Weil das Osmanische Reich hohe Zölle für Gewürze aus dem Süden und Südosten Asiens verlangte und zusätzlich indische, persische und venezianische Kaufleute im Zwischenhandel reich wurden, waren Gewürze vorher in Europa für normale Menschen praktisch unerschwinglich. Der Seeweg senkte nicht nur die Preise enorm, sondern kurbelte gleichzeitig auch die Nachfrage an. Außerdem füllte der Gewürzhandel jetzt die portugiesische Staatskasse und sicherte so den Aufstieg des Landes zu einer der führenden Nationen seiner Epoche.

Vasco da Gama mit drei Schiffen auf dem Weg nach Indien, 1497. Buchmalerei aus dem „Livro de Lisuarte de Abreu", 1565.

Muskat für Holland

Cornelis de Houtman reist nach Indonesien (1595–1598)

Langsam waren es die niederländischen Kaufleute leid. Seit die Portugiesen Ende des 15. Jahrhunderts das Kap der Guten Hoffnung umsegelt und auf diesem Weg Indonesien erreicht hatten, kontrollierten die Südwesteuropäer praktisch den gesamten Gewürzhandel. Dieses äußerst lukrative Monopol musste doch irgendwie zu brechen sein. Es musste doch Möglichkeiten geben, die Gewürzinseln in Südostasien auch auf anderen Routen zu erreichen, um dort eigene Geschäfte zu machen. Mit dieser ambitionierten Idee im Hinterkopf schlossen sich 1594 neun Händler aus Amsterdam zur „Compagnie van Verre" (Gesellschaft für Fernhandel) zusammen.

Die Gesellschaft hatte ehrgeizige Pläne. Die Hafenstadt Bantam auf der Insel Java sollte ihr Hauptstützpunkt werden. Und der Weg dorthin zeichnete sich auch schon ab. Schließlich war der Niederländer Jan Huygen van Linschoten kurz zuvor aus Indien zurück gekommen, wo er sich geheime Seekarten der Portugiesen angeeignet hatte. Der von ihm beschriebenen Route nach Java sollte nun die erste niederländische Südostasien-Expedition folgen.

Am 2. April 1595 stachen die vier Schiffe „Amsterdam", „Hollandia", „Mauritius" und „Duyfken" mit 249 Mann Besatzung an Bord in See. Das Kommando hatte Cornelis de Houtman (1565-1599). Ob das eine gute Wahl war, bezweifelten viele Kritiker später. Denn schon zu Beginn der Reise kam es zu massiven Problemen. Bereits nach wenigen Wochen litt die Mannschaft unter Skorbut. Und zwischen Kapitänen und Kaufleuten gab es ständig Konflikte, die nicht selten in Handgreiflichkeiten endeten. Als die Flotte Madagaskar erreichte, eskalierte die Gewalt, es gab zahlreiche Tote. Noch heute heißt die Bucht, in der die Flotte damals ankerte, „Der Friedhof der Holländer". Als die Schiffe schließlich am 27. Juli 1596 in Bantam einliefen, waren von den ursprünglich 249 Männern an Bord nur noch 100 am Leben.

Wo der Pfeffer wächst

Auch der Rest der Expedition stand unter keinem guten Stern. De Houtman beleidigte den Sultan von Bantam und musste deshalb die Insel wieder verlassen. Die Schiffe segelten daraufhin weiter nach Osten und wurden von Piraten angegriffen. Dabei kamen weitere Besatzungsmitglieder ums Leben, ein Schiff musste aufgegeben werden, weil es nicht mehr bemannt werden konnte. Aus Rache für den Überfall richtete der Expeditionsleiter auf der indonesischen Insel Madura ein Massaker an. Die letzte Station auf den Gewürzinseln war Bali. Von dort brachte de Houtman nach einer strapaziösen Rückreise immerhin einige Fässer mit wertvollem schwarzem Java-Pfeffer nach Hause. Doch als seine Schiffe 1598 wieder in Amsterdam einliefen, waren nur noch 87 Männer an Bord. Trotz allem aber öffnete die verhängnisvolle Reise den Niederlanden den Weg zur Handelsmacht. Das portugiesische Gewürzmonopol war Geschichte.

Die Niederländische Ostindien-Kompanie

In verschiedenen niederländischen Städten gründeten Kaufleute ähnliche Handelsgesellschaften wie die Compagnie van Verre in Amsterdam. Am 20. März 1602 schlossen sich diese zu einem gemeinsamen Unternehmen namens „Niederländische Ostindien-Kompanie" zusammen. Diese Vereinigung wurde zu einer der mächtigsten Handelsgesellschaften ihrer Zeit. Für etwa 200 Jahre beherrschte sie den Gewürzmarkt, handelte mit Muskat, Nelken und Zimt, aber auch mit chinesischem Porzellan. Vom Staat bekam sie nicht nur Handelsmonopole zugestanden, sondern auch das Recht, Festungen zu errichten und Kriege zu führen.

Zum 400. Jahrestag der Niederländischen Ostindien-Kompanie startete 2001 in Australien ein Nachbau der „Duyfken" zu einem 12-monatigem Turn über 18 200 Seemeilen in die Niederlande.

Konkurrenz aus England

Die Briten mischen sich in den Gewürzhandel ein (Anfang 17. Jh.)

Unternehmungslustige europäische Kaufleute konnten sich zu Beginn des 17. Jahrhunderts gute Chancen auf Reichtum ausrechnen. Die Konkurrenz um die Kontrolle über die Gewürzlieferanten in Südostasien war in vollem Gange. Doch für einen Händler allein waren die Risiken einer Reise nach Indonesien einfach zu groß. Nicht nur in den Niederlanden, sondern auch in vielen anderen europäischen Ländern schossen daher Handelsgesellschaften aus dem Boden. Im Jahr 1600 gründete eine Gruppe reicher Londoner Kaufleute die Britische Ostindien-Kompanie.

Gepfefferte Preise

Ganz Europa lechzte damals nach Gewürzen aus Südostasien. Die kostbaren Geschmacksverstärker sollten nicht nur Speisen delikater und haltbarer machen, sie wurden auch zu medizinischen Zwecken eingesetzt. Ärzte behaupteten sogar, damit lebensgefährliche Krankheiten wie Pest und Ruhr heilen zu können. Wer also Pfeffer und Muskat, Zimt und Nelken importierte, konnte mit sagenhaften Gewinnspannen rechnen. Holländische Kaufleute, die sich schon zu ersten Handelsgesellschaften zusammengeschlossen und einen guten Teil des Gewürzhandels unter ihre Kontrolle gebracht hatten, nutzten diese Chance nach Kräften. Doch als sie den Preis für Pfeffer fast verdreifachten, reichte es ihren britischen Konkurrenten: Die frisch gegründete Britische Ostindien-Kompanie war entschlossen, sich ein gutes Stück vom lukrativen Gewürzkuchen abzuschneiden.

Als erste Aktion investierte die Gesellschaft die eindrucksvolle Summe von 72 000 Pfund Sterling und rüstete damit fünf Schiffe aus. Unter dem Kommando von James Lancaster (um 1554-1618) sollte die Flotte nach Indonesien fahren und dort den Grundstein für eigene britische Handelsmissionen legen. Die Region war für den Kapitän kein Neuland. Schon 1591 hatte er die erste britische Expedition nach Ostindien geleitet. Dieses Unterfangen war allerdings kein großer Erfolg gewesen. Nachdem man die Table Bay in der Nähe von Kapstadt erreicht hatte, verlor Lancaster eines seiner drei Schiffe. Dennoch setzte er die Reise fort. Über Sansibar und die Südspitze Indiens ging es zur Malaiischen Halbinsel und nach Ceylon. Dort bestand die Mannschaft allerdings energisch darauf, nach Hause zurückzukehren und setzte diesen Wunsch tatsächlich durch. Doch viele Mitglieder der Expedition sollten England nie wieder sehen: Nur mit 25 Überlebenden erreichte James Lancaster 1594 wieder britische Gewässer.

Sein zweites Unternehmen sollte mehr Erfolg haben. Ende April 1601 stach die Flotte in Torbay im Südwesten Englands in See. Am 1. November erreichten Lancasters „Red Dragon" und seine Begleitschiffe das Kap der Guten Hoffnung. 1602 besuchten die Engländer die Inselgruppe der Nikobaren, die Provinz Aceh auf der Insel Sumatra, sowie Bantam auf Java und die auch als „Gewürzinseln" bekannten Molukken zwischen Sulawesi und Neuguinea. Lancaster hatte Vollmacht, mit den Herrschern der Region zu verhandeln und Abkommen abzuschließen – was er auch mit großem Erfolg tat. Voll beladen mit kostbarem Pfeffer kamen Lancasters Schiffe 1603 nach England zurück. Für seine Verdienste auf dieser Reise wurde der Kommandant zum Ritter geschlagen.

> ### *Händler und Entdecker*
> *James Lancaster blieb Zeit seines Lebens ein wichtiges Mitglied der Britischen Ostindien-Kompanie. Die Kaufleute rüsteten etliche Expeditionen aus, die neue lukrative Handelsrouten ausfindig machen sollten. Und immer wieder war Lancaster an Bord. Er leitete mehrere Indien-Reisen und war an der Suche nach der legendären Nordwestpassage durch das Nordpolarmeer beteiligt.*

Den Handelsbeziehungen der britischen Ostindien-Kompanie war ein langanhaltender Erfolg beschieden. In dieser Szene werden zwei ihrer Repräsentanten in Indien mit Musik und Tanz unterhalten. Miniatur, Gouache auf Papier, Mogulschule, um 1820.

Auf der Kugel nach Indien

Christoph Kolumbus entdeckt Amerika (12. Oktober 1492)

Während die Portugiesen den Weg nach Indien um Afrika herum suchten, um später nach Osten zu segeln, machte sich Christoph Kolumbus (1451-1506) nach dem gleichen Ziel genau in die entgegengesetzte Richtung auf den Weg. Schon die Griechen hatten schließlich gewusst, dass die Erde eine Kugel ist. Im 15. Jahrhundert hatte diese Idee sich in Europa durchgesetzt, sogar die Kirche in Rom akzeptierte längst eine runde Erde. Auf einer Kugel aber ist es egal, ob man nach rechts oder nach links reist, um auf die Rückseite zu kommen.

Eindeutige Indizien

Im Osten lagen hinter riesigen Landmassen Indien und China mit ihrer wertvollen Seide und den begehrten Gewürzen. Da der Landweg aber von den Osmanen kontrolliert wurde, die hohe Zölle erhoben, suchten die Portugiesen einen Seeweg zu den Gewürzen, der im Süden der bekannten Länder in östlicher Richtung nach Indien führen sollte.

Bereits der Grieche Aristoteles aber hatte behauptet, dass auch die andere Richtung nach Indien führt: Wenn man vom Mittelmeer zwischen den Säulen des Herakles, wie die Straße von Gibraltar damals hieß, nach Westen auf den Atlantik hinaus fährt, würde man dort schon nach wenigen Tagen auf Asien stoßen. Als es Christoph Kolumbus aus Genua nach Portugal verschlagen hatte, stieß er auf etliche Indizien, die Aristoteles anscheinend bestätigten. Weit draußen im Atlantik stießen die Schiffe manchmal auf Holz, das in Europa niemand kannte und das anscheinend aus dem Westen angetrieben worden war. Auf die Küsten von Madeira wurden aus der gleichen Richtung immer wieder weitere Hölzer und fremdartige Pflanzen angetrieben. Und auf den Azoren sollte sogar ein Floss mit zwei Leichen angeschwemmt worden sein, die überhaupt nicht europäisch aussahen.

Rechnung mit Fehlern

Im Westen musste also Land sein, und wenn die Erde eine Kugel war, konnte es sich dabei nur um Asien handeln. Christoph Kolumbus rechnete auch aus, wie weit es bis dorthin sei und kam auf 4500 Kilometer von den Kanarischen Inseln bis nach Japan. Dabei waren ihm allerdings gleich mehrere Fehler unterlaufen, tatsächlich beträgt die Entfernung zwischen beiden Inselgruppen rund 20 000 Kilometer. Als Christoph Kolumbus den portugiesischen König um Unterstützung für eine Expedition bat, lehnten dessen Berater ab, weil sie die Entfernung für noch viel größer hielten.

Der Genuese gab nicht auf, wurde aber auch bei der spanischen Krone zunächst abgewiesen. Erst als die letzten Maurenherrscher am 2. Januar 1492 auf der iberischen Halbinsel vor den Spaniern kapitulierten, stellte Königin Isabella I. dem Italiener die nötigen Mittel zur Verfügung. Am 3. August 1492 brach seine Mini-Flotte mit drei kleinen Schiffen aus dem spanischen Huelva auf, bereits nach drei Tagen forderte ein Mastbruch eine einmonatige Zwangspause auf den Kanarischen Inseln. Danach aber begann die Fahrt ins Ungewisse – und die Mannschaft bekam es zunehmend mit der Angst zu tun, Meuterei drohte. Nur weil Vögel und im Wasser schwimmende Äste und Bäume auf nahes Land hindeuteten, konnte Christoph Kolumbus die Weiterfahrt erzwingen. Und er hatte recht, am 12. Oktober 1492 stießen die Schiffe auf Land – ungefähr 4500 Kilometer von den Kanaren entfernt. Kolumbus war sich sicher, Asien erreicht zu haben.

> *Falscher Entdecker*
>
> *Der Entdecker Amerikas glaubte selbst nie an seine Entdeckung. Zeit seines Lebens blieb Christoph Kolumbus davon überzeugt, im Westen des Atlantik auf Asien gestoßen zu sein. Tatsächlich hatte er die Bahamas und später Kuba und Hispaniola entdeckt.*

Am 12. Oktober 1492 landet Kolumbus auf der zu den Bahamas gehörenden Insel Guanahani. Gemälde von Puebla Tolin, (1832–1901), La Coruña, Rathaus, um 1862.

Schiffe versenken

Die Entdeckung Amerikas wird zur persönlichen Katastrophe

Christoph Kolumbus (1451-1506) kennt heute jedes Schulkind als Entdecker Amerikas. In seiner eigenen Zeit aber fiel der Italiener in Diensten der spanischen Krone bald in Ungnade, weil seine aus der Staatskasse finanzierten Expeditionen ziemlich verheerend endeten. Neun Schiffe hatte er auf seinen vier Reisen verloren, die von ihm auf den neu entdeckten Ländern gegründeten Siedlungen standen unter keinem guten Stern.

Die Weihnachtssiedlung

Diese Entwicklung bahnte sich schon auf seiner ersten Reise an: Ausgerechnet am ersten Weihnachtsfeiertag 1492 strandete sein Flaggschiff, die Santa Maria, vor der Antilleninsel Hispaniola. Aus der Not versuchte Kolumbus erst einmal eine Tugend zu machen und baute aus den Resten des Schiffes die erste spanische Festung in der neuen Welt, die er nach dem spanischen Begriff für Weihnachten „La Navidad" nannte. „La Isla Española" taufte er die Insel, „die spanische Insel" also. Die Engländer verballhornten den Namen später zu Hispaniola, wie die Insel noch heute heißt.

Als Christoph Kolumbus am 16. Januar 1493 wieder nach Spanien aufbrach, blieben einige seiner Männer in dieser Festung zurück, da auf den übrig gebliebenen beiden Schiffen nicht genug Platz für die gesamte Besatzung war. Weil die Zurückgebliebenen bald untereinander in Streit gerieten und sich über die ganze Insel verteilten, überlebte keiner von ihnen. Auch die Rückkehrer kamen bei den Azoren in furchtbare Stürme und erreichten Spanien nur mit viel Glück.

Weitere Fehlschläge

Christoph Kolumbus aber wollte mehr. Er suchte im Westen nicht nur den Seeweg nach Asien – zeit seines Lebens hielt er die entdeckten Länder für Inseln vor diesem Kontinent –, sondern auch ein geheimnisvolles Goldland. Schon am 25. September 1493 brach er zu seiner zweiten Expedition auf. Diesmal gingen 1500 Menschen auf 17 Schiffen mit ihm auf die Reise, um die neuen Gebiete dauerhaft zu besiedeln. An Stelle der zerstörten Festung „La Navidad" gründete er jetzt die Siedlung „La Isabella" auf Hispaniola. Von dort brach er zu weiteren Reisen auf, bei denen er Inseln wie Jamaica und Puerto Rico entdeckte. Japan oder andere Teile Asiens aber tauchten genauso wenig vor dem Bug seines Schiffes auf wie das ersehnte Goldland.

Bei seiner Rückkehr nach „La Isabella" aber stieß Christoph Kolumbus auf das nackte Chaos. Die vorher friedlichen Einheimischen griffen die Spanier jetzt an, weil sie sehr schlecht behandelt worden waren. Die Spanier wiederum machten ihrem Ruf als echte Glücksritter alle Ehre und hatten sich längst wieder untereinander zerstritten. Mit Gewalt versuchte der Genuese die Lage zu verbessern und brach zu einem Feldzug auf, bei dem1600 Einheimische versklavt wurden. 550 von ihnen schickte Kolumbus nach Spanien – und brachte damit die Königin gegen sich auf, die auf einer freundlichen Behandlung bestand. Jetzt musste auch der Genuese nach Spanien zurück, konnte dort aber immerhin die Gunst der Königin zurückgewinnen. Auf den folgenden Reisen entdeckte er zwar sowohl Süd- als auch Mittelamerika, hielt beides aber nach wie vor für Teile Asiens.

Der entthronte Held

In Spanien wurden die Reisen des Christoph Kolumbus wohl zurecht als Misserfolg gewertet. Weder war der Weg nach Asien gefunden, noch entwickelten sich die neuen Siedlungen gut. Einmal wurde der Genuese sogar in Ketten gelegt und vor die Königin geschleppt. Als der „Entdecker Amerikas" am 20. Mai 1506 in Valladolid starb, hatte er seinen Ruf als Held und Eroberer weitgehend verloren.

Der Blick in die Ferne gerichtet, das Ziel aber stets vor Augen. Denkmal zu Ehren des Seefahrers und Entdeckers Christoph Kolumbus im Hafen von Barcelona.

Einmal um die ganze Welt

Ferdinand Magellan umsegelt als erster die Erde (1519–1521)

Vom Griechen Aristoteles bis zu Christoph Kolumbus glaubten viele Menschen, dass die Erde eine Kugel sei. Den Beweis dafür aber lieferten erst der Portugiese Ferdinand Magellan (1480-1521) und der Spanier Juan Sebastian Elcano (1476-1526) als sie einmal um den Globus herum segelten.

Die falsche Karte

Weil der Portugiese Fernão de Magelhães in der Marine seines Heimatlandes mehr als einmal bei illegalen Aktivitäten erwischt worden war, wurde er am 15. Mai 1514 unehrenhaft aus dem Staatsdienst entlassen. Bald darauf bot er seine Dienste Spanien an, dem Erzrivalen Portugals. Fernando de Magellanes, wie er sich von da an nannte (deutsch: Ferdinand Magellan), brachte auch das Wissen um eine geheime Karte im portugiesischen Seefahrtsarchiv mit, in der im Süden Südamerikas eine Durchfahrt zum Pazifik eingezeichnet war. Vermutlich hatte ein Kapitän auf dieser Karte die Bucht von Rio de Janeiro oder den Mündungstrichter des Rio de la Plata als Meeresstraße interpretiert – die Karte lieferte einen falschen Hinweis. Das aber konnten weder Ferdinand Magellan noch die Spanier wissen, die hofften, das Monopol der Portugiesen auf den Gewürzhandel zu brechen, wenn sie durch diese vermutete Meeresstraße zum Pazifik und weiter nach Asien segelten.

> ### *Das letzte Stück*
> *Das letzte Stück der ersten Weltumrundung befehligte nach dem Tod von Ferdinand Magellan Juan Sebastian Elcano. Nach vielen Schwierigkeiten erreichte er mit dem letzten Schiff und gerade noch 18 Männer nach fast drei Jahren am 6. September 1522 wieder Spanien. Die erste Weltumseglung war unter schrecklichen Verlusten zu Ende gegangen.*

Die Meeresstraße zum Pazifik

Mit 234 Mann auf fünf Schiffen brach die Flotte am 20. September 1519 von der Mündung des Guadalquivir auf. 7240 Kilogramm Zwieback, 381 Kilogramm Käse und 200 Fässer mit Sardinen waren als Verpflegung an Bord. Im Dezember erreicht die kleine Flotte die Bucht von Rio de Janeiro und tastete sich von dort langsam die Küste hinab. Als Ende März der Winter in Patagonien begann, beschloss Ferdinand Magellan in einer Puerto San Julián genannten Bucht zu überwintern und kürzte die knappen Vorräte. Lange schwelende Reibereien zwischen den spanischen Kapitänen und ihrem portugiesischen Admiral brachen jetzt auf. Ferdinand Magellan konnte die Meuterei schließlich niederschlagen und ließ zwei der Kapitäne hinrichten.

Kurz danach verlor er ein Schiff, das auf einer Erkundungsfahrt weiter nach Süden unterwegs war. Im Oktober 1520 verließen daher nur noch vier Schiffe ihr Winterquartier. Schon am 21. Oktober erreichte die Flotte das Cabo Virgenes (Kap der Jungfrauen) und entdeckte dahinter die Einfahrt zu der lange gesuchten Meeresstraße, die heute den Namen von Ferdinand Magellan trägt. Eines von zwei Erkundungsschiffen fand schließlich in einem Gewirr von Inseln und Kanälen tatsächlich eine Durchfahrt zum Pazifik. Die Besatzung des anderen Schiffs aber meuterte erneut und kehrte mit einem großen Teil der Vorräte nach Spanien zurück.

Mehr als ein Vierteljahr waren die drei letzten Schiffe noch unterwegs, bis sie endlich die Marianeninsel Guam erreichten. Längst waren die Vorräte aufgebraucht, die Besatzung aß in Salzwasser gedünstetes Leder und Suppen aus Sägespänen, die Schiffsratten galten als Delikatesse. Als die Flotte am 16. März 1521 die Philippinen erreichte, wusste Ferdinand Magellan, dass er bekannte Gebiete erreicht hatte und damit die Kugelgestalt der Erde bewiesen hatte.

Allegorische Verherrlichung der Weltumseglung unter Magellan, kolorierter Kupferstich nach einer Zeichnung von Jan van der Straet (1523–1605).

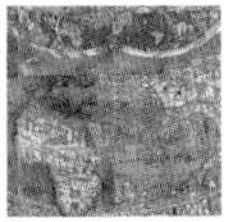

Eine neue Welt

Amerigo Vespucci entdeckt den amerikanischen Kontinent (Anfang 16. Jh.)

Astronomie und Geografie hatten Amerigo Vespucci (1451-1512) schon als Jugendlichen fasziniert. Doch dass es der dritte Sohn einer angesehenen Familie aus Florenz zu einem Entdecker von Weltruhm bringen würde, war zunächst nicht abzusehen. Denn auf Geheiß seines Vaters widmete er sich erst einmal einer lukrativen Kaufmannskarriere. Er trat in den Dienst der berühmten Familie Medici, für deren Handelsimperium er 16 Jahre lang tätig war. 1491 siedelte er in ihrem Auftrag nach Spanien über. Dort aber sollten in den kommenden Jahren die Reisen eines gewissen Christoph Kolumbus Furore machen.

Wie viel Vespucci von den Reisen des Genuesen mitbekommen hat, ist unklar. Jedenfalls machte er sich einige Jahre nach dessen Pionierfahrt nach Westen in die gleiche Richtung auf. Im Mai 1499 nahm er mit zwei Schiffen an der Expedition teil, die den Spanier Alonso de Ojeda nach Südamerika führte. Vespucci nutzte seine astronomischen Kenntnisse für Sternbeobachtungen und verwandelte sich allmählich vom Kaufmann in einen Wissenschaftler. Die Himmelsstudien allein aber reichten ihm nicht. Er hatte vor, als Entdecker des Westweges nach Indien in die Geschichte einzugehen. Schließlich war Kolumbus nach eigener Aussage nur auf einigen großen Inseln vor der asiatischen Küste gelandet. Die Route zum indischen Festland galt es also noch zu finden.

Vorerst aber musste Vespucci seine Reise abbrechen, nach einem Jahr auf See hielten Schiffe und Mannschaft einfach nicht mehr länger durch. Doch schon 1501 stach der unternehmungslustige Florentiner erneut in Richtung Südamerika in See, diesmal unter portugiesischer Flagge. Auf dieser und weiteren Reisen entlang der Ostküste Südamerikas wurde ihm schließlich klar, dass er sich keineswegs in Asien befand. Er war sicher, einen eigenen Kontinent entdeckt zu haben – ein bahnbrechender Gedanke, auf den bisher weder Kolumbus noch irgendein anderer Forschungsreisender seiner Zeit gekommen war.

Das Land des Americus

In mehreren Briefen schilderte der Florentiner Land und Leute, Tiere und Pflanzen dieser neuen Welt. An der Echtheit von einigen dieser Schriftstücke kamen später Zweifel auf. Doch zu seinen Lebzeiten wurden die Beschreibungen als verlässliche wissenschaftliche Informationen angesehen und in 37 Sprachen übersetzt. Möglicherweise sind die festgestellten Fehler in den Positionsangaben erst später durch ungenaues Abschreiben in die Dokumente gekommen. Jedenfalls kamen zeitgenössische Seefahrer, die sich an Vespuccis Beschreibungen orientierten, durchaus am gewünschten Ziel an.

Die Angaben des Florentiners flossen auch in die bekannte Weltkarte ein, die der deutsche Kartograf Martin Waldseemüller und sein Landsmann Matthias Ringmann 1507 veröffentlichten. Zum ersten Mal ist darauf ein neuer Kontinent zu sehen. Im Begleittext zu ihrem Werk schrieben Waldseemüller und Ringmann: „Nun, in Wahrheit wurden diese Teile der neuen Welt besonders erkundet und ein weiterer Teil von Americus Vesputius entdeckt ... und es ist nicht einzusehen, warum jemand es verbieten sollte, das neue Land Amerige, Land des Americus zu nennen, nach seinem Entdecker Americus, einem besonders scharfsinnigen Mann, oder America, da sowohl Europa als auch Asien ihre Namen von Frauen haben."

> ### *Kolumbus gegen Vespucci*
> *Bis Mitte des 16. Jahrhunderts galt Amerigo Vespucci als der offizielle Entdecker Amerikas. Kolumbus wurde dieser Titel erst Mitte des 16. Jahrhunderts verliehen, nachdem seine Erben und die spanische Krone in Madrid ein Gerichtsverfahren angestrengt hatten.*

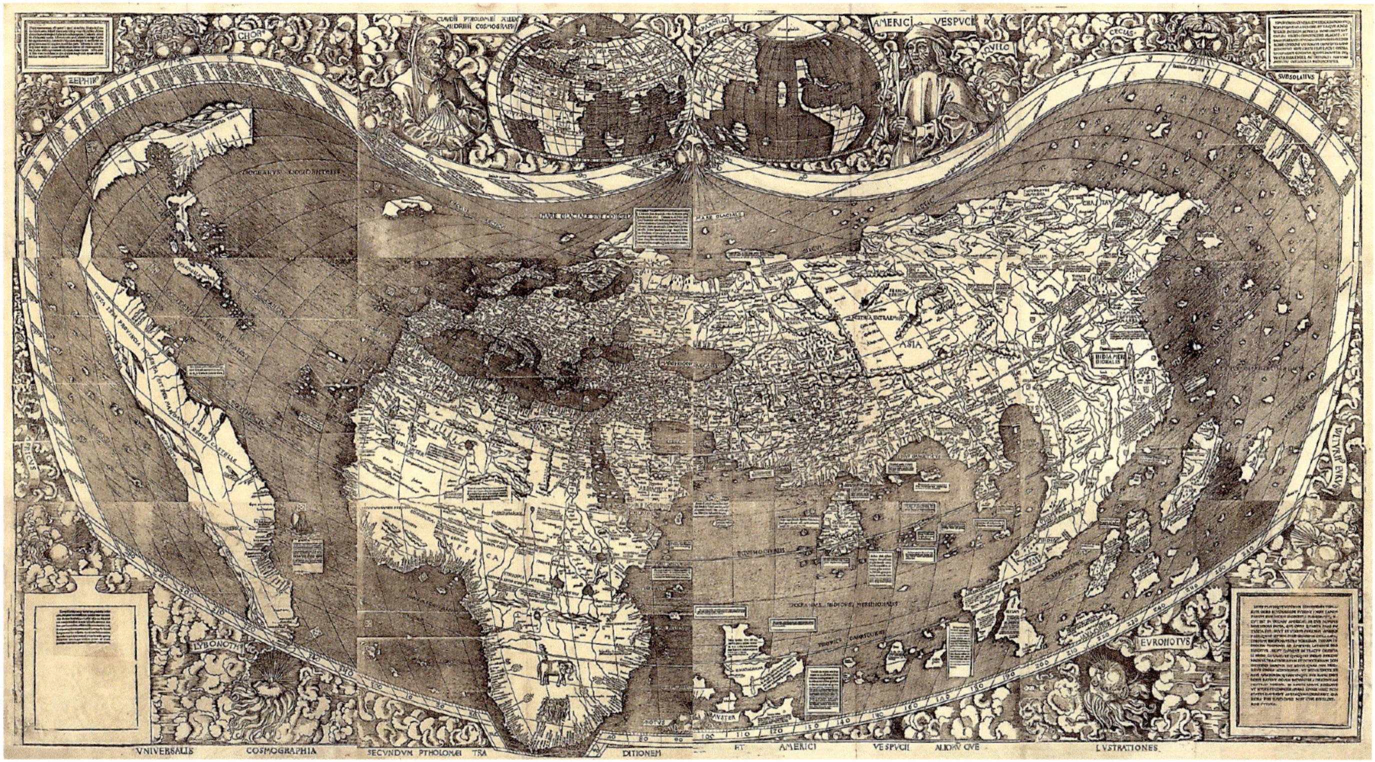

Die Beschreibungen des von Amerigo Vespucci neu entdeckten Kontinents flossen unmittelbar in die Weltkarte von Martin Waldseemüller und Matthias Ringmann aus dem Jahr 1507 ein.

Die ersten Siedler Südamerikas

Der Pazifik wird entdeckt (Anfang 16. Jh.)

Sonderlich erfolgreich waren die ersten Expeditionen der Spanier nach Südamerika und ihre dort gegründeten Siedlungen nicht. Der Spross einer verarmten spanischen Adelsfamilie Alonso de Ojeda (um 1466-1516) hatte bereits nach der dritten Reise von Christoph Kolumbus 1499 auf eigene Faust Raubzüge an der Küste des heutigen Venezuela unternommen. Eine der dabei entdeckten Buchten nannte er „Klein-Venedig", weil sie ihn an Venedig erinnerte. Im Spanischen heißt das „Venezuela" und bezeichnet noch heute das Land, in dem Alonso de Ojeda zwei Jahre später die Siedlung Maracaibo gründete.

Meuterer

Seine Männer aber hungerten, und die Einheimischen bekämpften die grausam agierenden Spanier immer stärker. Schließlich meuterten die Konquistadoren und schickten Alonso de Ojeda in Ketten zurück auf die Karibik-Insel Hispaniola, die seit der ersten Reise von Christoph Kolumbus der zentrale Stützpunkt der Spanier in der neuen Welt war.

Von dort brach Alonso de Ojeda am 10. November 1509 erneut auf, um die Gebiete im Norden Südamerikas ein wenig unter die Lupe zu nehmen. Nach fünf Tagen kamen die Schiffe in der Bucht von Cartagena an der Nordküste des heutigen Kolumbien an. Einige Zeit später gründete Alonso de Ojeda etliche Seemeilen entfernt im Golf von Urabá mit San Sebastian eine Siedlung, die erneut unter keinem guten Stern stand. Krankheiten rafften die Männer dahin, zu Essen gab es bald nichts mehr und die Kämpfe mit den Indios wollten nicht enden. Da der Nachschub ausblieb, segelte der Expeditionsleiter los, um Nahrung und Verstärkung zu holen, Francisco Pizarro (um 1476/78-1541) sollte als Hauptmann die Stellung in der neuen Siedlung halten.

Dieser musste aber bald aufgeben und schlug sich nach Cartagena durch. Dort traf er auf Martin Fernández de Enciso, der den lang ersehnten Nachschub bringen sollte. Mit der kleinen Flotte segelte Francisco Pizarro zurück nach San Sebastian. Als blinder Passagier hatte sich auch Vasco Nuñez de Balboa (1475-1517) auf eines der Schiffe geschmuggelt. Erneut hatten die Spanier erhebliche Probleme mit den Indios in der Gegend und Vasco Nuñez de Balboa machte den Vorschlag, die Siedlung doch auf der anderen Seite der Bucht neu zu gründen. Dort seien die Indios freundlicher gesinnt und vor allem hätten sie keine Giftpfeile. Den kleinen Ort nannten die Spanier Santa Maria de la Antigua. Nach einiger Zeit wurde Vasco Nuñez de Balboa Generalkapitän und Gouverneur dieser neuen Kolonie am Ostende des Isthmus von Panama.

Am 1. September 1513 segelten Vasco Nuñez de Balboa und Francisco Pizarro ein Stück die Küste entlang und schlugen sich dann zu Fuß durch den Regenwald. Am 25. September 1513 stiegen die Männer nach großen Strapazen durch ein noch heute praktisch unpassierbares Gebiet auf einen kleinen Hügel. Auf der anderen Seite sahen sie die „Südsee". Die Spanier hatten den Pazifik entdeckt, dessen Küste sie am 29. September 1513 erreichten. Angeblich soll ein Häuptling an der Küste den Spaniern erzählt haben, dass es weiter im Süden ein Land mit viel Gold gebe. Damit war eines der nächsten Ziele der spanischen Glücksritter klar definiert.

> *Der König der Misserfolge*
>
> *Alonso de Ojeda gilt wohl zurecht als „König der Misserfolge". 1499, 1501, 1502, 1505 und 1509 leitete er jeweils Erkundungsfahrten nach Südamerika und gründete dabei verschiedene Siedlungen. Auch wenn das von ihm gegründete Maracaibo heute eine Millionenstadt ist, hatte keine seiner Gründungen unmittelbar Erfolg. 1515 starb Alonso de Ojeda einsam und in tiefster Armut auf der Insel Hispaniola.*

„Vasco Nuñez de Balboa ergreift Besitz von der (von ihm so genannten) Südsee", zeitgenössischer kolorierter Kupferstich nach Herrera.

Glücksfall im Land des Feindes

Hernándo Cortés landet in Mexiko (1519)

Auch für einen Herrscher mit umfassender Macht ist es schwierig, gegen einen Gott zu kämpfen. Zumindest wenn das eigene Volk glaubt, dieser wolle den Herrscher vom Thron stoßen. Genau das passierte dem Aztekenherrscher Moctezuma, als der spanische Konquistador Hernándo Cortés (1485-1547) sich auf den Weg machte, das Aztekenreich und vor allem dessen Goldschätze zu erobern. Mit einigen Tricks und vor allem mithilfe seiner guten Kenntnisse des Aztekenreiches schaffte der spanische Konquistador es schließlich, dass Moctezuma seine gottähnliche Macht abgab und sich kampflos dem spanischen Heerführer unterwarf, obwohl dessen Truppen den Verteidigern hoffnungslos unterlegen waren.

Widerstand gegen die Staatsgewalt

Eigentlich sollte der Konquistador nämlich nur das sagenhafte Reich Mexiko und vor allem die Lagerplätze der angeblich reichlich vorhandenen Goldschätze der Azteken erkunden. Hernándo Cortés aber wollte sich nicht mit einem bescheidenen Anteil der Kriegsbeute abspeisen lassen. Der trotzige Mann wollte den gesamten Kuchen haben und segelte mit der noch unvollständigen Flotte aus sechs Schiffen und dreihundert Mann sofort los. Bevor er endgültig zur Eroberung des Aztekenreichs auslief, füllte er aber erst einmal auf den Karibik-Inseln seine Streitmacht auf. Am 10. Februar 1519 war es schließlich soweit: Hernándo Cortés stach mit 508 Soldaten, 16 Pferden und einer Bronzekanone auf elf Schiffen von Havanna aus in See. Im Prinzip waren die Männer aber chancenlos: Die Herrscher in Mexiko konnten in kürzester Zeit etliche Zehntausend kampferprobter Krieger zu den Waffen rufen, die obendrein das zukünftige Schlachtfeld viel besser kannten, als die Spanier.

Hernándo Cortés aber landete erst einmal auf der Halbinsel Yucatan fernab der Machtzentren Mexikos. Problemlos stürmten seine Truppen das Städtchen Tabasco, unterwarfen die Indianer und befreiten gleich noch den Spanier Jéronimo de Aguilar, der bei einer früheren Landung in Gefangenschaft geraten war. Das war der erste Glücksfall dieses Feldzugs, Jéronimo de Aguilar hatte in der Gefangenschaft die Sprache der Maya gelernt und war ab sofort der Dolmetscher der Truppe. Hernándo Cortés konnte so einiges über die Sitten und Gebräuche der Indianer erfahren. Bei Eroberungen sind solche Erkenntnisse oft von unschätzbarem Wert.

Sein Gegenspieler, der Azktekenkönig Moctezuma, war dagegen in einer völlig anderen Situation, seine Informationen beschränkten sich aufs Hörensagen. Die Nachrichten aber waren schon vor der Ankunft der Spanier nicht gerade beruhigend: Da tauchten helle Kometen am Himmel auf und „Adler mit Spiegeln in den Köpfen" wurden gesichtet. Als dann Bauern auch noch „Berge" entdeckten, die sich im Meer bewegten, war die Furcht groß. Schließlich kannte niemand derart große Schiffe, die auf dem Wasser schwimmen und aus der Ferne durchaus für einen Berg gehalten werden können.

Gott ist gelandet

Groß war der Schock der Azteken, als hellhäutige Männer mit langen Bärten aus den in ihrem Gebiet gelandeten Schiffen stiegen. Genauso sollte der Gott Quetzalcoatl, die „Gefiederte Schlange", ausgesehen haben. Bei den Vorfahren der Azteken war er für den Wind zuständig, vernachlässigte aber mit der Zeit seine Pflichten. Die anderen Götter verbannten ihn. Bevor er aber mit dem Floß nach Osten übers Meer davon segelte, kündigte er noch an, im Jahre „Schilfrohr" würde er von dort zurückkehren. 1519 aber zählten die Azteken genau dieses Jahr „Schilfrohr". Ganz offensichtlich war Quetzalcoatl mit den schwimmenden Bergen zurückgekehrt.

Die „Landung der Spanier in Veracruz" stellt Diego Rivera (1886–1957) in seinem Wandgemälde aus dem Jahr 1951 (Mexico City, Nationalpalast) als barbarischen, wenig heroischen Akt dar.

Haftbefehl für einen Gott

Die Spanier erobern das Aztekenreich (1519–1521)

Der Aztekenherrscher Moctezuma konnte kaum ahnen, dass der soeben in seinem Land angekommene Hernándo Cortés (1485–1547), den er für einen Gott hielt, vom kubanischen Gouverneur mit Haftbefehl gesucht wurde. Dieser Spanier ähnelte nämlich einem Quetzalcoatl genannten Gott der aztekischen Legenden aufs Haar, der sein einstiges Reich zurückerobern sollte.

Zentauren gegen Indianer

Dieser Gott aber zögerte nicht lange und segelte den Rio Grijalba hinauf. Dort attackierte das gerade einmal 500 Mann starke spanische Heer sofort die angeblich vierzigtausend Mann, die sich ihm entgegen stellten. Die Spanier verdankten ihren Sieg unter anderem den paar Pferden, die von den Einheimischen wohl für eine Art Zentauren gehalten wurden. Sie konnten schließlich nicht wissen, dass Pferde und Reiter eigentlich zwei Wesen waren. Selbst die Gewalten des Wetters beherrschten die Eindringlinge, berichteten die Kundschafter, als sie zum ersten Mal die einzige Kanone der Spanier donnern hörten. Hernándo Cortés kannte von seinem Dolmetscher diesen Aberglauben und wies die Soldaten an, mit den Kanonen zu reden. Wer aber riesigen Eisenstöcken Gewitter befehlen konnte, eiserne Soldaten und Dämonen für sich kämpfen lassen konnte, die halb Tier und halb Mensch waren, der musste selbst ein Gott sein.

Die Feinde meiner Feinde

Die Indianer sahen keine Chance und schickten zwanzig schöne Jungfrauen als Friedensangebot. Eine von ihnen hieß Malitzin und sprach sowohl Maya als auch die nahuatl genannte Sprache der Azteken. Das war der zweite Glücksfall für Hernándo Cortés. Nun konnte die auf den Namen Marina getaufte Frau von nahuatl in Maya übersetzen und Jéronima de Aguilar weiter ins Spanische. Obendrein hatte der Heerführer jetzt auch noch eine Bettgefährtin, die ihm einige Zeit später einen Sohn schenkte.

Mitte August 1519 brach das Heer ins Landesinnere auf und erreichte nach wenigen Tagen das Puebla-Tal. Dort trafen die Spanier auf die Tlaxcala, die zunächst erbitterten Widerstand leisteten, aufgrund einiger Kriegslisten aber schließlich besiegt wurden. Nach der Niederlage aber verbündeten sich die Tlaxcala mit den Spaniern gegen die Azteken, die seit Urzeiten ihre Feinde waren.

Jetzt war die Lage für Moctezuma wirklich brenzlig: Ein Gott marschierte gegen ihn, der sich mit seinen Feinden verbündet hatte. Gegen eine solche Konstellation aber ist selbst ein Aztekenherrscher mit einem riesigen Heer machtlos. Moctezuma hatte Furcht und empfing Hernándo Cortés in Tenochtitlan friedlich. Dabei waren die Spanier gerade nach ihrem Vormarsch in die Hauptstadt besonders verwundbar, weil sie weder die Pferde noch die einzige Kanone in der Stadt sinnvoll hätten einsetzen können. Moctezuma aber unterwarf sich ihnen und war schließlich unbesiegt Gefangener im eigenen Land.

> *Lockruf des Goldes*
>
> *Kaum war das Aztekenreich erobert, musste Hernándo Cortés an die Küste eilen. Dort war nämlich sein Landsmann Pánfilo de Narváez mit einer weiteren Streitmacht gelandet. Diese neue Expedition aber sollte Hernándo Cortés gefangen nehmen, der ohne Erlaubnis des Gouverneurs von Kuba zu seiner Reise aufgebrochen war. Ganze achtzig Mann mit Pedro Alavarado an der Spitze hatte Hernándo Cortés in Tenochtitlan zurückgelassen. An der Küste aber besiegte der Konquistador seine eigenen Landsleute. Ein großer Teil des Heeres, das ihn eigentlich gefangen nehmen sollte, lief zu ihm über – da spielten wohl auch die lockenden Goldschätze der Azteken eine Rolle.*

Der Platz der drei Kulturen in Mexico-City zeugt von der Kontinuität heiliger Orte: Vorn die Reste eines alten Aztekentempels, dahinter ein Kirchenbau aus der spanischen Eroberungszeit.

Der Lockruf des Goldes

Francisco Pizarro landet in Peru (1532)

Nicht Ruhm und Ehre, sondern die Gier nach Gold und Reichtum trieben die spanischen Eroberer an, als sie die Regionen des heutigen Lateinamerika erkundeten und eroberten. Als Francisco Pizarro (1476/78-1541) 1513 mit einer Gruppe Konquistadoren als erste Europäer die Pazifikküste erreichten, erzählte ihnen ein Häuptling angeblich von einem sagenhaften Goldland weit im Süden.

Erfolglose Goldsucher

Mehr als zehn Jahre später verbündete sich der Spanier mit dem reichen Gaspar de Espinoza, dem Bischof von Panama Fernando de Luque und dem Glücksritter Diego de Almagro (um 1475-1538) um diesen Goldschatz endlich zu bergen. Am 14. November 1524 stach die Expedition mit 114 Mann und vier Pferden unter dem Kommando von Francisco Pizarro auf der Suche nach dem sagenhaften Goldland von Panama aus in See. Das Wetter war schlecht, der auf einem Schiff vorausfahrende Francisco Pizarro musste sechs Wochen lang in einer Flussmündung Unterschlupf suchen. 27 seiner Männern verhungerten, die anderen lieferten sich schwere Kämpfe mit den Indios. Nicht einmal den Norden des heutigen Kolumbiens hatte Francisco Pizarro erreicht, als er wieder umkehren musste.

Auch die nächste Expedition mit zwei Schiffen stand 1526 unter einem schlechten Stern. Erneut kämpften die Männer gegen das Wetter und die Indios, als sie in der Mitte der kolumbianischen Pazifikküste anlandeten und nach Gold suchten. Auch ein drittes Schiff schaffte es nicht, den drohenden Misserfolg abzuwenden, die Schiffe kamen nicht weiter als in den Süden des heutigen Kolumbiens. Als der Gouverneur von Panama von den Problemen hörte, sendete er zwei Schiffe aus, die Francisco Pizarro zurückholen sollten. Zusammen mit dreizehn Männern aber weigerte sich dieser und segelte auf einem Floß bis zur Insel Gorgona rund dreißig Kilometer vor der Küste Kolumbiens, um Ruhe vor den Indios zu haben.

Das Pech klebt an den Füßen

Vor so viel Starrsinn kapitulierte schließlich auch der Gouverneur, der eines der Schiffe weiter segeln ließ. Und jetzt hatten die Abenteurer endlich Glück und erreichten mit dem heutigen Tumbes die erste Inkastadt ganz im Norden des modernen Landes Peru. Zur Überraschung aller nahmen die Inka die Spanier freundlich auf. Beladen mit Gold kehrte Francisco Pizarro schließlich nach Panama zurück. Zusammen mit seinen drei Brüdern und Halbbrüdern Hernando, Juan und Gonzalo legte Francisco Pizarro schließlich Anfang Januar 1531 mit drei Schiffen, 180 Mann und 27 Pferden aus Panama ab. Erneut war das Wetter schlecht, weit im Norden landeten die Spanier, schickten die Schiffe zurück, schlugen sich mehrere Monate lang im dichten Dschungel nach Tumbes durch. Dort aber fanden sie statt eines freundlichen Empfangs eine abgebrannte und zerstörte Stadt. Von einigen Indios erfuhren die Spanier schließlich, dass die von den Eroberern eingeschleppten Pocken den mächtigen Inka-Gottkönig Huayna Capac dahingerafft hatten. Zwei seiner Söhne kämpften daraufhin in einem blutigen Bürgerkrieg um die Nachfolge. Damit aber war das Inkareich geschwächt und Francisco Pizarro nahm seine Chance wahr.

> *Vollmacht zur Eroberung*
>
> *Weil der Gouverneur weitere Expeditionen als zu gefährlich verbot, segelte Francisco Pizarro nach Spanien und sprach direkt bei König Karl V. in Toledo vor. Am 26. Juni 1529 unterzeichneten der Sprössling aus ärmsten Verhältnissen und der König einen Vertrag, nach dem Francisco Pizarro Generalkapitän und Gouverneur aller Gebiete werden sollte, die er südlich von Panama erobern konnte.*

„Die Spanier gehen ganz tyrannisch mit den Indianern um (...)" Der um 1596 endstandene Kupferstich von Theodor de Bry (1528-1598) zeigt die Eroberung Perus.

Gierige Verräter

Konquistadoren erobern das Inkareich (1532–1572)

Als der Inkaherrscher Huayna Capac um das Jahr 1527 starb, herrschte er zwar über ein riesiges Reich, das vom Norden des heutigen Ecuador bis weit in die heutigen Länder Chile und Argentinien hinein reichte. Weil gleichzeitig aber sein Sohn und designierter Nachfolger Ninan Cuyochi ebenfalls den von Spaniern nach Südamerika eingeschleppten Pocken zum Opfer fiel, war das Reich plötzlich führerlos.

So wurde das Land erst einmal zwischen zwei weiteren Söhnen der toten Herrschers aufgeteilt: Atahualpa regierte den Norden, sein jüngerer Bruder Huascar den Süden. Relativ rasch aber begannen die Brüder einen blutigen Bürgerkrieg, den Atahualpa für sich entscheiden konnte. Noch während des Bürgerkriegs aber brachten Läufer von der Küste bei Tumbes die Nachricht, dort seien bärtige Männer mit Fabelwesen gelandet. Deren Körper würde einem Lama ähneln, während der Oberkörper der eines Mannes sei. Francisco Pizarro (1476/78-1541) war mit Soldaten und Pferden in Peru gelandet.

Die 50 000 Inka-Soldaten hätten die 168 Spanier mit ihren 62 Pferden auf dem Weg durch die engen Schluchten in die hochgelegene Inkastadt Cajamarca leicht töten können. Atahualpa aber unterschätzte die Gefahr offensichtlich und bat die Fremden am 15. November 1532 in die menschenleere Stadt. Er selber kam am nächsten Tag und traf als erstes einen Priester, der ihm die Bibel nahe bringen wollte. Der Inka aber kannte keine Bücher und wunderte sich, wieso das so wichtige Buch nicht zu ihm sprach. Wutentbrannt schleuderte er die Bibel zu Boden. Angesichts dieser Gotteslästerung griffen die Spanier an, vermutlich hatten sie ohnehin einen Hinterhalt geplant. Als sie Atahualpa gefangen genommen hatten, metzelten sie seine Soldaten in einem furchtbaren Blutbad nieder. Niemand wehrte sich, um den Inka nicht zu gefährden, der als Gott verehrt wurde.

Der Untergang der Inka

Francisco Pizarro setzte im Dezember 1533 einen Verwandten Atahualpas, Manco Capac, in Cuzco als Marionettenherrscher ein. Bereits 1536 führte Manco Capac aber einen Aufstand an, rund 100 000 Krieger belagern die Spanier. Erst spanische Verstärkungen aus Mittelamerika beendeten diesen vielleicht größten Aufstand gegen die Europäer in Amerika. Manco Capac zog sich mit 20 000 Anhängern in den Regenwald zurück und baute dort die letzte Stadt der Inka Vilcabamba. Mehr als drei Jahrzehnte lang attackierten die Inka von dort immer wieder die Spanier. Erst 1572 ergriffen die Spanier den letzten Inka-Herrscher Túpac Amarú. Als sie ihn enthauptet hatten, war auch die Inka-Dynastie erloschen und von einst sieben Millionen seiner Untertanen lebten keine 500 000 mehr.

Hinrichtung eines Gottkönigs

Aber auch in Gefangenschaft erkannten die Menschen im Reich Atahualpa als Staatsoberhaupt an. Als der Inka zum Beispiel die Ermordung seines gefangenen Bruders Huascar anordnete, wurde sie prompt ausgeführt. Für ein gigantisches Lösegeld versuchte Atahualpa sich freizukaufen. Innerhalb von zwei Monaten füllten seine Untertanen einen 35 Quadratmeter großen und 2,50 Meter hohen Raum mit Gold. Die Spanier aber klagten Atahualpa mit fadenscheinigen Argumenten an und verurteilten ihn zum Tod durch Verbrennen. Er könnte aber begnadigt werden, sollte er zum Christentum konvertieren, stellten die Spanier ihm in Aussicht. Atahualpa legte daraufhin tatsächlich seinen Glauben ab und die Spanier hielten diesmal ihr Versprechen auf eine sarkastische Art: Statt auf dem Scheiterhaufen zu verbrennen, wurde Atahualpa am 29. August 1533 erwürgt.

Die Aussicht auf Goldschätze ließ die Konquistadoren auch die größten Strapazen ertragen. Die hohe Kunstfertigkeit der Goldschmiede erkannten sie hingegen nicht. Mumienmaske, Chimu (Peru), 13./15. Jh.

Streit unter Waffenbrüdern

Nach dem Sieg entzweien sich die Eroberer Perus (2. Viertel 16. Jh.)

Als die Spanier den Inkaherrscher Atahualpa in der Andenstadt Cajamarca hingerichtet hatten, war das Reich zwar führerlos, das Land aber keineswegs erobert. Mehr als tausend Kilometer lag die Landeshauptstadt Cuzco entfernt.

Die neue Hauptstadt

Die Spanier zogen deshalb rasch zum Machtzentrum weiter, zehn Wochen nach Atahualpas Tod standen sie vor Cuzco. Widerstand leisteten die führerlosen Inka unterwegs kaum. Ganz im Gegenteil schlugen sich immer wieder von den Inkas unterdrückte Stämme auf die Seite der Konquistadoren, weil sie so ihre Freiheit zu erringen hofften. Auch die Hauptstadt selbst eroberten die Spanier ohne großen Widerstand. Trotzdem plünderten und brandschatzten sie die Stadt.

Der spanische Konquistadoren-Chef Francisco Pizarro (1476/78-1541) inthronisierte einen Verwandten des ermordeten Inkaherrschers Atahualpa als Marionettenherrscher, verließ selbst aber das hochgelegene Cuzco bald wieder. Am 6. Januar 1535 gründete der Konquistador in der Küstenwüste seine neue Hauptstadt Ciudad de los Reyes. Diese „Stadt der Könige" wurde später in „Lima" umgetauft und ist noch heute die Hauptstadt Perus.

> **Cuzco**
>
> *Als die spanischen Konquistadoren die Inkahauptstadt Cuzco eingenommen hatten, ließen sie alle Tempel und Paläste einreißen, nur wenige Grundmauern aus der Inkazeit überstanden diese wenigen Tage. Aus den übrig gebliebenen Steinen der geplünderten Stadt bauten die Spanier dann ihre Kirchen. Den größten Teil der Kunstwerke aus Gold und Silber schmolzen die Eroberer ein. So ließen sich die Schätze besser transportieren, von denen die Spanier nach Peru gelockt worden waren.*

Verrat unter Freunden

Seinem Waffenbruder Diego de Almagro (um 1475-1538) hatte Francisco Pizarro inzwischen eine Teilung des Landes angeboten. Er selbst wollte den bereits eroberten Norden mit seinen Goldschätzen behalten, der Freund durfte den Süden des Inkareiches brandschatzen. Statt Reichtümer aber fanden Diego de Almagro und seine Männer nur Wüsten, beinahe wären die Konquistadoren verdurstet.

Enttäuscht kehrten sie in den Norden zurück und forderten mit Waffengewalt ihren Anteil an der Beute. Am 18. April 1537 eroberte Diego de Almagro die alte Hauptstadt Cuzco und ließ die beiden Brüder von Francisco Pizarro Hernando und Gonzalo ins Gefängnis werfen. Der dritte der Pizarro-Brüder, Juan, war bereits vorher in den Kämpfen gestorben.

Jetzt schickte Francisco Pizarro seine Truppen aus der neuen Hauptstadt Lima nach Cuzco und besiegte seinen alten Partner schließlich. Genau wie den fünf Jahre zuvor hingerichteten Inkaherrscher Atahualpa verurteilte der Konquistador auch seinen bisherigen Partner zum Tod und ließ ihn am 8. Juli 1538 erwürgen. Endlich hatte Francisco Pizarro sein Ziel erreicht und war unumschränkter Alleinherrscher des immer noch sagenhaft reichen Peru. Bald schon entpuppte er sich aber als reichlich arroganter Landeschef. Gleichzeitig verschworen sich die Anhänger von Diego de Almagro gegen ihn, und ermordeten ihn am 26. Juni 1541 in seinem neu erbauten Palast in Lima. An der Spitze der Verschwörer stand niemand anderes als Diego de Almagro, der gleichnamige Sohn des drei Jahre vorher erdrosselten Pizarro-Partners. Ein großer Teil des Goldes und Silbers, sowie anderer Metalle aus den von ihm eroberten Ländern aber floss auch lange nach dieser Zeit noch zu den Handelshäusern und Banken nach Europa und lieferte einen entscheidenden Pfeiler für den Reichtum der alten Welt.

Die Inkafestung Sacsayhuamán wurde vermutlich zum Schutz der knapp drei Kilometer entfernt gelegenen Stadt Cuzco errichtet. Während der Eroberung durch die Spanier wurde sie größtenteils zerstört. Ihre Ruinen geben aber noch heute einen guten Eindruck von diesem einst mächtigen Bollwerk.

Die lange Wüste

Pedro de Valdivia entdeckt Chile (1540/41)

Die vielleicht heftigste Gegenwehr gegen die spanischen Eroberer leistete das langgestreckte Land Chile. Eingezwängt zwischen den im Norden oft um die sechstausend Meter hohen Anden und den Fluten des Pazifik ist das Land noch heute ziemlich isoliert vom Rest der Welt: Im Osten erreicht man die Nachbarn Argentinien und Bolivien nur über meist relativ hohe und vor allem unwirtliche Andenpässe, im Süden und Westen bilden Pazifik und Südpolarmeer die Grenzen und im Norden blockieren einige Tausend Kilometer Küstenwüste den Weg nach Peru.

Ödnis statt Gold

Genau durch diese Küstenwüste aber mussten sich die Eroberer nach Süden vortasten. Den Anfang macht Diego de Almagro (um 1475-1538), der in den Jahren 1532 bis 1535 gemeinsam mit Francisco Pizarro in einigen gewagten Handstreichen das riesige Inkareich und seine gewaltigen Goldschätze erobert hatte. Beide teilten sich die Beute, während Francisco Pizarro den Norden mit dem heutigen Ecuador und Peru behielt, durfte Diego de Almagro das noch unbekannte Chile im Süden erobern. Über die unwirtlichen Andenhochflächen und die trockenste Wüste der Welt schlugen die Männer sich 1535 nach Süden vor, verdursteten beinahe und erreichten schließlich die Gegend um die heutige Provinzhauptstadt La Serena.

Eigentlich hatten sie es damit geschafft, denn weiter im Süden nehmen die Niederschläge zu und das Land wird fruchtbarer. Die Konquistadoren aber suchten kein Ackerland, sondern Goldschätze. Und die gab es in der Region nirgends. Obendrein wehrten die Stämme in dieser Gegend sich heftig gegen die Eindringlinge aus Europa, Diego de Almagro musste unverrichteter Dinge wieder umkehren.

Aber die Spanier gaben nicht auf. Kurz nachdem Diego de Almagro nach Chile aufgebrochen war, kam aus Spanien Pedro de Valdivia (1497-1553) zu Francisco Pizarro in das heutige Land Peru. 1540 brach er mit erheblich besseren Chancen nach Süden auf, weil er aus den Erfahrungen Diego de Almagras immerhin die Ausdehnung der Küstenwüste kannte und sicher sein konnte, an deren Ende Wasser zu finden. Außerdem hatte er rund hundert Soldaten dabei, mit denen er die Einwohner der Region unterwerfen wollte.

Diesmal schien alles besser zu klappen, gut 500 Kilometer südlich der Region, in der Diego de Almagro umkehren musste, standen die Konquistadoren in einer Gegend mit einem Klima, das sich vom spanischen gar nicht so sehr unterschied. Die Einwohner wurden besiegt, am 12. Februar 1541 gründete Pedro de Valdivia eine Stadt, die heute Santiago de Chile heißt und die Hauptstadt des Landes ist. Schon am 11. September des gleichen Jahres aber hatten die Indios die Stadt wieder zerstört.

Pedro de Valdivia aber gab nicht auf, 1544 gründete er ungefähr an der Stelle, an der Diego de Almagro gescheitert war, die Stadt La Serena. Dieser Stützpunkt sollte ihm die Flucht vor den Indios aus dem Süden erleichtern. Gegen die sich heftig wehrenden Einwohner drang der Konquistador nun immer weiter in den chilenischen Süden vor. Dort fand er ein fruchtbares Land mit mildem Klima und reichlich Niederschlägen. Dort gründete er Städte wie Concepción und Villarrica. 1553 aber schlugen die Mapuche-Indios die Spanier, zwangen Pedro de Valdivia flüssiges Gold zu trinken und zerstörten die meisten der spanischen Siedlungen südlich des Bio-Bio-Flusses wieder.

Der Bio-Bio-Fluss

Im Süden Chiles waren anscheinend besonders wehrhafte Stämme zuhause. Auch die Inka drangen nie weiter als bis zum Bio-Bio-Fluss vor, der auch unter den Spaniern bis zum 19. Jahrhundert die Südgrenze der Besiedlung blieb.

Bis in die Gegend der von Pedro de Valdivia gegründeten Stadt La Serena kämpften die spanischen Eroberer sich durch eine unwirtliche Küstenwüste im Norden des heutigen Chile.

Geheimnisvolles Goldland

Die Suche nach El Dorado (1. Hälfte 16. Jh.)

Nicht Ruhm und Ehre, sondern einzig die Gier nach Reichtum und Gold hatte die Spanier nach Peru und Südamerika gelockt. Francisco Pizarro fand bei der Eroberung des Inkareiches dann auch reichlich Gold und Silber. Seine Untergebenen aber bekamen davon wenig ab und träumten weiter vom großen Reichtum. Genährt wurde dieser Traum immer wieder von Einheimischen, die von einem See erzählten, dessen Grund von Gold und Smaragden bedeckt sein müsste.

Gold bei den Inka-Nachbarn

Im Bereich des heutigen Kolumbien lebte damals das Chibcha-Volk als nördliche Nachbarn der Inka. Ähnlich wie diese leiteten auch die Chibcha über lange Kanäle Wasser zu ihren Feldern und waren begnadete Goldschmiede. Einer der Stämme waren die Muisca, deren Herrscher bei seinem Amtsantritt ein Opfer für den Sonnengott bringen musste. An großen Feuern rieben ihn seine Untergebenen in der Nacht dick mit einer Paste ein, die reichlich Goldstaub enthielt. Dann fuhr der junge Herrscher mit einigen Begleitern auf einem Floß, das mit Goldgegenständen und Smaragden beladen war, auf den Guatavita-See hinaus. Tatsächlich fanden Bauern 1969 in einer Höhle in der Nähe einer Muisca-Siedlung die 18 Zentimeter lange Nachbildung eines solchen Floßes, die aus purem Gold gefertigt war. In der Mitte des Sees warfen die Begleiter die Schätze dann über Bord und der junge Herrscher wusch sich im Wasser den Goldstaub vom Leib.

Erfolglose Suche

Im Laufe der Regierungszeiten etlicher Muisca-Herrscher sollten sich demnach unermessliche Werte am Grund de Guatavita-Sees angesammelt haben, waren die Konquistadoren überzeugt. Die erste Suche leitete Gonzalo Jiménez de Quesada (1509-1579), der zwischen 1535 und seinem Lebensende mit brutalen Angriffen das heutige Kolumbien eroberte. Er war der einzige Konquistador, der fließend schreiben und lesen konnte und obendrein auch noch als Jurist ausgebildet war. Zwar sicherte er sich und der spanischen Krone viel Gold und Smaragde, „El Dorado", wie der Goldsee seit seiner Zeit genannt wurde, aber fand er nicht. Genauso erfolglos blieben auch die beiden Expedition des Deutschen Nikolaus Federmann (1506-1542) 1530 und 1536 vom Orinoco-Fluss aus und die Suche von Sebastián de Belalcázar (um 1479/95-1551).

Die Schätze im Goldsee

El Dorado muss sich im See Guatavita im Nordosten der Stadt Bogotá verbergen, vermuteten schon viele Menschen. Dieser See mit seinem Durchmesser von rund 1600 Metern sah daher immer wieder Versuche, die in seiner Tiefe erhofften Schätze zu bergen. Den Anfang machte bereits 1545 Hernan Perez de Quesada, der Bruder des Eroberers von Kolumbien. Mit einem Kollegen schöpfte er in drei Monaten Trockenzeit mit Kürbisschalen Wasser aus dem See. Der Wasserspiegel fiel dadurch um etwa drei Meter und gab so zwar keine Schätze, aber immerhin ein paar Goldmünzen frei. Auch 1580 fand Antonio de Sepulveda einige Gegenstände aus Gold, als er 8000 Indios einen Abflusskanal graben ließ, der den Wasserspiegel um immerhin zwanzig Meter senkte. Dann aber stürzte der Kanal ein und begrub einige Hundert Indios und die Hoffnungen der Spanier unter sich. 1898 schaffte der Brite Hartley Knowles es dann tatsächlich, das Seewasser vollständig durch einen Tunnel abzuleiten. Jetzt aber bedeckte eine dicke Schlammschicht den Seegrund, die in der Tropensonne rasch aushärtete. Obendrein blockierte rasch neuer Schlamm den Tunnel und der See füllte sich wieder. Einen größeren Goldschatz hat auch Hartley Knowles nicht gefunden.

Nach solchen Kunstwerken der Muisca-Goldschmiede in Kolumbien gierten die spanischen Eroberer.

Die Welt wird aufgeteilt

Die Portugiesen entdecken Brasilien (1500)

Zwei große Seefahrer-Nationen rangen im 15. Jahrhundert um die Vorherrschaft nicht etwa auf den Meeren, sondern an Land. Wie so häufig bei langen Konflikten ging es auch damals vor allem ums Geld: Wer die Länder kontrollieren würde, aus denen die damals so heiß begehrten Gewürze stammten, könnte leicht große Reichtümer anhäufen. Und da diese Länder weit im Osten Asiens damals nur auf dem Seeweg sicher erreicht werden konnten, steuerten die beiden großen Rivalen auf dem Meer Spanien und Portugal mehr als einmal auf einen Krieg zu.

Der Papst als Schiedsrichter

Gegen Ende des Jahrhunderts überstürzten sich dann die Ereignisse: 1488 fanden die Portugiesen endlich den lange gesuchten Seeweg um Afrika herum, es schien nur noch eine Frage der Zeit, bis man auf dieser Route einen direkten Zugang zu den Reichtümern in Indien, China und den Gewürzinseln finden würde. Die Spanier dagegen glaubten genau in die entgegengesetzte Richtung einen brauchbaren Seeweg nach Ostasien gefunden zu haben, als Christoph Kolumbus 1492 auf der Fahrt nach Westen über den Atlantik auf Land gestoßen war, das er für Inseln vor der Küste Indiens oder Chinas hielt.

Gerade zwei Monate vor der Entdeckung des Christoph Kolumbus hatten die Kardinäle in Rom einen neuen Papst gewählt. Selbst Spanier sah Alexander VI. aufgrund dieser Erfolge endlich eine Chance, den Konflikt zwischen den beiden mächtigen katholischen Ländern beizulegen. Schon im Mai 1493 kam sein Vorschlag, die Welt entlang einer Linie aufzuteilen, die rund 480 Kilometer westlich der Kapverdischen Inseln von Pol zu Pol laufen sollte. Alles im Osten dieser Linie sollte zum portugiesischen Bereich gehören, in den damit auch die Handelsroute um Afrika herum fiel. Die Spanier sollten dagegen die Länder westlich dieser Linie und auch die von Christoph Kolumbus neu entdeckten Inseln kontrollieren.

Widerspenstige Portugiesen

Der Vorschlag schien die Interessen beider Seemächte hervorragend unter einen Hut zu bringen. Und doch weigerten sich die Portugiesen beharrlich, den Schiedsspruch zu akzeptieren. In zähen Verhandlungen erreichten sie schließlich eine Verlegung der Grenzlinie um weitere 1300 Kilometer nach Westen. Am 7. Juni 1494 wurde der Vertrag von Tordesillas schließlich geschlossen, der die damalige Welt praktisch in zwei Hälften aufteilte. Später stellte sich heraus, dass die Portugiesen durch die Verlegung der Grenze um 1300 Kilometer nach Westen einen Anspruch auf einen Teil des damals noch gar nicht entdeckten Südamerikas hatten, in dem das heutige Brasilien liegt. Seither verstummen die Vermutungen nicht, dass die Portugiesen Südamerika tatsächlich bereits vor 1493 erreicht hatten, ihre Entdeckung aber gut geheim hielten. Wie das geschehen sein konnte, zeigte Pedro Alvarez Cabral (um 1467- um 1526). Er war mit einer riesigen Flotte losgesegelt, um den von Vasco da Gama entdeckten Seeweg um Afrika herum nach Indien zu sichern. Um die Passatwinde auszunutzen, segelte die Flotte im Atlantik weit nach Westen und stieß dabei am 22. April 1500 auf die Küste Brasiliens. Portugiesisch ist noch heute die Landessprache in Brasilien, während im Rest Südamerikas überwiegend Spanisch gesprochen wird.

> *Vicente Yañez Pinzon*
>
> *Offiziell entdeckten die Spanier Brasilien sogar ein paar Monate vor den Portugiesen: Vicente Yañez Pinzon (um 1460- um 1523), einer der Begleiter von Christoph Kolumbus, landete am 26. Januar 1500 im heutigen brasilianischen Bundesstaat Pernambuco im äußersten Osten Südamerikas.*

Mit Schwert, Kreuz und nautischem Instrument: Bronzestatue des Entdeckers von Brasilien, Pedro Alvares Cabral, in seinem Geburtsort Belmonte.

Am Silberstrom gescheitert

Rio de la Plata und Buenos Aires

Die Einwohner von Buenos Aires vergleichen ihre Zwölf-Millionen-Stadt gern mit Paris. Tatsächlich erinnert vieles in der Metropole am Rio de la Plata an die französische Hauptstadt. Die Gründungsgeschichte von Buenos Aires aber ist sehr südamerikanisch: Gegründet und schon nach wenigen Jahren gescheitert, so könnte man das Schicksal der meisten Neugründungen der Spanier in Südamerika kurz zusammenfassen.

Schon dem ersten Europäer, der die damals noch „Mare Dulce" oder „Süßes Meer" genannte Mündung hinauf fuhr, brachte der Rio de la Plata kein Glück. Juan Diaz de Solis (1470-1516) war eigentlich auf der Suche nach einer Passage um Amerika herum, auf der er zu den Reichtümern der Gewürzinseln Südostasiens gelangen konnte. Bis an das westliche Ende des Rio de la Plata fuhr der Konquistador und ging dort mit zwei Offizieren und sieben Matrosen zwischen den Mündungen des Rio Paraná und des Rio Uruguay an Land. Weshalb die Männer mit den Indios der Gegend aneinander gerieten, wird sich wohl nie mehr klären lassen, jedenfalls endete die Expedition am 2. Februar 1516 mit dem Tod der Konquistadoren.

Um dem Schicksal seines Vorgängers zu entgehen, stach der reiche Spanier Pedro de Mendoza (1487-1537) am 24. August 1534 mit einer ganzen Armee in See. Auf seinen 14 Schiffen waren mehr als 3000 Mann zusammen gepfercht, darunter acht Mönche, ein Arzt, ein Chirurg und ein Apotheker. So gerüstet wollte Pedro de Mendoza drei Festungen errichten und eine Straße vom Rio de la Plata quer durch Südamerika und über die Anden bis an den Pazifik bauen, um dort auf seine Landsleute zu treffen, die sich aus Peru kommend nach Süden schlugen. Da unterschätzten die Spanier wohl die Größe des Landes und die Unzugänglichkeit der Andenpässe.

Gute Winde

Die Expedition selbst wäre allerdings schon beinahe gescheitert, bevor sie den Rio de la Plata überhaupt erreichte. Vor der Küste Brasiliens zerstreute ein gewaltiger Sturm die Flotte in alle Winde, nur mit Mühe retteten die Männer sich an Land. Dort erkrankte Pedro de Mendoza so schwer, dass er das Kommando vorübergehend an seinen Stellvertreter abgab. Diesem misstraute er bald so sehr, dass er ihn hinrichten ließ.

Immerhin erreichte die Expedition Mitte Januar den Rio de la Plata, am 2. oder 3. Februar 1536 gründeten die Spanier Buenos Aires. Der Hochsommer aber neigte sich dem Ende entgegen, an die eigentlich geplante Aussaat von Getreide war nicht mehr zu denken. Zunächst versorgten die Indios die Spanier mit Vorräten, wurden aber von diesen schlecht behandelt und griffen sie daher an. Im Dezember des gleichen Jahres eroberten die Indios Buenos Aires und brannten die Siedlung nieder. Erst 1580 gelang dann die dauerhafte Besiedlung der heutigen Metropole am Rio de la Plata.

Braunes Silber

Obwohl der Name „Rio de la Plata" oder „Silberfluss" auf ein glänzendes Edelmetall hinweist, sieht man auf Satellitenbildern dieser 290 Kilometer langen und 220 Kilometer breiten Flussmündung keinen Glanz sondern nur trübes Braun. Bevor ihre Wasser in den gigantischen Mündungstrichter fließen, haben der Rio Paraná und der Rio Uruguay von ihren Ufern viel Schlamm und Lehm mitgerissen, der das Wasser vor Buenos Aires und der schräg gegenüber liegenden Hauptstadt Uruguays Montevideo trübt. Wie der Rio de la Plata seinen Namen erhielt, sieht man bei einer Fahrt über den Fluss sobald die Sonne gleißend scheint. Dann glänzt das eigentlich trübe Wasser tatsächlich wie poliertes Silber.

Frühe Landkarte mit dem Rio de la Plata aus dem Jahr 1555 von Guillaume de Testu (um 1509–1573).

Besuch bei den Moskitos

Charles Marie de La Condamine auf dem Amazonas (1744)

Hat die Erde mehr die Form eines Apfels oder eher die einer Birne? Diese Frage war noch im 18. Jahrhundert umstritten. Also schickte der französische König im Jahr 1735 Forscher nach Lappland und nach Südamerika, um den Erdumfang an den Polen und am Äquator genau zu vermessen.

Zu den Teilnehmern der Südamerika-Expedition gehörte ein studierter Astronom namens Charles Marie de La Condamine (1701-1774). Doch das Team vertrug sich nicht, sodass sich La Condamine schließlich von seinen Gefährten trennte und sich auf eigene Faust durch die unerforschte Wildnis Ecuadors schlug. Von den Indios lernte er unterwegs, wie man Chinin gegen Malaria benutzt und was man mit Kautschuk anfangen kann. Und im Sommer 1744 stellte er sich einer besonderen Herausforderung: Er fuhr die ganze Länge des Amazonas hinunter.

Spanische Abenteurer

Er war nicht der erste, der sich dem Riesenfluss im Regenwald anvertraute. Schon die ersten Europäer, die Südamerika erreichten, waren von der gigantischen Wasserwelt beeindruckt gewesen. So brach der Spanier Francisco de Orellana (1490-1546) 1541 mit zwei Schiffen am Nebenfluss Rio Napo auf und fuhr flussabwärts bis in den Amazonas und weiter Richtung Meer. 1542 ereichte er schließlich das riesige Delta, in dem der Fluss in den Atlantik mündet. Zu Ehren des Spaniers wurde der Strom zunächst „Rio Orellana" getauft. Und auch seinen heutigen Namen verdankt der Amazonas wohl den Reiseberichten Orellanas. Denn der schrieb sehr anschaulich von Indianerangriffen, an denen sich auch kriegerische Frauen beteiligten. Viele Europäer aber dachten bei solchen Szenen automatisch an die antike Sage von den Amazonen.

Karten und Curare

Orellana und seine Landsleute aber waren eher Abenteurer als Geografen, La Condamine sollte der erste Wissenschaftler auf dem Riesenfluss werden. Er beschrieb die reiche Tier- und Pflanzenwelt und machte astronomische Beobachtungen, mit deren Hilfe er die erste verlässliche Karte des Amazonas zeichnete. Als der Franzose im Februar 1745 nach zehn Jahren strapaziöser Expeditionen endlich nach Paris zurückkehrte, hatte er nicht nur eine Fülle von geografischen, natur- und völkerkundlichen Berichten im Gepäck. Er brachte auch zahlreiche Kuriositäten aus der geheimnisvollen Welt des Regenwaldes mit. Darunter war auch das in Europa bis dahin unbekannte Pfeilgift Curare, das die südamerikanischen Indianer zur Jagd verwendeten.

In den folgenden Jahrhunderten wagten sich dann weitere Wissenschaftler auf den Amazonas. Staunend standen sie vor der Fülle neuer Lebewesen, für die noch kein Europäer einen Namen hatte. Etliche wissenschaftliche Expeditionen des 19. Jahrhunderts kamen mit Zehntausenden von Tieren und Pflanzen zurück, Tausende von Arten wurden neu beschrieben. Doch bis heute haben Biologen noch keinen Überblick über die Artenfülle des Amazonas-Regenwaldes. Wer eine neue Art entdecken will, hat auf La Condamines Spuren noch immer gute Chancen.

Der größte Fluss der Erde

Der Amazonas ist der wasserreichste Strom der Welt, so viel steht fest. Zu seiner Länge aber gibt es immer wieder neue Messungen und Untersuchungen – und damit immer andere Antworten auf die Frage, ob dem südamerikanischen Giganten oder doch dem Nil der Titel „längster Fluss der Erde" zusteht. Berechnungen aus dem Jahr 2007 bescheinigen dem Amazonas eine Länge von 6800 Kilometern. Damit hätte er gegenüber dem 6671 Kilometer langen afrikanischen Konkurrenten die Nase vorn.

In den wasserreichsten Strom der Erde münden von seiner Quelle bis zum Delta, dem Amazonasbecken, etwa 10 000 Flüsse.

„Der Raupen wunderbare Verwandlung"

Maria Sibylla Merian studiert die Schmetterlinge des Dschungels (1699–1701)

„Ich erkühne mich, als Frau an die Öffentlichkeit zu treten", soll Maria Sibylla Merian (1647-1717) einst gesagt haben. Die Tochter eines Frankfurter Kupferstechers dachte gar nicht daran, sich mit der üblichen Frauenrolle ihrer Zeit abzufinden. Warum sollten schließlich nur Männer das Recht haben, zu neuen Ufern aufzubrechen, exotische Landstriche zu erkunden und dann darüber zu berichten?

Faszination Schmetterling

Schon als Jugendliche hatte Maria Sibylla Merian fasziniert die Welt der Insekten beobachtet. Sie sammelte das damals eher unbeliebte Kleingetier, beschäftigte sich mit seiner Anatomie und Klassifikation und hielt sein Aussehen in detailgetreuen Zeichnungen fest. Vor allem die geheimnisvolle Verwandlung von unscheinbaren Raupen in prächtige Schmetterlinge hatte es ihr angetan. Und so stand sie eines Tages begeistert vor einer farbenprächtigen Schmetterlingssammlung aus Niederländisch-Guyana, dem heutigen Surinam. Sofort stand ihr Entschluss fest: Sie würde die tropische Heimat dieser faszinierenden Geschöpfe besuchen und erkunden.

Freunde und Bekannte warnten dringend vor dem feucht-heißen Landstrich mit seinem ungesunden Klima. Doch Maria Sibylla Merian ließ sich nicht beirren. Sie verkaufte einen Teil ihrer Sammlungen und Bilder, um die teuere Reise zu finanzieren und machte vorsichtshalber ihr Testament. Im Juni 1699 bestieg sie zusammen mit ihrer jüngsten Tochter ein Schiff nach Südamerika. Zum ersten Mal würde eine Frau eine naturwissenschaftliche Forschungsexpedition dieser Größenordnung unternehmen.

Im Dschungel

Mutter und Tochter wählten zunächst die Stadt Paramaribo als Hauptquartier, später die nahe gelegene Siedlung Providence. Von dort aus durchstreiften sie ausgiebig den tropischen Regenwald. Begeistert beobachteten und zeichneten sie das Heer exotischer Insekten, das diese grüne Welt bewohnte. Stetig füllten sich die Skizzenbücher mit immer neuen Zeichnungen von Schmetterlingen in verschiedenen Entwicklungsstadien. In die Sammelbehälter aber wanderten neben den verschiedensten Krabbeltieren auch Pflanzen, Reptilien und andere Waldlebewesen. Die Forscherin staunte jeden Tag über die Fülle von faszinierenden Entdeckungen, die ihr der Wald bot.

Doch die Warnungen vor den Gesundheitsgefahren dieses scheinbaren Tropenparadieses sollten sich als durchaus berechtigt erweisen. Nach zwei Jahren im Urwald erkrankte Maria Sibylla Merian an einer schweren Malaria und musste ihre Studienexpedition abbrechen. Am 23. September 1701 waren sie und ihre Tochter zurück in Amsterdam.

Doch der Dschungel ließ die Forscherin nicht los. Sie wertete ihre Zeichnungen und Sammelobjekte aus, heuerte Kupferstecher an und verfasste ein opulentes Buch über die Insekten Surinams. „Ich habe keine Kosten bei der Ausführung dieses Werkes gescheut", schrieb sie im Vorwort. „Ich habe die Platten von den berühmtesten Meistern stechen lassen und das beste Papier dazu genommen, damit ich sowohl den Kennern der Kunst als auch den Liebhabern der Insekten Vergnügen und Freude bereite, wie es auch mich dann freuen wird, wenn ich höre, dass ich meine Absicht erreicht und gleichzeitig Freude bereitet habe".

Die Herrin der Insekten

Mit ihren akribischen biologischen Studien hat Maria Sibylla Merian wissenschaftliche Pionierarbeit geleistet. Sie gilt heute als die Vorreiterin der Insektenkunde. An ihrer Einteilung der Schmetterlinge in Tag- und Nachtfalter zum Beispiel halten Wissenschaftler immer noch fest.

„Granatapfel und Blauer Morpho (Punica Granatum und Morpho melaneus)." Kolorierter Kupferstich nach einer Gouache von Maria Sibylla Merian, entstanden auf ihrer Reise nach Surinam 1699-1701. Aus: Metamorphosis Insectorum Surinamensium, Amsterdam 1705.

„Der wahre Entdecker Amerikas"

Alexander von Humboldt wird zum Star der Forschungsreisenden (Anfang 19. Jh.)

Er war eine lebende Legende. Kaum ein anderer Forschungsreisender ist von seinen Zeitgenossen so gefeiert worden wie Alexander von Humboldt (1769-1859). „Er war der größte reisende Wissenschaftler, der jemals gelebt hat", begeisterte sich Charles Darwin (1809-1882), der immerhin selbst als Vater der Evolutionstheorie in die Geschichte eingehen sollte.

Ein südamerikanischer Traum

Nach dem Tod seiner Mutter hängte der in Berlin geborene Humboldt seine Karriere im Staatsdienst an den Nagel. Er plante eine Reise nach „Westindien", jenem aufregend neuen Landstrich, zu dem man damals große Teile Mittel- und Südamerikas rechnete. „Meine Reise ist unerschütterlich gewiss", schrieb er 1796. „Ich präpariere mich noch einige Jahre und sammele Instrumente, ein bis anderthalb Jahre bleibe ich in Italien, um mich mit Vulkanen genau bekannt zu machen, dann geht es über Paris nach England ... und dann mit englischen Schiffen nach Westindien." Es war dann allerdings der spanische Hafen La Coruña, in dem Humboldt und der französische Botaniker Aimé Bonpland (1773-1858) am 5. Juni 1799 die Segel setzten. Die Fahrt schien zunächst allerdings unter keinem guten Stern zu stehen. Die Mannschaft litt an Typhus, die Seekarten waren ungenau. Doch trotz allem erreichte das Schiff nach drei Wochen die Küste Venezuelas. Dort versuchte der Kapitän tagelang vergeblich, in den Hafen von Cumaná einzulaufen – bis die Europäer einen Einheimischen als Lotsen gewannen, der ihnen auch gleich noch in den glühendsten Farben die Schönheit seines Landes schilderte. Neugierig geworden beschlossen Humboldt und Bonpland, sich diese Schatzkammer der Natur selbst anzusehen. Der Lotse hatte nicht zu viel versprochen: „Wir sind hier in dem göttlichsten und vollsten Land. Wunderbare Pflanzen, Zitteraale, Tiger, Armadölle, Affen, Papageien; und viele, viele echte, halbwilde Indianer", schilderte Humboldt seine Eindrücke. „Wie die Narren laufen wir bis jetzt umher; in den ersten drei Tagen können wir nichts bestimmen, da man immer einen Gegenstand wegwirft, um einen anderen zu ergreifen. Bonpland versichert mir, dass er von Sinnen kommen werde, wenn die Wunder nicht bald aufhören."

Die beiden Forscher reisten weiter nach Caracas und erkundeten dann in einem Einbaum die Flüsse Apure, Orinoco, Rio Atabapo und Rio Negro. In 75 Tagen legten sie 2250 Kilometer zurück. Bequem war die Reise allerdings nicht. Schwärme von Moskitos stürzten sich auf die in ihr Boot gezwängten Reisenden, die Verpflegung ließ zu wünschen übrig. Doch Humboldt ließ sich davon nicht beeindrucken: „Die Tropenwelt ist mein Element, und ich bin nie so ununterbrochen gesund gewesen, als in den letzten zwei Jahren."

Auf weiteren Expeditionen widmeten sich Humboldt und Bonpland der Erforschung der Anden, bevor sie 1804 schließlich nach Europa zurückkehrten. Ein begeistertes Publikum hing dort regelrecht an seinen Lippen, wenn Humboldt von den Wundern der neuen Welt erzählte. Der Kontinent jenseits des Atlantik wurde populär wie nie. „Alexander von Humboldt hat Amerika mehr Wohltaten erwiesen als alle seine Eroberer, er ist der wahre Entdecker Amerikas", urteilte ein Zeitgenosse, der südamerikanische Unabhängigkeitskämpfer Simón Bolívar.

> *Die Gipfelstürmer*
>
> *Auch als Bergsteiger haben sich Alexander von Humboldt und Aimé Bonpland einen Namen gemacht. Zwar kamen sie 1802 nicht bis zum Gipfel des 6310 Meter hohen Vulkans Chimborazo in Ecuador, die Höhenkrankheit zwang sie zum Umkehren. Trotzdem stellten sie bei dem gescheiterten Versuch einen Höhenweltrekord auf, der erst 30 Jahre später gebrochen wurde.*

„Humboldt und Bonpland am Orinoco", während ihrer 1799–1800 unternommenen Forschungsreise in Venezuela. Gemälde von Eduard Ender (1822–1883).

Verblüffung im Paradies

Charles Darwin findet den Schlüssel zur Evolutionstheorie (1. Hälfte 19. Jh.)

Ende 1831 brach Charles Darwin (1809-1882) mit dem Vermessungsschiff Beagle zu einer Forschungsreise auf, die viele Jahre später die Welt verändern sollte. Quer über den Atlantik und praktisch einmal rund um Südamerika führte die Fahrt, auf der Charles Darwin Pflanzen und Tiere, aber auch die Felsen an Land studierte.

Paradies im Pazifik

Höhepunkte der Reise waren für ihn die Abstecher zu den Inseln fernab vom Festland. Auf den Falklands im Atlantik zum Beispiel leben viele Vogelarten wie bestimmte Albatrosse, die man sonst nur irgendwo fern am Himmel sieht. Noch paradiesischer ist die Situation auf den Galapagos-Inseln, die tausend Kilometer vor der Küste Ecuadors direkt am Äquator im Pazifik liegen. Dort haben die Tiere keinerlei Angst vor dem Menschen, weil diese Spezies dort kaum vorkommt. Charles Darwin konnte daher die Natur im Urzustand untersuchen.

Artenvielfalt

Der Geologe erkannte rasch, dass die Vulkaninseln nicht sehr alt sein konnten. Und doch gab es auf den einzelnen Inseln Arten, die er nirgends sonst und nicht einmal auf der Nachbarinsel gesehen hatte. Aber wie sollten diese Arten in relativ kurzer Zeit entstanden sein? Offensichtlich mussten sich manche Eigenschaften der Tiere langsam verändert haben. Wenn ein graziler Schnabel kräftiger wird, um Samen besser knacken zu können, sieht der Fink schon ganz anders aus und eine neue Art könnte entstanden sein. Auch diese Entwicklung schien logisch. Aber welche Kraft treibt solche Veränderungen an, rätselte Charles Darwin noch lange nach seiner Rückkehr nach England.

Der Vergleich mit einer Wirtschaftstheorie brachte schließlich die Lösung: Damals wuchs die Bevölkerung fast überall in Europa, die Nahrungsmittelproduktion konnte mit der steigenden Nachfrage kaum Schritt halten. Hungersnöte und Krankheiten, oft genug auch Kriege dezimierten die Zahl der Menschen dann wieder. Auch bei Tieren gibt es oft mehr Nachwuchs als auf Dauer von der vorhandenen Nahrung leben kann. Wenn in solchen Situationen aber der Schnabel mancher Individuen zufällig ein wenig breiter ausfällt, sodass sich damit Samen ein wenig besser knacken lassen, sollten diese Breitschnäbler die besseren Überlebenschancen haben. Fortan vermehren sich also die Vögel mit etwas breiterem Schnabel munter bis zur nächsten Krise weiter. Diese wiederum überleben die Tiere ein wenig besser, deren Schnabel noch etwas massiver ausfällt. „Survival of the fittest – Überleben des am besten Angepassten" umschreibt man dieses Prinzip heute. Damit aber hatte Charles Darwin die Triebfeder der Entstehung neuer Arten gefunden. Wichtig war also seiner Meinung nach nicht der große Wurf, mit dem ein Dinosaurier zum Beispiel auf einen Schlag Flügel „erfand", mit denen Vögel heute noch fliegen. Vielmehr hätten sich die Flügel nach und nach entwickelt. Die Evolutionstheorie war geboren.

Finken und Schildkröten

Auf jeder Galapagos-Insel lebt eine eigene Unterart von Elefantenschildkröten, deren Rückenpanzer jeweils anders geformt ist als die Panzer auf der Nachbarinsel. Diese Unterarten müssen sich unabhängig voneinander entwickelt haben, weil Landschildkröten kaum einmal durch Salzwasser schwimmen. Daneben leben 13 Finkenarten auf den einzelnen Inseln, die sich deutlich voneinander unterscheiden. Eine dieser Arten könnte den weiten Weg über tausend Kilometer Ozean dorthin geschafft haben, aber nicht alle. Also müssen die anderen Arten sich dort entwickelt haben, schloss Charles Darwin aus seiner Vogelzählung.

Auf den Galapagos-Inseln herrscht eine große Artenvielfalt. Zahlreiche Arten sind nur auf einer der Inseln heimisch und wurden auch nach ihnen benannt, wie z.B. der Galapagosbussard, hier zusammen mit einer Elefantenschildkröte.

Das Erbe der Inka

Hiram Bingham entdeckt Machu Picchu (24. Juli 1911)

In der peruanischen Stadt Cuzco steigen jedes Jahr unzählige Touristen in einen Zug, der sie zu einer der bekanntesten Sehenswürdigkeiten Südamerikas bringt: So gut wie jeder Peru-Besucher will die alte Inkastadt Machu Picchu sehen, die mit ihren mehr als 200 durch unzählige Treppen verbundenen Gebäuden auf einem Andengipfel thront. Nicht von ungefähr hat die peruanische Bahngesellschaft ihren Luxuszug auf dieser Strecke auf den Namen „Hiram Bingham" getauft. Denn so hieß der US-amerikanische Historiker, der die längst überwucherten Ruinen wiederentdeckt hat.

Vergessene Mauern

Man schrieb das Jahr 1911, als der auf Hawaii geborene Professor für lateinamerikanische Geschichte wieder einmal in den Anden unterwegs war. Für den Mitarbeiter der renommierten Universität Yale war es nicht seine erste Reise nach Südamerika. Schon mehrfach hatte er sich in den letzten Jahren mit den Banditen, Tropenkrankheiten und anderen Herausforderungen dieser Region auseinandergesetzt, hatte tückische Bergpfade bezwungen und steile Felswände erklettert. 1908 hatte er die Ruinen der Inka-Stadt Choquequirao im Süden Perus gesehen und war fasziniert gewesen. Eine Idee bohrte sich seither immer wieder in seine Gedanken: Konnte es nicht noch mehr Zeugnisse dieser untergegangenen Kultur geben?

Ein Traum wird wahr

Um nach solchen Zeugnissen der Vergangenheit zu suchen, hatte die Universität Yale nun eine Expedition ausgerüstet. Bingham und seine Begleiter machten sich von Cuzco aus zu Fuß und per Maultier in die Urubamba-Schlucht auf. Als sie am 23. Juli 1911 das Lager am Fluss aufschlugen, begegneten sie einem Bauern namens Melchor Arteaga. Der wusste von Ruinen zu berichten, die auf dem Bergrücken gegenüber des Camps liegen sollten. Am kühlen und verregneten Morgen des folgenden Tages machte sich Hiram Bingham daran, dieser Behauptung auf den Grund zu gehen. Und als er den anstrengenden Aufstieg hinter sich hatte, sah er tatsächlich die Überreste einer Stadt. Gut, das meiste davon war im Laufe der Jahrhunderte unter Bäumen und anderen Pflanzen verschwunden. Doch zwischen dem Grün verbarg sich eindeutig Mauerwerk. „Es verschlug mir den Atem", erinnerte sich der Forscher später. „Was war das für ein Ort?" Bingham hatte da so eine Idee. Er glaubte, das sagenhafte Vilcabamba gefunden zu haben, jene letzte Hochburg der Inka, die 1573 von den Spaniern erobert worden war. In den folgenden Jahren gruben er und seine Kollegen immer wieder an der geheimnisvollen Fundstätte und schafften kistenweise Knochen, Mumien, Keramik, Metall- und Holzgegenstände in die USA. Bingham schrieb ein vielbeachtetes Buch über „Die verlorene Stadt der Inkas" und zeichnete darin ein ausführliches Portrait von dem angeblichen religiösen Zentrum. Heutige Wissenschaftler glauben allerdings, dass er viele seiner damaligen Funde falsch interpretiert hat. Die inzwischen als „Machu Picchu" weltbekannten Ruinen gelten bei vielen Experten inzwischen nicht mehr als Kultstätte, sondern als eine von mehreren königlichen Besitzungen, in denen der Inka-Herrscher zeitweise mit einem Tross von etlichen hundert Dienern residierte.

> *Der verlorene Schatz*
>
> *In einer Hinsicht war die Öffentlichkeit etwas enttäuscht von Hiram Binghams Funden. Hatte man doch mit Goldschätzen gerechnet, für die südamerikanische Indianerkulturen schließlich berühmt waren. Doch von Edelmetall ist in den offiziellen Ausgrabungsdokumenten nirgends die Rede. Wo das Inka-Gold aus Machu Picchu geblieben ist, bleibt ein Rätsel.*

Auf einer Bergkette in den Anden liegen in gut 2350 Metern Höhe die Ruinen der Inka-Stadt Machu Picchu. Sie sind heute eine der beliebtesten Touristenattraktionen in Südamerika.

Highway in die Neue Welt

Die Besiedelung Amerikas

Christoph Kolumbus ist der wohl bekannteste Entdecker aller Zeiten. Und doch hat er nichts Neues entdeckt. Der Seefahrer aus Genua hat zwar ohne jeden Zweifel die Türen zu einer völlig neuen Welt aufgestoßen, die später als Doppelkontinent Nord- und Südamerika bezeichnet werden sollte. Nach ihm aber kamen andere Entdecker, Eroberer und Siedler aus Europa, die dem neuen Kontinent ihren Stempel bis heute aufdrücken.

Entdeckt hat Christoph Kolumbus Amerika aber nicht für die Welt, sondern für Europa. Von anderen Menschen aus anderen Weltgegenden wurde Amerika nämlich schon lange vor 1492 entdeckt. Wann immer der Genuese in spanischen Diensten in der Neuen Welt an Land ging, traf er dort Menschen, deren Vorfahren aus Asien und vielleicht aus Polynesien kamen. Nur hat damals eben niemand Buch über die Entdeckungen geführt. Daher ist bis heute nicht klar, wer die eigentlichen Entdecker Amerikas waren.

Die deutlichsten Spuren finden sich in Nordamerika. Während der letzten Eiszeit war der Osten Sibiriens weitgehend eisfrei, Mammuts und Wollnashörner lockten die Menschen dort wohl immer wieder in den hohen Norden. Weil der Meeresspiegel auf dem Höhepunkt der Eiszeit rund 130 Meter tiefer als heute lag, war die heute gerade einmal dreißig bis fünfzig Meter tiefe Beringstraße zwischen dem Osten Sibiriens und Alaska völlig trocken gefallen. Problemlos wanderten die Jäger der Eiszeit damals von Eurasien nach Nordamerika. Allerdings endete der Highway nach Amerika in einer Sackgasse: Alaska war zwar eisfrei, im Süden und Osten aber versperrten mächtige Gletscher den Weg.

Der Weg nach Süden

Erst als die Gletscher sich weltweit zurückzogen, öffnete sich vor ungefähr 11 500 Jahren ein schmaler Korridor zwischen den Gletschern der Rocky Mountains und den Eismassen, die noch immer im Osten des nordamerikanischen Nordens lagen. Keine tausend Jahre später sollen die Neuankömmlinge dann bereits 15 000 Kilometer von der Beringstraße entfernt die Südspitze Südamerikas erreicht haben.

Für diese Besiedlung über die Beringstraße haben Archäologen, Sprachforscher und Molekularbiologen gleichermaßen gute Hinweise. Trotzdem gibt es Indizien auf frühere oder spätere Ankömmlinge aus anderen Weltregionen. So könnten Japaner bereits vor 15 000 Jahren entlang der vergletscherten Küsten nach Süden gesegelt sein und dort Siedlungen gegründet haben. Da der Meeresspiegel heute viel höher ist, lassen sich die Spuren solcher Siedlungen natürlich kaum finden. Andere Hinweise deuten auf eine Besiedlung der chilenischen Küste vor ebenfalls 15 000 Jahren hin. Ob dort auch Seefahrer aus dem Osten Asiens oder sogar Polynesier landeten, lässt sich allerdings kaum überprüfen.

Polynesier in Südamerika

Mindestens hundert Jahre vor Christoph Kolumbus und den Europäern haben Polynesier Amerika erreicht. Das schließt Alice Storey von der Universität Auckland aus der Analyse eines Hühnerknochens. Eine Radiocarbon-Analyse des auf der Arauco-Halbinsel im Süden Chiles gefundenen Knochens zeigt ungefähr das Jahr 1400 als Todeszeitpunkt des Huhnes. Das Erbgut des chilenischen Hühnerknochens ähnelt obendrein verblüffend dem Erbgut verschiedener 2900 bis 500 Jahre alter Hühnerknochen auf mehreren Südseeinseln wie Vanuatu, Tonga, Samoa und den Cook-Inseln. Offensichtlich stammten die Geflügelvorfahren des um 1400 in Chile gestorbenen Huhns also aus der Südsee. Damit gibt es gute Hinweise, dass Südamerika auch von Polynesiern erreicht worden sein könnte.

Aus Sibirien erreichten Menschen zwar Alaska, wurden dort in der letzten Eiszeit aber von unüberwindbaren Gletschern gestoppt.

Erik der Rote im grünen Land

Die Wikinger erreichen Grönland (9./10. Jh.)

Christoph Kolumbus war mit Sicherheit nicht der erste Europäer, der Amerika entdeckt hat. Mehr als ein halbes Jahrtausend vor ihm hatten nämlich bereits die Wikinger aus Skandinavien zunächst Grönland und später mit Neufundland auch Nordamerika selbst erreicht.

Gunnbjörn Úlfsson

Viel weiß die Nachwelt nicht von Gunnbjörn Úlfsson. Wann und wo er geboren wurde, bleibt genauso ein Rätsel wie sein Tod. Vermutlich hat er in Island gelebt, aber auch darüber ist wenig bekannt. Berühmt wurde der Wikinger jedenfalls durch ein Unglück, dessen Zeitpunkt ebenfalls unbekannt ist, aber vermutlich zwischen den Jahren 876 und 932 liegt. Auf dem Weg von Norwegen nach Island soll ein furchtbarer Sturm sein Wikingerboot erwischt und an der Insel vorbei weit nach Westen getrieben haben. Als der Sturm abflaute, sahen die Männer vor sich ein paar Inseln und dahinter ein Land mit riesigen Gletschern – sie hatten Grönland entdeckt.

Die Geschichte Grönlands gleicht damit der Entdeckung und Besiedlung Islands. Auch um das Jahr 860 hatte ein Sturm ein Wikingerschiff weit über das eigentliche Ziel, die Faröer-Inseln hinaus getrieben, die Männer retteten sich nach Island. Als Gunnbjörn Úlfsson aber nach Grönland getrieben wurde, wollte er keineswegs an Land gehen, weil die Küste ihm zu unwirtlich vorkam. Obwohl er seinen Fuß nie auf die Insel gesetzt hat, muss der Wikinger aber doch als Entdecker Amerikas gelten, weil Grönland geografisch und kulturell zu diesem Kontinent gezählt wird.

Mörder nach Westen

Die Neugier der Wikinger auf das unbekannte Land im Westen aber war geweckt. Vermutlich haben sich mehr als einmal Männer aufgemacht, um Grönland zu erreichen. Über ihr Schicksal ist nichts überliefert. Nur von Snäbjörn Galti ist sein trauriges Schicksal bekannt: 978 versuchte er mit mehreren Begleitern, das unwirtliche Land im Westen zu besiedeln und scheiterte kläglich: Nur zwei Männer überlebten das Abenteuer.

Die gelungene Besiedlung Grönlands begann dann mit einem Mord. Thorwaldur Aswaldsson († um 970) wurde nach diesem Verbrechen im Jahr 970 aus Norwegen verbannt und starb bald nach seiner Ankunft in Island. Auch sein Sohn Erik Thorwaldsson (um 950-1006) geriet mit seinen Nachbarn in Streit, und wurde 982 für diesen Totschlag für drei Jahre aus der neuen Heimat verbannt. Auf den Spuren von Gunnbjörn Úlfsson segelte er nach Westen und umsegelte dort vielleicht als erster Europäer die Südspitze Grönlands. An der Westküste aber ziehen sich Fjorde weit ins Land hinein, deren Ufer damals üppig bewachsen waren.

Als er zurückkam, warb er für diese neue Welt, die er als „grünes Land" bezeichnete, davon leitet sich der heutige Name Grönland ab. 25 Schiffe voll mit Siedlern segelten unter seinem Kommando nach Grönland, nur 14 Schiffe kamen dort an. Zwei Siedlungen gründeten die Wikinger in dieser neuen Welt, bald lebten im grünen Land mehr als dreitausend Menschen. Erst im 15. oder 16. Jahrhundert brachen diese Siedlungen endgültig zusammen, weil das Klima kälter, das grüne Land zunehmend kahler wurde und die Gletscher aus dem Inland zur Küste vorstießen.

> *Das Verschwinden der Wikinger*
>
> *1406 erreichte das letzte norwegische Handelsschiff Grönland. Damit aber konnten die Wikinger sich weder Holz noch Eisen beschaffen, beides gab es auf Grönland kaum. Trotzdem aber soll noch 1534 ein isländischer Bischof Menschen und Schafe an der Westküste gesehen haben. 1585 jedoch fand der englische Entdecker John Davis auf der Suche nach der Nordwestpassage keine Spur von diesen Siedlungen mehr.*

Die Entdeckung Grönlands durch Erik den Roten in einem Stich des 19. Jahrhunderts.

Gute Weide im Westen

Leif Eriksson entdeckt Nordamerika (Ende 10. Jh.)

Kaum hatten die Wikinger Grönland erreicht und das damals recht grüne und relativ milde Land besiedelt, ging es weiter nach Westen. Und diesmal entdeckten sie recht genau ein halbes Jahrtausend vor Christoph Kolumbus tatsächlich Amerika. Erneut war ein im Sturm vom Kurs abgetriebenes Schiff der Auslöser für die Entdeckung.

Bjarni Herjolfsson

986 segelte Bjarni Herjolfsson von Island aus zu den gerade gegründeten Wikingersiedlungen auf Grönland. Nebel und Flaute erschwerten die Orientierung, dann kam auch noch ein Nordoststurm auf und trieb das Schiff an der Südspitze Grönlands vorbei. Als die Sonne wieder heraus kam, wussten die Männer nicht, wo sie waren und segelten erst einmal weiter nach Westen. Bereits nach einem Tag sichteten sie Land. Dort aber wuchs dichter Wald, um Grönland konnte es sich somit nicht handeln. Offensichtlich hatten die Wikinger die Festlandküste Nordamerikas erreicht.
Bjarni Herjolfsson aber wollte kein Risiko eingehen und befahl, nach Nordosten zu segeln, wo er zu Recht Grönland vermutete. Aber auch die Küste, die zwei Tage später in Sicht kam, war viel zu flach für Grönland. Erneut wollte der Wikinger nicht an Land gehen, noch hatten sie genug Vorräte an Bord. Erst eine Woche später erreichten die Männer dann tatsächlich ihr Ziel an der Südwestküste Grönlands.
Der erste Siedler auf Grönland Erik Thorwaldsson, der wegen seiner feuerroten Haare und wohl auch wegen eines von ihm begangenen Mordes meist Erik der Rote genannt wurde, hatte vier Kinder. Einer der Söhne, Leif Eriksson (um 970- um 1020), wollte der Geschichte von Bjarni Herjolfsson auf den Grund gehen und kaufte um das Jahr 1000 dessen Boot. Mit etwa 30 Mann segelte er von der neuen Heimat Grönland aus weiter nach Westen. Dort stieß er auf ein felsiges Land mit wenig Vegetation, das er „Felsland" nannte. Vermutlich hatte er die heute Baffin genannte Insel entdeckt.
Immer entlang der Küste ging es dann weiter nach Süden. Dort aber fanden die Wikinger dann dichte Wälder und nannten die Gegend daher „Waldland". Vermutlich handelte es sich dabei um die Küste von Labrador. Noch weiter im Süden stieß Leif Eriksson dann auf ein sehr fruchtbares Land, in dem sogar Wein gewachsen sein soll. Daher wurde das Land „Vinland" genannt, das heute Neufundland heißt. Dabei handelt es sich allerdings vermutlich um einen Übersetzungsfehler. Möglicherweise hatte der Wikinger Johannisbeeren gefunden, die in Schweden noch heute „Vinbär" heißen. Andererseits könnte auch das altnordische Wort „winjo" Taufpate gestanden haben, das „Weideland" bedeutet.

Gefährliche Indianer

Obwohl die Wikinger auf Grönland das Holz des neuen Landes dringend brauchten, scheiterten die Versuche kläglich, dort zu siedeln. Thorfinn Karlsefni machte den Anfang und kam schon kurz nach Leif Eriksson mit Siedlern nach Neufundland. Aber die Wikinger waren ja nicht die ersten Entdecker Amerikas, lange vor ihnen waren die Vorfahren der Indianer dorthin gekommen. Und die wehrten sich erbittert gegen die Neuankömmlinge. Immer wieder gab es heftige Konflikte mit den Ureinwohnern, schon nach wenigen Jahren verschwanden die Wikinger wieder aus Neufundland. Nur die Reste einer Siedlung blieben in der neuen Welt zurück, die in den 1960er Jahren von kanadischen Forschern ausgegraben wurden. Aufgegeben aber haben die Wikinger Grönlands die Neue Welt wohl kaum. Jedenfalls gibt es deutliche Hinweise, dass auch dreihundert oder vierhundert Jahre später noch Grönländer nach Amerika segelten, um dort das auf ihrer Insel fehlende Holz zu holen.

Im Sturm, ganz wie es die Legende will, zeigt Christian Krohg (1852-1925) in seinem Gemälde von 1893 Leif Eriksson am Ruder seines Schiffs, vermutlich kurz vor der Entdeckung der Küsten von Labrador und Neufundland.

Wie die Indianer ihre Mustangs erhielten

Die Spanier erobern den Südosten Nordamerikas (1. Hälfte 16. Jh.)

Lange vor Engländern und Franzosen versuchten die Spanier Nordamerika zu erobern. Ihnen stand der Sinn mehr nach Gold, das sie aber nirgends fanden. Sämtliche Expeditionen scheiterten kläglich.

Die Entdeckung Floridas

Den Anfang macht Juan Ponce de Leon (um 1460-1521), der bereits 1508 die erste spanische Siedlung auf Puerto Rico gegründet hatte. Von dort aus stach er 1513 wieder einmal in See und sichtete am 13. März zum ersten Mal Florida, hielt das Land allerdings für eine Insel. Bereits 1514 erhielt er die Erlaubnis, diese neu entdeckte Insel zu besiedeln. Erst sieben Jahre später versuchte er dann, sein Vorhaben in die Tat umzusetzen. Am 2. April 1521 landete er irgendwo an der Ostküste Floridas und nahm das Land für Spanien in Besitz. Damit aber endete die Mission bereits, unmittelbar darauf griffen die Einheimischen die Spanier an und diese mussten ihren neuen Besitz sofort wieder aufgeben. Juan Ponce de Leon wurde bei diesem Angriff von einem vergifteten Pfeil getroffen, schaffte zwar noch die Rückkehr nach Havanna auf Kuba, wo er aber bald darauf der Vergiftung erlag.

> ### *Kanada wird vergessen*
> *Im Auftrag des britischen Königshauses erreichte der Italiener Giovanni Caboto (um 1450-1498) gemeinsam mit seinem Sohn Sebastian (1472-1552) bereits im Jahr 1497 irgendwo im heutigen Kanada die Küsten Nordamerikas, das er genau wie Kolumbus für China oder davor liegende Inseln hielt. Schon bei der nächsten Expedition ein Jahr später aber verschwand der Italiener in britischen Diensten mitsamt vier seiner fünf Schiffe spurlos. Genau wie die Wikinger, die Nordamerika ja bereits ein halbes Jahrtausend zuvor erreicht hatten, vergaßen die Engländer die Neue Welt danach erst einmal wieder.*

In den Sümpfen gescheitert

Die nächste Kolonisierung versuchte Pánfilo de Narváez (1470-1528) mit sechs Schiffen und rund 500 Männern. Ein Schiff ging schon kurz nach der Abfahrt von Kuba in einem Sturm verloren, 140 Männer desertierten bei einem Zwischenstopp. Florida erreichte der Spanier am 13. April 1528 in der Nähe der Tampa Bucht und teilte dort erst mal seine Truppe: Er selbst schlug sich mit der Kavallarie durch die Sümpfe nach Norden durch, um Gold zu finden, die Schiffe segelten in die gleiche Richtung an der Küste entlang. Statt die erhofften Schätze zu finden, wurden die Männer immer wieder angegriffen und erreichten nur mit Mühe wieder die Küste. Weil auch die Schiffe nicht auftauchten, schlugen sie sich schließlich auf notdürftig zusammen geschusterten Flößen entlang der Küste bis in das heutige Texas durch. Weiter schafften es die Flöße nicht, die noch lebenden Männer kämpften sich an Land weiter nach Westen. 1536 erreichte schließlich nach unglaublichen Leiden nur Álvar Núñez Cabeza de Vaca (um 1490-um 1557) mit drei Kameraden den Golf von Kalifornien und die spanische Kolonie in Mexiko, der Rest der Truppe war tot.

1539 suchte als nächster Spanier Hernando de Soto (1496/1500-1542) in Florida Reichtümer, fand aber vor allem Sümpfe und Moskitos. Durch die heutigen US-Bundesstaaten Georgia, South und North Carolina zogen seine Truppen eine Spur der Verwüstung, anschließend erreichten sie den Mississippi, an dem Hernando de Soto schließlich 1542 an einer fiebrigen Infektion starb. Auf diesem Raubzug waren den Spaniern etliche Pferde entkommen, aus denen im Laufe der Zeit die riesigen Mustangherden entstanden, auf deren Tieren dann die Indianer der späteren Wildwestfilme Angriffe gegen die Trecks der weißen Siedler ritten.

Das Gemälde (Ausschnitt, 1761/62) Francesco Grisellinis im Dogenpalast von Venedig zeigt den unter englischer Flagge fahrenden Italiener Giovanni Caboto. Die Tafel zu seinen Füßen preist Heinrich VII. Tudor, König von England, 1457–1509, als Förderer der Entdeckungsfahrten des Venezianers nach Nordamerika.

Rio Grande und Grand Canyon

Konquistadoren im Südwesten Nordamerikas (1. Hälfte 16. Jh.)

Francisco Hernández de Córdoba († 1517) hatte bereits 1517 auf einer Expedition zum Sklavenfang die erste Hochkultur der „Neuen Welt" in Mexiko entdeckt. Zwar hatten die Maya ihre Städte auf der Halbinsel Yucatan längst verlassen. Aber noch immer trugen sie goldenen Schmuck und weckten so die Goldgier der Spanier. Willkommen aber waren die Konquistadoren nicht, ganz im Gegenteil: Etliche Spanier wurden in Kämpfen mit den Einheimischen schwer verwundet. Ein Jahr später entdeckte Juan de Grijalva (1490-1527) das Aztekenreich mit seinen unermesslichen Reichtümern, das bald darauf Hernándo Cortés (1485-1547) erobern sollte.

Baja California

Im Jahr 1540 wandten sich die Spanier von dieser Eroberung aus nach Norden. Dort sollte Hernando de Alarcón (*unbekannt, †unbekannt) eine Insel im Pazifik erkunden. Mit zwei Schiffen segelte er an der Ostküste des vermeintlichen Eilandes nach Norden und entdeckte dort die Mündung eines großen Flusses, des Colorado. Weiter im Osten aber wendete die Küstenlinie sich wieder nach Süden. Damit war klar, dass er die vermeintliche Insel nicht umsegeln konnte, da es sich um eine heute als Baja California bekannte Halbinsel handelte. Eigentlich aber sollte diese Truppe gar keine Eroberungen machen, sondern im Norden ihre Landsleute treffen, die unter dem Kommando von Francisco Vásquez de Coronado (1510-1554) auf dem Landweg auf der Suche nach Goldschätzen waren. Die gefundenen Reichtümer sollten von den Schiffen dann sicher nach Süden gebracht werden. Hernando de Alarcón aber fand von seinen Landsleuten keine Spur und kehrte unverrichteter Dinge nach Süden zurück.

Kriegslist der Indianer

Francisco Vásquez de Coronado aber war mit einem riesigen Tross unterwegs und kam durch die Wüste nicht schnell voran. Außerdem waren die Männer ziemlich weit von der Küste entfernt. Halb verhungert und verdurstet erreichte ein Vortrupp von vielleicht hundert Mann schließlich die Indianerstadt Hawiku in der Nähe der heutigen Grenze zwischen den US-Bundesstaaten Arizona und New Mexico. Die Spanier hatten nur eine Chance: Wenn sie diese Stadt nicht erobern konnten, war die Expedition gescheitert, denn niemand schien in der Lage, den Rückweg durch die Wüste zu meistern.

Die Indianer aber zogen sich auf die flachen Dächer ihrer Pueblos genannten Siedlungen zurück und bombardierten die Angreifer mit Steinen. Das Kriegsglück wendete sich erst, als ein spanischer Offizier eine Leiter entdeckte. Mit dieser Hilfe kamen die Konquistadoren auf das Dach und konnten von dort aus die Stadt mit ihren überlegenen Feuerwaffen erobern. Gold hatten sie allerdings noch immer keines gefunden. Das aber sollte es weiter im Osten geben, ein Indianer bot sich den Spaniern sogar als Führer an. Er führte einen Teil der Truppe durch die endlosen Wüsten bis in das Herz des heutigen US-Bundesstaates Kansas. Dort merkten die jetzt völlig erschöpften Spanier, dass sie einer Kriegslist der Indianer zum Opfer gefallen waren, die sie einfach in den Weiten des Landes verhungern lassen wollten. Nur mit Mühe schlugen sich einige der Spanier schließlich zurück nach Mexiko.

> ### *Gewitter und Pferde*
>
> *García López de Cárdenas (*unbekannt, †unbekannt) führte einen Teiltrupp der Streitmacht von Francisco Vásquez de Coronado bis zum Grand Canyon. Hernando de Alvarado erreichte mit einer anderen Gruppe das Tal es Rio Grande. Bei einem Gewitter entkamen den Spaniern viele Pferde, die einen Grundstock für die späteren Mustangherden der Indianer bilden sollten.*

Tulum war im 13. und 14. Jh. vermutlich eine der größten Maya-Städte. Als die Konquistadoren in der 1. Hälfte des 16. Jhs. auf die erste Hochkultur Mexicos trafen, waren ihre Städte auf der Halbinsel Yucatan allerdings längst verlassen.

Ein Freibeuter auf Reisen

Francis Drake umsegelt die Welt (1577–1580)

Man schrieb den 13. Dezember 1577, als eine kleine Flotte von fünf Schiffen den Hafen von Plymouth verließ. Das Kommando hatte der Engländer Francis Drake (um 1540-1596) , der sich bis dahin vor allem einen Namen als Freibeuter gemacht hatte. Mit seinem später in „Golden Hinde" (Goldene Hirschkuh) umgetauften Flaggschiff „Pelican" schickte er sich nun an, den Atlantik zu überqueren.

Tief im Süden

Auf dem Weg zu den Kapverdischen Inseln kaperten die Engländer mehrere spanische und portugiesische Schiffe und segelten dann Richtung Südamerika. Am 5. April 1578 erreichten sie Brasilien und fuhren an der Küste entlang bis zur Mündung des Rio de la Plata. Dort ließ Drake eines seiner Schiffe abwracken und stieß zum ersten Mal auf die Ureinwohner des Kontinents, die ihm und seiner Mannschaft freundlich begegneten. Weiter ging es an der Küste Patagoniens entlang, wo Drake auf ein makaberes Andenken an die Weltumseglung von Ferdinand Magellan stieß: In der Bucht Puerto San Julián stand immer noch der Galgen, an dem der Portugiese 1520 zwei Meuterer hatte hinrichten lassen.

Nachdem Drake noch ein weiteres Schiff aufgegeben hatte, erreichte er schließlich die Südspitze Südamerikas und fuhr dort in die Magellanstraße, die den Atlantik mit dem Pazifik verbindet. Nach nur 14 Tagen hatten die Schiffe die Meerenge passiert und nahmen Kurs nach Nordwesten. Schließlich war auf den an Bord vorhandenen Karten dort die südamerikanische Küste eingezeichnet. Bald wurde allerdings klar, dass das nicht stimmen konnte. Drake stellte fest, dass sich die chilenische Küste nördlich der Magellanstraße erstreckt.

Die falschen Karten aber waren nicht das einzige Problem für die englischen Seefahrer. Eins der Schiffe sank in einem Sturm, die beiden verbliebenen verloren den Kontakt zueinander. Das Begleitschiff „Elisabeth" segelte daraufhin nach Großbritannien zurück. Drake mit seiner „Golden Hinde" aber erkundete die ungemütlichen Gewässer tief im Süden des Planeten weiter. Bei der Gelegenheit entdeckte er Kap Hoorn, das er zu Ehren der Königin „Kap Elisabetha" taufte. Und er stellte fest, dass sich südlich der Magellanstraße nur Inseln befanden – von einem Südkontinent keine Spur.

Also segelte Drake an der Westküste Südamerikas wieder nach Norden, kaperte zahlreiche Schiffe und überfiel etliche Siedlungen der Spanier. Schwer beladen mit Gold und Silber sollte die „Golden Hinde" dann nach England zurückkehren. Die Suche nach der Nordwestpassage, die Drake für den Heimweg nutzen wollte, scheiterte allerdings. Also wandte er sich wieder nach Süden und lief eines Tages bei Nebel und Sturm in eine Bucht in der Nähe des heutigen San Francisco ein, die später ihm zu Ehren „Drakes Bay" getauft wurde. Die dortigen Indianer gaben sich freundlich, Drake nahm das Land für die Krone in Besitz und taufte es „Nova Albion". England hatte damit einen Anspruch auf Kalifornien angemeldet. Siedlungen entstanden dort aber zunächst nicht.

Drake setzte seine Fahrt fort, überquerte den Pazifik und kehrte über Südostasien und das Kap der Guten Hoffnung nach Europa zurück. Nach mehr als 1000 Tagen lief er am 26. September 1580 wieder in Plymouth ein – der erste Engländer hatte die Welt umsegelt.

> *Alte Geheimnisse*
>
> *Um Angriffe und Sabotageversuche der Spanier möglichst zu vermeiden, hatten die Engländer Ziel und Zweck von Francis Drakes großer Reise streng geheim gehalten. Und diese Verschleierungstaktik funktionierte so gut, dass Historiker bis heute nicht sicher sind, ob Francis Drake den sagenhaften Südkontinent, die Nordwestpassage oder etwas ganz anderes erkunden sollte.*

Ein Nachbau der „Golden Hinde", mit der der einstige Freibeuter Francis Drake als erster Engländer die Welt umsegelte.

Franzosen in der Neuen Welt

Jacques Cartier erkundet Kanada (1. Hälfte 16. Jh.)

Die reichen Fischgründe vor Neufundlands Küste waren den Europäern des 16. Jahrhunderts durchaus bekannt. Ins Landesinnere des heutigen Kanada aber war noch niemand vorgestoßen – bis sich Jacques Cartier (1491-1557) aufmachte, diesen riesigen Landstrich näher zu erkunden.

Neu-Frankreich

Im Auftrag des französischen Königs Franz I. verließ der Bretone am 20. April 1534 mit zwei Schiffen den Hafen von St. Malo. Er sollte die legendäre Nordwestpassage finden, die nördlich des amerikanischen Kontinents den Atlantik mit dem Pazifik verbindet. In knapp drei Wochen überquerte Cartier den Atlantik. Er segelte an der Nordküste Neufundlands entlang und erreichte schließlich den Sankt-Lorenz-Golf, in dem der Sankt-Lorenz-Strom mündet. Als „Neu-Frankreich" nahm Cartier die neu entdeckten Gebiete für sein Land in Besitz. Es gelang ihm, Kontakte zu den einheimischen Indianern zu knüpfen, zwei Häuptlingssöhne begleiteten ihn auf der Weiterfahrt. Als die Schiffe schließlich die Nordküste von Anticosti Island erreichten, schien sich endlich der ersehnte Weg nach Westen aufzutun – die Franzosen hatten die Einfahrt zum Sankt-Lorenz-Strom erreicht. Dass der nicht wie erhofft nach Asien führt, konnten sie nicht ahnen. Stürme und widrige Strömungen hinderten sie zunächst daran, die scheinbare Passage weiter zu erforschen. Noch vor dem Winter segelten sie in die Heimat zurück. Doch für Cartier war klar: Er würde wiederkommen.

Schon im nächsten Jahr erkundete er das Terrain entlang des großen Stroms. Am 2. Oktober 1535 erreichte er das Indianerdorf Hochelaga und taufte den dahinter gelegenen Hügel auf den Namen „Mont Royal" (Königlicher Berg). Heute liegt an dieser Stelle die Millionenstadt Montreal. Zwar hatten die Franzosen keine Dolmetscher dabei, konnten sich mit den Indianern also nur in Zeichensprache unterhalten. Doch eins glaubten sie genau zu verstehen: Noch weiter im Westen sollten sagenhafte Goldschätze auf ihre Entdeckung warten.

> *Enttäuschte Hoffnung*
>
> *Cartiers dritte Reise an den Sankt Lorenz sollte 1542 mit einer herben Enttäuschung enden. Mit Taschen voller selbst gesammelter Goldklumpen und Edelsteine glaubte er, sein Glück gemacht zu haben. Zurück in Frankreich musste er allerdings feststellen, dass es sich bei den vermeintlichen Reichtümern nur um wertlosen Quarz und Eisenpyrit handelte.*

Da Stromschnellen den Weg versperrten und der Winter vor der Tür stand, konnte Cartier diesem vielversprechenden Gerücht allerdings nicht nachgehen. Er segelte zurück zu einer geschützten Bucht, um dort zu überwintern.

Das allerdings erwies sich als strapaziöses Unterfangen. Die Kälte verwandelte Essen und Getränke an Bord der Schiffe in stabile Eisblöcke und viel mehr als Pökelfleisch stand ohnehin nicht auf der Speisekarte. Bald litt die gesamte Mannschaft an Skorbut, 25 Männer starben. Die übrigen überlebten nur dank eines vitaminreichen Tees, den die Einheimischen für sie zubereitet hatten. Trotz dieser lebensrettenden Aktion entwickelten sich nach und nach immer mehr Spannungen zwischen Franzosen und Indianern, Cartier nahm drei hochgestellte Einheimische als Geiseln. Als die Schiffe 1536 wieder in Frankreich einliefen, waren daher auch unfreiwillige Passagiere aus den Neuen Welt mit an Bord. Deren Berichte vom Reichtum ihres Landes beeindruckten den König stark. 1542 ließ er eine Expedition unter Jean-François de la Rocque de Roberval ausrüsten, um die Region zu besiedeln. Doch das Unterfangen scheiterte am harten Winter und der Feindseligkeit der Indianer. Erst im 16. Jahrhundert schafften es die Franzosen, Kanada zu einer echten Kolonie zu machen.

Jacques Cartier erkundet den Sankt-Lorenz-Strom. Gemälde von Théodore Gudin (1802–1880).

Ein harter Anfang

Die ersten englischen Siedler in Nordamerika (Ende 16./Anfang 17. Jh.)

Nordamerika? Das war doch weit weg und uninteressant. Die englische Königin Elisabeth I. hielt es zunächst für wichtiger, Irland unter Kontrolle zu bringen als jenen wilden Landstrich jenseits des Atlantik zu besiedeln. Ihr Berater Sir Walter Raleigh (1554-1618) aber träumte von blühenden englischen Kolonien auf dem neuen Kontinent.

Das Rätsel von Roanoke Island

Mit Unterstützung reicher Investoren finanzierte er gleich mehrere Expeditionen in die Neue Welt. Bei einer dieser Unternehmungen landeten Arthur Barlowe und Philip Amadas 1584 auf Roanoke Island vor der Küste des heutigen Bundesstaates North Carolina. Der perfekte Platz für die erste britische Kolonie schien gefunden. Die Königin genehmigte das Projekt und Walter Raleigh schickte 1585 hundert Männer auf die Insel. Doch die frischgebackenen Siedler hatten Probleme mit der Ernte und der einheimischen Bevölkerung, schon nach einem Jahr musste die neue Kolonie sang und klanglos aufgegeben werden.
1587 aber startete Raleigh einen neuen Versuch, diesmal waren auch Frauen und Kinder unter den ausgewählten Siedlern. Und tatsächlich schien sich die Sache nun vielversprechender anzulassen. Am 18. August wurde Virginia Dare geboren – das wohl erste englische Kind, das in Nordamerika zur Welt kam. Kurz danach segelte Virginias Großvater John White, der Gouverneur der neuen Siedlung, zurück nach England. Eigentlich wollte er sich nur um Proviantnachschub kümmern, doch ein Krieg zwischen England und Spanien verzögerte seine Rückkehr um drei Jahre. Als er endlich wieder auf Roanoke Island eintraf, fand er keine Spur mehr von seiner Familie und den anderen Siedlern. Das Schicksal der Bewohner der „verlorenen Kolonie" ist bis heute ungeklärt.
Nach diesen Fehlschlägen hatten die Engländer also immer noch keine dauerhafte Kolonie in der Neuen Welt geschaffen. Das gelang erst einer Gruppe von gut hundert Siedlern, die am 14. Mai 1607 auf einer Insel im James River im heutigen US-Bundesstaat Virginia den Ort Jamestown gründeten. Auch dort gab es allerdings von Anfang an Konflikte mit den Indianern. Auch ein eilig errichtetes Fort konnte nicht verhindern, dass immer wieder Siedler bei Angriffen getötet wurden. Die ständigen Kämpfe führten auch zu Problemen bei der Nahrungsversorgung, von mehr als 200 nach und nach dort eingetroffenen Männern überlebten nur 60 den Hungerwinter 1609. Doch als die Siedler im darauf folgenden Sommer entnervt aufgeben wollten, traf endlich Unterstützung und Nachschub aus der Heimat ein. Eines der englischen Schiffe hatte einen Farmer namens John Rolfe an Bord. Und der sollte für die wirtschaftliche Entwicklung der neuen Kolonie eine entscheidende Rolle spielen. Denn zu seinem Erstaunen stellte er fest, dass der in England so wertvolle Tabak hier wild wuchs. Er experimentierte eine Zeit lang mit Wildpflanzen und importiertem Tabak aus anderen Teilen der Welt. 1612 hatte er schließlich eine optimal auf das Klima abgestimmte Luxus-Sorte gezüchtet. Die Kolonie Virginia besaß damit einen lukrativen Exportartikel. Und nachdem der findige Brite 1614 die Häuptlingstochter Pocahontas geheiratet hatte, herrschte sogar einige Zeit Frieden in der neuen Kolonie.

Der Anfang vom Ende

1607 hatten noch etwa 15 000 Indianer rings um Jamestown gelebt, hundert Jahre später war die lokale Bevölkerung auf ein Zehntel geschrumpft. Schuld waren nicht nur direkte Konfrontationen mit den Engländern, bei denen viele Indianer getötet wurden. Noch mehr Opfer forderten eingeschleppte Krankheiten wie Typhus und Pocken.

Ob die Heirat John Rolfes und Pocahontas' tatsächlich zu einer Art Völkerverständigung beitrug, lässt sich kaum sagen. Immerhin bescherte sie den Kolonisten eine, wenn auch kurze Zeit des Friedens. In Jamestown, Virginia, erinnert noch heute eine Bronzestatue an die Häuptlingstochter.

Franzosen in Kanada

Samuel de Champlain erforscht die Großen Seen (Anfang 17. Jh.)

Die Menschen am Ufer trauten ihren Augen nicht. Was da über das Meer kam, sah aus wie einer jener mythischen Riesenvögel, von denen die alten Sagen berichteten. Mit Besuchern aus anderen Erdteilen konnten die Passamaquoddy-Indianer, die im 17. Jahrhundert im heutigen Grenzgebiet zwischen den USA und Kanada lebten, schließlich nicht rechnen. Das rätselhafte Phänomen, das 1604 vor der kleinen Insel Ile-Sainte-Croix auftauchte, entpuppte sich allerdings rasch als Schiff mit geblähten Segeln.

Feindliche Kälte

An Bord waren die Teilnehmer einer französischen Expedition unter Pierre Dugua de Mons. Der bretonische Adlige besaß die Erlaubnis des französischen Königs Heinrich IV., Nordamerika zwischen dem 40. und dem 60. Breitengrad zu kolonisieren. Auch das Monopol für die dortige Fischerei und den Pelzhandel hatte ihm der Monarch verliehen. Um diese Privilegien auszunutzen, gründete de Mons mit anderen bretonischen Kaufleuten eine Handelsgesellschaft und machte sich auf den Weg in die Neue Welt. Einer der Expeditionsteilnehmer war Samuel de Champlain (1567-1635), der sich als Entdeckungsreisender einen Namen machen sollte.

Mit den Passamaquoddy hatten die Neuankömmlinge zunächst keine Probleme, man begegnete sich freundlich und respektvoll. Doch der harte kanadische Winter forderte seinen Tribut, etwa 30 Franzosen kamen während der kalten Jahreszeit auf der Insel ums Leben. Als endlich das Frühjahr kam, beschlossen die Überlebenden, sich nach einem günstigeren Ort zum Siedeln umzusehen. Sie setzen über die Bay of Fundy und gründeten den Ort Port Royal, das heutige Annapolis Royal. Doch auch dieser Versuch sollte nicht von Erfolg gekrönt sein, nach nur drei Jahren wurde Port Royal aufgegeben.

Samuel de Champlain aber war nicht gewillt, das Besiedlungsprojekt zu den Akten zu legen. Wie sein Landsmann Jacques Cartier ein paar Jahrzehnte zuvor ließ er sich vom gewaltigen Sankt-Lorenz-Strom faszinieren, den er per Schiff erkundete. Warum sollte man den nächsten französischen Ort nicht weiter im Landesinneren am Ufer dieses Flusses errichten? Gedacht, getan: Am 3. Juli 1608 gründete de Champlain zusammen mit sechs Familien eine neue Siedlung namens Québec. Und obwohl das Leben auch hier hart war, sollte dieser Ort endlich dauerhaft florieren. Er entwickelte sich zu einem geschäftigen Umschlagplatz für den Pelzhandel und brachte es zur Hauptstadt der französischen Kolonie „Neu-Frankreich". Bis heute ist Québec die Hauptstadt der gleichnamigen Provinz.

Samuel de Champlains Tatendrang aber war damit noch lange nicht erschöpft. Er machte sich daran, die Region des Sankt-Lorenz-Stroms und der Großen Seen näher zu erkunden. 1609 entdeckte er zunächst den nach ihm benannten Champlainsee mit seinen etwa 80 Inseln, der in den heutigen US-Bundesstaaten New York und Vermont und zu einem kleinen Teil in der kanadischen Provinz Québec liegt. 1615 kam der Franzose dann als wohl erster Europäer an den gewaltigen Huronsee, der zu den fünf „Great Lakes" im Grenzgebiet zwischen den USA und Kanada gehört.

Taufpate für ein Ungeheuer

Samuel de Champlain hätte sich wohl nicht träumen lassen, dass eines Tages ein Monster nach ihm benannt werden würde. Doch seit Mitte des 19. Jahrhunderts soll in den Fluten des Lake Champlain immer wieder ein sechs Meter langes Seeungeheuer gesichtet worden sein. In Anlehnung an den französischen Entdeckungsreisenden und Abenteurer wurde das mysteriöse Wesen auf den Namen „Champ" getauft.

Denkmal zu Ehren
Samuel de Champlain in der von ihm
1608 gegründeten Stadt Québec

„Old Man River"

Unterwegs auf dem Mississippi

Der Vater aller Gewässer sollte durch das Herz Nordamerikas fließen. Immer wieder berichteten Indianer von den beeindruckenden Fluten des Mississippi. Doch konnte man diesen Erzählungen Glauben schenken? Für die frühen Europäer in der Neuen Welt war das keineswegs gesichert. Zwar hatte der Spanier Hernando de Soto den Riesen-Fluss schon 1541 entdeckt. Doch sah er in ihm vor allem ein Hindernis, das es mühsam zu überqueren galt. Das Gewässer selbst interessierte ihn nicht weiter. Noch Mitte des 17. Jahrhunderts kannte daher kein Europäer den Verlauf des gewaltigen Stroms oder wusste etwas über die ausgedehnten Landstriche, durch die er floss. Dann aber beschlossen die Franzosen Louis Joliet (1645-1700) und Jacques Marquette (1637-1675), dem Geheimnis auf den Grund zu gehen.

Ein Missionar und ein Händler

Es waren zwei ungewöhnliche Reisegefährten, die zur ersten europäischen Mississippi-Expedition zusammen fanden. Louis Joliet war der Sohn eines Wagenmachers aus der französischen Kolonie Québec, der eine Ausbildung am Jesuitenkolleg genossen hatte. Er verzichtete allerdings auf eine geistliche Laufbahn und zog statt dessen gemeinsam mit seinem Bruder der Handelsgeschäfte mit den Indianern des kanadischen Hinterlandes auf.

Jaques Marquette dagegen war Jesuit geblieben und hatte sich der Missionsarbeit bei den Indianern im Gebiet der Großen Seen verschrieben. Zunächst arbeitete er in der Mission „Sault Sainte-Marie", dann gründete er eine eigene Station namens „Pointe du Saint-Esprit". Dieser am Oberen See gelegene Stützpunkt aber war der perfekte Ort, um eine Mississippi-Expedition zu planen. Denn immer wieder kamen dort Indianer vorbei, die zumindest einen Teil des Flusses kannten. Als der Missionar 1671 in Sault Sainte-Marie mit Louis Joliet zusammen traf, brauchte er nicht lange, um diesen als Reisegefährten zu gewinnen. Denn der Pelzhändler witterte lukrative Geschäfte mit der einheimischen Bevölkerung entlang des Stroms.

Und so schickten sich die beiden an, ein neues Kapitel in der Geschichte der Flussfahrt zu schreiben. Am 17. Mai 1673 ließen sie im Lake Huron zwei Kanus zu Wasser und machten sich mit fünf Begleitern auf die Reise. Die Fahrt führte zunächst in den Michigansee und über die dortige Green Bay in den Fox River. Von dort paddelten sie weiter in den Wisconsin River, der die Boote schließlich bis in den Mississippi trug. Am 17. Juni erreichten die Franzosen endlich den sagenhaften Riesenfluss.

450 Kilometer weit folgten sie seinem Lauf bis in den heutigen US-Bundesstaat Arkansas. In der Nähe der Mündung des Arkansas River machten sie in einem Dorf der Quapaw-Indianer halt. Der Empfang war überaus freundlich, man rauchte gemeinsam die Friedenspfeife und die Indianer veranstalteten mehrtägige Festivitäten zu Ehren der europäischen Besucher. Doch trotz aller positiven Erfahrungen sollte die Reise der Franzosen in diesem Dorf enden. Denn die Indianer warnten vor feindlichen Stämmen und vor den Spaniern, auf die sie im weiteren Verlauf des Flusses treffen würden. Also machte sich die Gruppe auf den Rückweg zu den Großen Seen, ohne die Mündung des Flusses erreicht zu haben.

Franzosen am Golf

Der erste Europäer, der den Mississippi bis zu seiner Mündung befuhr, war wiederum ein Franzose. René Robert Cavelier, Sieur de La Salle brach im Winter 1682 zu einer Expedition auf. Mit Schlitten ging es zunächst über den zugefrorenen Illinois- River, im Mississippi stieg die Mannschaft dann in Kanus um. Am 7. April 1683 erreichten die Männer die Mündung des Flusses in den Golf von Mexiko.

Auf seinem Weg vom Itascasee im Norden Minnesotas bis zu seinem Delta südlich von New Orleans, wo er in den Golf von Mexiko mündet, durchfließt der „Vater aller Gewässer" auf einer Gesamtlänge von knapp 3800 Kilometern zehn US-Bundesstaaten.

Eine lebende Trapperlegende

Daniel Boone öffnet den Weg nach Kentucky (ab 1775)

Daniel Boone (1734-1820) erfüllte sämtliche Klischees eines Westernhelden – vom Talent fürs Fährtenlesen bis zum Hut aus Waschbärfell. Kein Wunder also, dass er zu einer Wild-West-Legende und zum Vorbild für James Fenimore Coopers berühmte „Lederstrumpf"-Romane wurde. Ein solcher Mann schien genau der Richtige zu sein, um den europäischen Siedlern den Weg nach Kentucky zu öffnen.

Der Wilderness Trail

Seit Jahren spukte dem verheirateten Familienvater und begeisterten Jäger dieser alte Traum von einem Land voller Büffel und Hirsche durch den Kopf. Jenseits der Appalachen lockte ein Paradies namens Kentucky – wenn es nur einen bequemeren Weg dorthin gäbe! Den unwegsamen Indianerpfad, auf dem er sich 1769 zum ersten Mal in dieses gelobte Land durchgeschlagen hatte, konnte man kaum als Reiseroute empfehlen. Doch Boone fasste den ehrgeizigen Plan, diesen Weg auszubauen. Mit einem entsprechenden Auftrag einer Handelsgesellschaft in der Tasche kehrte er 1775 in die Region zurück. Mit Äxten bahnten sich er und seine Männer den Weg durch die Wildnis, knapp 500 Kilometer weit bis ins Herz von Kentucky.

Noch ahnten sie nicht, dass ihre Route als „Wilderness Trail" in die Geschichte eingehen würde. Doch schon bald rollten auf der neuen Strecke unaufhörlich Wagen nach Westen. Anfang des 19. Jahrhunderts hatten schon um die 200 000 Siedler in Kentucky eine neue Heimat gefunden – darunter auch die Familie Boone. Am Ende des „Wilderness Trails" ließen sich der Trapper, seine Frau und die zehn Kinder in einer Siedlung nieder, die nach ihrem Gründer Boonesborough genannt wurde.

Die Indianer der Region waren allerdings nicht erbaut von den weißen Eindringlingen, immer wieder überfielen sie den Ort. Bei einer solchen Gelegenheit entführten Shawnee-Krieger Boones Tochter und zwei andere Mädchen, Boone musste sein ganzes Geschick aufwenden, um die drei in einer Überraschungsaktion wieder zu befreien. Beim nächsten Mal aber war er selbst dran. Die Shawnee nahmen ihn gefangen und verschleppten ihn in ihr Dorf in Ohio. Vier Monate lang blieb er dort, brachte es aber mit seinen Fähigkeiten als Jäger und Waldläufer bald zu einigem Ansehen. Sein Verhältnis zu Häuptling Schwarzer Fisch entwickelte sich sogar so gut, dass dieser ihn adoptierte. Doch als Boone von weiteren geplanten Überfällen auf die Siedler erfuhr, ergriff er die Flucht, um seine Landsleute zu warnen.

Zurück in Boonesborough organisierte er die Verteidigung des Ortes. Die Palisaden wurden verstärkt, Vorräte eingelagert. Schließlich tauchten tatsächlich massenweise Shawnee vor den Toren auf. Mehrere Tage wurde verhandelt, am 9. September 1778 schien eine Einigung zum Greifen nahe. Doch dann verlor einer der Siedler die Nerven, Schüsse fielen. Die Hoffnung auf einen Friedensvertrag war dahin. Acht Tage lang belagerten die Shawnee die Siedlung und versuchten immer wieder, Feuer zu legen. Doch Krieger um Krieger fiel unter den Kugeln der Verteidiger. Am 18. September zogen sich die Belagerer zurück, die Siedler waren gerettet.

Ein Opfer der Bürokratie

So gut Daniel Boone mit Indianerüberfällen und den Gefahren der Wildnis zurecht kam, so schlecht behauptete er sich im Geschäftsleben. Die Besitzurkunden für sein Land in Boonesborough wurden wegen juristischer Fehler für ungültig erklärt. Wegen ähnlicher Probleme musste er später noch mehrfach umziehen – von Kentucky nach Virginia, von Virginia schließlich in die Nähe von St. Louis im heutigen Missouri. Er schien einfach nie die richtigen Papiere vorweisen zu können und verlor dadurch mehrfach seinen ganzen Besitz.

Trapperlegende Daniel Boone, Vorbild für die Figur des „Lederstrumpf" des US-amerikanischen Literaten James Fenimore Cooper (1789-1851), in einem Holzstich des 19. Jahrhunderts.

Expedition nach Westen

Von der Missouri-Mündung bis zum Pazifik (1804–1805)

Am 20. Juni 1803 schrieb US-Präsident Thomas Jefferson einen Brief, der eine inzwischen legendär gewordene Expedition in Gang setzen sollte. Captain Meriwether Lewis bekam darin den Auftrag, den Lauf des Missouri und anderer Flüsse zu erforschen, um einen möglichst direkten Wasserweg zur Pazifik-Küste zu finden.

Auf dem Missouri

Meriwether Lewis (1774-1809) hatte zu dem Zeitpunkt schon Karriere als Soldat und Privatsekretär des Präsidenten gemacht. Während seiner Militärzeit hatte er eine Zeit lang unter William Clark (1770-1838) gedient, den er nun als Partner für die waghalsige Expedition anwarb. Sorgfältig stellten die beiden eine Mannschaft aus unverheirateten, gesunden Männern mit guter Kondition und Jagderfahrung zusammen. In Pittsburgh gab Lewis ein 18 Meter langes Kielboot mit geringem Tiefgang und zwei kleinere Begleitboote in Auftrag, in Philadelphia ließ er sich in den Grundlagen der Medizin, Botanik, Zoologie, Kartografie und Navigation schulen. Und er las die Berichte von Trappern und Händlern, die schon am Missouri unterwegs gewesen waren. Nach dieser akribischen Vorbereitung wusste er alles, was es über den Westen damals zu wissen gab. Es konnte also los gehen.

Im Mai 1804 brachen Lewis und Clark mit mehr als 40 Soldaten, Dolmetschern und Hilfskräften zu ihrem großen Abenteuer auf. Die Flussfahrt begann in der Nähe von St. Louis an der Missouri-Mündung, dann ging es immer weiter nach Westen. Clark übernahm oft das Kommando an Bord und zeichnete Karten, während sein Kompagnon zu Fuß am Ufer unterwegs war, um Pflanzen zu sammeln und Tiere zu beobachten. Die Tagebücher der beiden Forscher füllten sich mit wissenschaftlichen Berichten und Beschreibungen von unbekannten Pflanzen, Tieren und Indianerstämmen. Fasziniert betrachteten die Männer die weite Landschaft der Great Plains. Eine Art Schlaraffenland voller jagdbarer Tiere schien sich vor ihren Augen auszubreiten.

Über die Rocky Mountains

Als der Winter vor der Tür stand, bauten die Expeditionsteilnehmer im heutigen North Dakota ein Lager namens Fort Mandan, in dem sie die kalten Monate bis zum April 1805 verbrachten. Ein paar Männer wurden anschließend mit Reiseberichten und den gesammelten Pflanzen und Tieren zurück in die Zivilisation geschickt. Der Rest paddelte mit Kanus weiter flussaufwärts bis zu den beeindruckenden Wasserfällen der Great Falls. Dort mussten die Männer ihre Ausrüstung und die Boote 40 beschwerliche Kilometer weit über Land schleppen, bevor es auf dem Wasser weiter gehen konnte.

Im Sommer 1805 erreichte die Expedition die Rocky Mountains. Die Reisenden handelten Pferde bei den Shoshone-Indianern ein und machten sich daran, das Gebirge zu überqueren. Doch trotz der Reittiere wurde der Weg immer beschwerlicher, die Männer immer erschöpfter. Die Vorräte wurden knapp und die Jäger hatten Mühe, genügend Nahrung heran zu schaffen. Doch sie schlugen sich weiter durch unwegsames Gelände, folgten den Flüssen Clearwater und Snake River und zogen entlang des Columbia Rivers durch den heutigen US-Bundesstaat Oregon. Und endlich, am 7. November 1805 standen die Männer tatsächlich am Ufer des Pazifiks. „Ozean in Sicht! Oh! Welche Freude.", notierte Clark in sein Tagebuch.

Bei den Geysiren

Auf dem Rückweg setzte sich ein Teilnehmer der Lewis-und-Clark-Expedition von seinen Reisegefährten ab und zog allein weiter. Der Trapper John Colter (1774-1813) war vermutlich der erste Weiße, der die spektakuläre Natur des heutigen Yellowstone Nationalparks mit seinen heißen Quellen und Geysiren zu Gesicht bekam.

Wehrhaft und wenig komfortabel war das Winterquartier von Lewis und Clark für die kalten Monate der Jahreswende 1804/05. Rekonstruktion eines befestigten Gebäudes, Fort Mandan, North Dakota.

Verdammtes Glück

Der Goldrausch von Kalifornien (Mitte 19. Jh.)

Auch in Nordamerika sollten schließlich genau wie im Süden des Doppelkontinents Glücksritter die Geschichte prägen.

Indianer im Hinterland Mexikos

In den 1830er Jahren trennten noch dreitausend Kilometer Prärie und Gebirge und viele, den Europäern nicht gerade wohl gesonnene Indianer Kalifornien von der modernen Zivilisation der Vereinigten Staaten im Osten des riesigen Subkontinentes. Ohne Panama-Kanal dauerte auch die Seereise endlose Monate. Als der Schweizer Johann August Sutter 1839 dort ankam, war Kalifornien nicht mehr als ein langgezogener Küstenstreifen, auf dem vor allem Spanisch sprechende Siedler lebten. Alta California war eine der Provinzen Mexikos, das 1821 seine Unabhängigkeit gewonnen hatte. Gleich hinter der Küste aber lebten die Indianer und genau dort, rund hundert Kilometer östlich des heutigen San Francisco „zivilisierte" Johann August Sutter das Sacramento-Tal. Das bedeutete in erster Linie nichts Gutes für die Indianer, sie wurden mit Waffengewalt blutig aus ihrer Heimat vertrieben.

Neu-Helvetien

Die Täler wurden gerodet, um Platz für Weiden zu schaffen. 1845 umfasste die inzwischen „Neu-Helvetien" genannte Farm mit 593 Quadratkilometern mehr Land als ein typischer Landkreis in Deutschland heute Fläche hat. 12 000 Rinder, 2000 Pferde und 10 000 Schafe weideten auf diesem Riesenhof, als 1847 der Zimmermann und Schreiner James Marshall im Auftrag von Johann August Sutter am American River eine Sägemühle baute. Am 24. Januar 1848 kletterte der Handwerker zum Fluss hinunter, weil offensichtlich irgend etwas in der Mechanik der Mühle klemmte. Im Wasser des Abflusskanals sah er ein seltsames Objekt schimmern – James Marshall hatte einen Goldklumpen gefunden. Als Johann August Sutter von dem Fund hörte, war ihm klar, dass Goldgräber das Land überrennen und alles zerstören würden, was man in neunjähriger Arbeit aufgebaut hatte. Den Fund geheim zu halten aber war es bereits zu spät, überall in Kalifornien und später im Rest der USA begann der große Wettlauf: Arbeiter ließen ihr Werkzeug liegen und machten sich auf nach Sacramento, Geschäfte und Schulen schlossen und Angestellte und Lehrer verwandelten sich in Goldsucher. Selbst Matrosen verließen ihre Schiffe, sobald sie in San Francisco eingelaufen waren und eilten mit desertierenden Soldaten zum American River, um ihr Glück zu machen. Das Land Johann August Sutters wurde überrannt, niemand kümmerte sich im Goldrausch um irgendwelche Besitzrechte. Gleichzeitig legten die Glücksritter die Grundlagen des modernen Kalifornien, das 1850 der 31. Bundesstaat der USA wurde.

Gold für Händler

Reich wurden die wenigsten Goldsucher, das Geschäft ihres Lebens machten vielmehr die Händler. Weil alle nur nach Gold gruben und niemand mehr einen Acker bestellen wollte, kostete ein Ei bald einen Dollar, alte Zeitungen wurden zum Wucherpreis von zehn Dollar pro Ausgabe verhökert und die Geldverleiher verlangten fünf Prozent Zins – für jede Woche! Auch Salonbesitzer, Prostituierte und Spieler scheffelten häufig das große Geld. Der Deutsche Levi Strauss erfand eine robuste Hose für die harte Arbeit der Goldgräber und verdiente mit seinen Jeans ein Vermögen. Der Goldgräber John Stetson bastelte sich einen breitkrempigen Hut, dessen Schatten etliche Schweißtropfen unter der sengenden Sonne Kaliforniens verhinderte und verdiente sich seinen Lebensunterhalt fortan mit der Produktion von Cowboy-Hüten. Die Goldgräber selbst aber litten unter Cholera und vielen Verbrechen.

Die Suche nach Gold war ein hartes und für die meisten Glücksritter wenig gewinnbringendes Unterfangen. So wie hier in South Dakota im Jahr 1889 dürfte es auch knapp 40 Jahre zuvor in Kalifornien ausgesehen haben. Goldwäscher bei Rockerville, South Dakota, USA (Fotografie, 1889, John C. H. Grabill).

Russen in Alaska

Vitus Bering sucht eine Land-Brücke zwischen Asien und Nordamerika (1. Hälfte 18. Jh.)

Hängen der Nordosten Asiens und Nordamerika zusammen? Diese Frage war im 18. Jahrhundert hoch umstritten. Der russische Zar Peter der Große hatte schon mehrere Expeditionen an den äußersten Rand seines Reiches geschickt, um nach dieser rätselhaften Land-Verbindung zu suchen. Doch alle waren erfolglos zurückgekommen.

Ein ehrgeiziges Projekt

Auch der Däne Vitus Bering (1681-1741), der als Marineoffizier in der russischen Flotte diente, war zwischen 1728 und 1730 zweimal von der Mündung des Kamtschatka-Flusses im Fernen Osten Russlands aus nach Nordosten gesegelt, ohne auf das nordamerikanische Festland zu stoßen. Daher schlug er eine zweite Kamtschatka-Expedition vor. Und die sollte zu einer der aufwendigsten und teuersten Forschungsreisen der Geschichte werden.

Der russische Staat investierte mit 1,5 Millionen Rubeln etwa ein Sechstel seiner gesamten Jahreseinnahmen in das 1733 gestartete Mammut-Projekt, an dem etwa 3000 Menschen beteiligt waren. Die Teilnehmer wurden in mehrere Gruppen mit unterschiedlichen Aufgaben aufgeteilt. Unter dem Kommando von Bering sollte eines dieser Teams zunächst die Halbinsel Kamtschatka erkunden. Dann stand die Suche nach dem geheimnisvollen „Joao da Gama-Land" auf dem Programm, das der gleichnamige portugiesische Seefahrer im 16. Jahrhundert nördlich von Japan gesichtet haben wollte. Von dort aus sollte die Gruppe schließlich weiter bis nach Nordamerika vorstoßen.

Die Reisen durch Kamtschatka und der Bau der Expeditionsschiffe aber verschlangen Jahre. Erst im September 1740 konnte Bering mit der „Sankt Peter" und der „Sankt Paul" aus dem Hafen von Ochotsk auslaufen. Den Winter verbrachten die Männer erneut auf Kamtschatka, dann suchten sie auf südlichem Kurs vergeblich nach Joao da Gama-Land. Also beschloss man eine Kurskorrektur auf Nord-Nordost.

Nachdem die beiden Schiffe in einem Sturm getrennt worden waren, sichtete die Mannschaft der St. Paul am 16. Juli 1741 endlich Land. Bering hatte Alaska erreicht. Er erkundete zunächst eine vorgelagerte Insel und segelte dann zwei Wochen lang weiter an der Küste entlang. Auf einer kleinen Inselgruppe machte er die Bekanntschaft der Ureinwohner, bevor er sich schließlich auf den Rückweg machte. Die Heimreise aber sollte alles in den Schatten stellen, was die Mannschaft bisher an Strapazen erlebt hatte.

Das Wasser wurde knapp, die Besatzung mitsamt Kapitän Bering litt heftig an Skorbut. Am 4. November 1741 tauchte am Horizont endlich das ersehnte Land auf. Die Erleichterung war groß: „Die Halbtoten krochen hervor, um solches zu sehen, und jedermann dankte Gott herzlich für diese große Gnade", notierte Georg Wilhelm Steller, der die Reise als Naturkundler begleitet hatte. Da das Schiff beschädigt war, beschloss die Besatzung, an dieser Küste zu überwintern. Zu ihrem Entsetzen aber mussten die Männer bald feststellen, dass sie nicht auf Kamtschatka, sondern auf einer Insel 500 Kilometer vor der Küste gelandet waren. Viele der von Strapazen und Skorbut geschwächten Expeditionsteilnehmer hatten dem eisigen Winter nichts mehr entgegenzusetzen. Auch Vitus Bering nicht. Er wurde auf der Insel begraben, die ihm zu Ehren heute Bering-Insel heißt.

Die Rückkehrer

Nur 46 von ursprünglich 77 Männern an Bord der Sankt Peter haben das Abenteuer auf der Bering-Insel überlebt. In Erdbehausungen trotzten sie dem eisigen Winter und jagten Rebhühner, Seeotter und Polarfüchse. Als schließlich das Frühjahr kam, bauten die Männer aus den Resten ihres Schiffes ein neues Boot und kehrten unter Leitung des Naturforschers Georg Wilhelm Steller nach Kamtschatka zurück.

Die Aufzeichnungen Georg Wilhelm Stellers, die er während der sogenannten zweiten Kamtschaka-Expedition 1741/42 an der Seite von Vitus Bering machte, wurden 1774 unter dem Titel „Beschreibungen von dem Lande Kamtschaka" mit zahlreichen Illustrationen veröffentlicht.

Abkürzung zu den Gewürzinseln

Die Suche nach der Nordwestpassage

Berühmt wurden seit der ersten Hälfte des 16. Jahrhunderts viele Seeleute als Weltumsegler, tatsächlich aber suchten sie einen möglichst kurzen und sicheren Weg zu den Gewürzinseln weit im Osten Asiens. Schon damals trieben also Welthandel und Globalisierung die Entdecker ihrer Zeit an.

Magellanstraße

Lange bevor Christoph Kolumbus 1492 offiziell Amerika entdeckte, warfen bereits um 1480 portugiesische und wohl auch spanische Fischer in den reichen Fischgründen vor Labrador ihre Netze aus. Da beide Seefahrer-Nationen einen Weg zu den Gewürzen im Osten Asiens suchten, galt wohl bereits damals in der alten Welt als gesichert, dass auf der Westroute eine große Landmasse diese Seeroute blockierte. Den ersten Weg durch diesen Doppelkontinent Amerika fand der Portugiese Ferdinand Magellan (1480-1521) im Jahr 1520, als er durch die nach ihm benannte Meeresstraße im Süden Patagoniens den Pazifik erreichte. Die Passage zwischen Feuerland und Patagonien ist aber nicht einfach und vor allem sehr weit. Bald spekulierten viele Seefahrer, ob es einen ähnlichen Weg nicht auch um den Norden Kanadas herum geben könnte, der in den Osten Asiens führt, ohne gleich zweimal über den Äquator segeln zu müssen. Der Engländer Martin Frobisher (um 1535-1594) war zwischen 1576 und 1578 der Erste, der diese sogenannte „Nordwestpassage" suchte. Genau wie viele seiner Nachfolger aber scheiterte der Kapitän am dicken Eis im hohen Norden. Obendrein brachte er schon vom ersten Versuch schwarze Steine mit zurück, die im Verdacht standen, Gold zu enthalten. Daher suchte er bei seinem letzten Versuch 1578 gar nicht mehr die Nordwestpassage, sondern Gold. Als sich die Steine als völlig wertlos erwiesen, hatte auch niemand mehr Interesse an der Suche nach einem Weg um Kanada herum.

Eisige Passage

Weit im Süden fanden 1615 die Holländer Jacob Le Maire (1585-1616) und Willem Schouten (um 1580-1625) eine weitere, recht stürmische Passage nach Asien um Kap Hoorn herum. Wenn aber im Süden ein Weg um Amerika herum führt, weshalb sollte es im Norden keine solche Passsage geben? Im gleichen Jahr machte sich der Engländer William Baffin (1584-1622) auf den Weg und suchte eine Passage zwischen Grönland und der später nach ihm benannten Insel nach Norden. Erneut stoppte Packeis die Expedition. Nach zwei weiteren Misserfolgen lag die Suche nach der Nordwestpassage dann mehr als ein Jahrhundert im Wortsinn auf Eis.

Den nächsten Versuch wagte der Engländer James Cook (1728-1779) und nach ihm der russische Kapitän Otto von Kotzebue (1788-1846). Beide suchten die Passage diesmal vom Pazifik aus, beide scheiterten. Erst der Norweger und spätere Südpol-Eroberer Roald Amundsen (1872-1922) schaffte es schließlich, zwischen 1903 und 1906 die Nordwestpassage komplett zu durchfahren. Statt der 23 300 Kilometer durch den Panama-Kanal oder 21 100 Kilometer durch den Suez-Kanal waren es jetzt nur 15 900 Kilometer von Rotterdam nach Tokio. Die aber sind noch heute die meiste Zeit von Eismassen blockiert.

Der Mann, der seine Stiefel aß

Schon bei einer Expedition in den Nordwesten Kanadas zwischen 1819 und 1822 verhungerte der Engländer John Franklin (1786-1847) beinahe. Nur weil er Flechten und später auch seine Stiefel kochte, überlebte er. Mit 129 Mann auf zwei Schiffen brach der Brite 1845 dann auf, um endlich die Nordwestpassage zu finden. Kein einziger von den Männern kehrte zurück. Erst 1859 entdeckten Suchexpeditionen die Leichen einiger Männer von der Franklin-Expedition.

Die Grabsteine der Mannschaft des britischen Polarforschers Sir Franklin auf der zu Kanada gehörenden Insel Beechey Island (Nunavut). Sir John Franklin und seine Mannschaft verbrachten hier einen ganzen Winter, bevor sie für immer verschwanden.

Eismeerküste Sibiriens

Die Suche nach der Nordostpassage

Noch deutlich kürzer als über die Nordwestpassage am Norden Kanadas vorbei wird die Strecke Tokio–Rotterdam entlang der Küste Sibiriens. Statt 15 900 sind es auf dieser sogenannten „Nordostpassage" nur noch 14 100 Kilometer von Holland nach Japan.

Tod in Russland

Nicht nur Portugiesen, Spanier und Engländer, sondern auch die Holländer suchten einen möglichst kurzen Weg zu den Gewürzen im fernen Osten Asiens. 1594 lief daher der Holländer Willem Barents (um 1550-1597) mit zwei Schiffen von Amsterdam aus, um im Norden Sibiriens den Seeweg nach China zu suchen. Zunächst war die Expedition recht erfolgreich, am 10. Juli entdeckten die Holländer die langgestreckte und bis dahin unbekannte Insel Nowaja Semlja. Diese Insel aber erstreckt sich im Norden bis weit in das Nordpolarmeer hinein, auf dem auch im Sommer das Eis nicht schmilzt. An dieser Barriere scheiterten die Holländer sowohl 1594 als auch beim zweiten Anlauf 1596. Diesmal aber wurden die Männer an der Küste von Nowaja Semlja von den Eismassen eingeschlossen und mussten dort überwintern. Willem Barents und vier seiner Männer überstanden die Strapazen nicht und starben im ersten Halbjahr 1597.

Durch das Eismeer

1648 entdeckte der Russe Semjon Deschnjow (um 1605-1673) dann die Meeresstraße zwischen Sibirien und Alaska, die prinzipiell eine Fahrt durch das Eismeer nach China erlaubt, die der Däne Vitus Bering (1680-1741) weiter erkundete. Aber erst dem Schweden Adolf von Nordenskjöld (1832-1901) gelang es 1878/79 tatsächlich, von Europa an Sibirien vorbei durch die Nordostpassage Japan zu erreichen. 1932 schaffte der Eisbrecher Alexander Sibirjakow die Strecke erstmals ohne Überwinterung. In den 1950er und 1960er Jahren baute die Sowjetunion vier Eismeerhäfen im Norden Sibiriens. Seither versucht man, die Strecke mit Atomeisbrechern zumindest im Sommer offen zu halten. Das gelingt im Westen gut, im Osten dagegen versperren nach wie vor häufig Packeis-Barrieren den Weg nach Japan.

Hudson Bay und Hudson River

Sowohl der Hudson River im US-Bundesstaat New York wie auch die Hudson Bay im Norden Kanadas verdanken ihren Namen der Suche nach der Nordostpasssage. Im Dienste der holländischen Vereinigten Ostindischen Kompanie suchte nämlich der Engländer Henry Hudson (1565- um 1611) den Weg durch das Packeis bei der russischen Insel Nowaja Semlja, an dem bereits Willem Barents gescheitert war. Die Besatzung aber bekam es angesichts gewaltiger Eisbarrieren mit der Angst und rebellierte. Um nicht mit völlig leeren Händen zu seinem Auftraggeber zurückzukehren, segelte Henry Hudson kurzerhand nach Westen. Am 11. September 1609 erreichten die Holländer die Bucht von New York, in der sie bereits ein Jahr später den Indianern eifrig Felle abhandelten und 1624 auf der Insel Manna-Hatta, dem heutigen Manhattan, die Kolonie Neu-Amsterdam gründeten. Henry Hudson aber erkundete von dort aus den Fluss, der bei der heute New York genannten Stadt ins Meer mündet und der längst seinen Namen trägt. Ein Jahr später suchte der Engländer die Nordwestpassage und glaubte den Weg in den Pazifik entlang der Nordküste Kanadas gefunden zu haben. Tatsächlich aber hatte er nur die heute nach ihm benannte Hudson Bay erreicht. Diesmal aber fror das Schiff im Eis fest, die Mannschaft musste überwintern. Genau wie bereits bei der Suche nach der Nordostpassage meuterten die Männer schließlich. Henry Hudson wurde mit seinem Sohn und neun Männern in einem Beiboot ausgesetzt. Er sollte nie mehr lebend gesehen werden.

Rot gekleidete Touristen neben dem im Packeis stehenden russischen Eisbrecher „Kapitan Dranitsyn", nahe der Insel Sewernaja Semlja (Sibirien).

Die Geburt einer Legende

Leo Africanus reist von Marokko nach Timbuktu (um 1510)

Das Leben musste doch mehr zu bieten haben. Al-Hasan ibn Mohammed al-Wassan (um 1490- nach 1550), der unter dem Namen Leo Africanus weltberühmt werden sollte, hatte die Nase voll von seinem Job in der marokkanischen Stadt Fes. Tagein, tagaus saß der Notar über staubige Akten gebeugt in engen Räumen. Langsam fiel ihm die Decke auf den Kopf und er träumte von Reisen in fremde Länder.

Ein Jurist auf Reisen

Die erste Chance dazu bekam er, als er seinen Onkel in diplomatischer Mission auf einer Reise durch Marokko begleiten durfte. Während der folgenden Jahre war er dann auf eigene Faust unterwegs. Er reiste kreuz und quer durch Nordafrika, nach Mekka, Istanbul und Asien. Vor allem aber erreichte er im Jahr 1510 einen Ort, dem er mit seinen fesselnden Beschreibungen ein bleibendes Denkmal setzen sollte: Timbuktu.

Diese Stadt im heutigen Mali war damals eine wohlhabende Metropole mit schätzungsweise 15 000 bis 25 000 Einwohnern. Sie lag nicht nur sehr verkehrsgünstig am Niger-Fluss, hier kreuzten sich auch wichtige Karawanenstraßen. Viele Händler, die von Ägypten nach Westafrika reisten, machten hier Station. Die großen Karawanen aus dem Norden waren voll beladen mit Seide und Schmuck, Waffen und Metall. Auch die verschiedensten anderen Handelswaren von Hirse bis zu Elfenbein wechselten in Timbuktu den Besitzer. Die Haupteinnahmequelle der Stadt aber war der Handel mit Salz – und mit Menschen. Hier lag der Hauptumschlagplatz für Sklaven, die in Marokko und Ägypten reißenden Absatz fanden.

El Dorado in Afrika

Gezahlt wurde in Timbuktu oft mit purem Gold – kein Wunder, dass die Stadt florierte. Sie entwickelte sich zu einem Zentrum der Gelehrsamkeit, die Universität der Sankoré-Moschee genoss einen ausgezeichneten Ruf. Und auch sonst ließ es sich in Timbuktu gut leben. „Die Einwohner und vor allem die Fremden, die sich dort niedergelassen haben, sind sehr reich", notierte Leo Africanus in seiner Beschreibung des Ortes. „Und zwar so reich, dass der derzeitige König seine beiden Töchter mit wohlhabenden Händlern verheiratet hat." Dabei hatte der Herrscher selbst offenbar keineswegs am Hungertuch zu nagen. Leo Afrikanus berichtete von goldenen Reichtümern, einem prächtigen Palast und einem beeindruckenden Gefolge, das den hoch auf seinem Kamel thronenden König auf seinen Ausritten begleitete.

All diese Eindrücke hielt Leo Africanus in seiner „Beschreibung Afrikas" fest. Dieses eigentlich gar nicht zur Veröffentlichung gedachte Werk wurde zu einem internationalen Bestseller. Jahrhundertelang war es für geografisch interessierte Europäer eine der wenigen Informationsquellen über die Regionen Afrikas, die der Marokkaner bereist hatte. Timbuktu wurde dank dieser Beschreibungen zu einem sagenumwobenen Ort, bald galt es als das El Dorado Afrikas.

Eine legendäre Persönlichkeit

Im Laufe der Jahrhunderte meldeten etliche Kritiker Zweifel an Leo Africanus' Reiseberichten an. Manche behaupteten sogar, der Mann habe nie existiert. Andere wollten zumindest nicht glauben, dass er tatsächlich in Timbuktu gewesen war. Denn in seinen Schriften finden sich durchaus einige Ungereimtheiten. Inzwischen hat sich allerdings herausgestellt, dass der italienische Herausgeber der „Beschreibung Afrikas" etliches falsch übersetzt oder dazu erfunden hat. Die meisten Experten halten Leo Africanus heute für eine reale historische Persönlichkeit, deren Leben nach Jahrhunderten der Legendenbildung allerdings nicht mehr leicht zu rekonstruieren ist.

Das Minarett der Sankoré-Moschee in Timbuktu wurde wie die meisten Gebäude der Stadt aus Mangel an natürlichen Steinvorkommen aus Lehmziegeln errichtet.

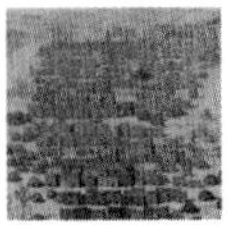

Magnet für Forschungsreisende

Sagenhaftes Timbuktu

„Timbuktu" – mit diesem Wort verbanden viele Europäer des 19. Jahrhunderts die romantischsten Vorstellungen. Die faszinierende Oasenstadt in Mali schien allerlei exotische Geheimnisse zu bergen. Man hatte von einem blühenden Handelsleben und einer der berühmtesten Universitäten der islamischen Welt gehört. Allerdings konnte niemand so genau sagen, welcher Teil der Gerüchte und Erzählungen tatsächlich der Realität entsprach. Man musste sich auf die detaillierten Beschreibungen der arabischen Reisenden Ibn Battuta (1304-1368 oder 1377) und Leo Africanus (um 1490- nach 1550) verlassen. Die aber waren Jahrhunderte alt. Und überprüft hatte sie niemand. Denn seit Menschengedenken hatte kein Europäer Timbuktu betreten.

Eine geografische Herausforderung

Die Neugier wuchs ins Unermessliche und so schrieb die Gesellschaft für Geografie in Paris im Jahr 1824 einen Preis für denjenigen aus, der die Wüstenstadt erreichen, lebend wieder zurück kommen und Informationen über Wirtschaft und Bewohner mitbringen würde. Einer der wagemutigen Reisenden, die diesem Aufruf folgten, war der Franzose René Caillié (1799-1838). 1827 machte er sich in Begleitung von vier Lastträgern und einem afrikanischen Führer vom heutigen Sierra Leone in Westafrika aus auf den Weg. Im Gepäck hatte er nicht nur zwei Kompasse, Medikamente und Tauschwaren. Auch Seidentaschentücher und einen Regenschirm hielt der Forschungsreisende in der Wildnis für unabdingbar.

Caillié fürchtete, dass ihm seine wahre Identität in muslimischen Regionen nur hinderlich sein würde und gab sich daher als aus Ägypten stammender Moslem aus. Immer weiter kämpfte er sich durch die heutigen Staaten Sierra Leone und Guinea. Doch wunde Füße, Skorbut und verschiedene andere Leiden machten es ihm irgendwann unmöglich, weiter zu reisen. Ein halbes Jahr lang ließ er sich im Norden der heutigen Elfenbeinküste von einer einheimischen Frau pflegen, bevor er sich einer Karawane nach Djenné in Mali anschloss.

Nur noch etwa 300 Kilometer trennten ihn vom legendären Timbuktu. Und für diese Strecke fand er eine sehr viel bequemere Reisemöglichkeit: Er bestieg ein Boot, das ihn auf dem Fluss Niger zu seinem Ziel bringen würde. Doch als er am 20. April 1828 endlich dort ankam, war er bitter enttäuscht. Timbuktu entsprach in nichts seinen romantischen Vorstellungen. Mehrfach war die Stadt in der Vergangenheit erobert worden, vielerorts bot sich ein Bild der Zerstörung und des Verfalls. Keine Spur mehr von dem prächtigen Palast, den Leo Africanus beschrieben hatte. Auch der Handel florierte längst nicht mehr so wie in vergangenen Zeiten. Und für Fremde gab es durchaus Anlass, um ihren Besitz, wenn nicht sogar um Leib und Leben zu fürchten.

Nicht einmal zwei Wochen verbrachte Caillié in der einstigen Stadt seiner Träume und füllte sein Tagebuch mit Notizen. Dann beschloss er, sich auf den Heimweg zu machen. Für seine Rückkehr wählte er eine nicht weniger anstrengende Route: Quer durch die Sahara ging es bis an die marokkanische Küste und dann per Schiff nach Frankreich zurück.

Er bekam die versprochene Belohnung der Gesellschaft für Geografie und einen Sonderzuschlag des Marineministeriums. Von den ebenfalls an der legendären Stadt interessierten Briten wurde ihm allerdings immer wieder unterstellt, dass er in Wirklichkeit nie in Timbuktu gewesen sei.

> ### *Reise ohne Wiederkehr*
> *René Caillié war nicht der erste Europäer, der Timbuktu erreichte. Schon der Brite Alexander Gordon Laing war im August 1826 dort gewesen. Doch er wurde auf dem Rückweg erschlagen, seine Reisenotizen verschwanden.*

Blick über die Dächer Timbuktus mit seiner typischen Lehmarchitektur. Stich nach einer Skizze von René Caillié, um 1825.

Deutsche in der Wüste

Gerhard Rohlfs und Gustav Nachtigal erkunden die Sahara (1865–1867)

Hitze und Trockenheit, Steine, Geröll und Sand – und das über unendliche Kilometer. Als größte Wüste der Welt erreicht die Sahara mit neun Millionen Quadratkilometern die Ausdehnung der USA. Für die Europäer des 19. Jahrhunderts barg diese lebensfeindliche Landschaft noch zahllose Geheimnisse. Doch wer diese ergründen wollte, brauchte eine gute Portion Abenteuergeist.

Der alte Traum Timbuktu

Daran hatte es Gerhard Rohlfs (1831-1896) aus Vegesack bei Bremen noch nie gefehlt. Schon als Schüler war er von zu Hause ausgerissen, um sich in Rotterdam als Schiffsjunge zu verdingen. Zwar hatte ihn seine Familie damals zurückgeholt, doch er war umtriebig geblieben. Ein abgebrochenes Medizinstudium, eine Zeit beim österreichischen Militär und in der französischen Fremdenlegion und eine Stelle als Leibarzt des Sultans von Marokko hatte er schon hinter sich. Er war auf waghalsigen Touren in Marokko unterwegs gewesen und hatte wie viele seiner Zeitgenossen von der legendären Oasenstadt Timbuktu in Mali geträumt. Im Mai 1864 brach er auf, um diesen Traum wahr zu machen. Er erreichte das Atlas-Gebirge, hinter dem sich seine größte Herausforderung erstreckte: Die Sahara.

Rohlfs und seine Begleiter hatten Kamele dabei, die mit Wasser und Vorräten beladen waren. Doch als die brennende Sonne ihre Kehlen ausdörrte, war der Durst allgegenwärtig. Die Männer trotzten den Strapazen und erreichten die Oasen von Tafilet, Touat und Tidikelt. In der Oasenstadt In Salah aber wurde Rohlfs als französischer Spion verdächtigt und musste seine weiteren Sahara-Pläne zunächst aufgeben. Er reiste durch Libyen bis nach Tripolis am Mittelmeer, schob eine kurze Deutschlandreise ein und startete dann einen zweiten Versuch. Wieder zog es ihn von Tripolis Richtung Sahara.

Quer durch die Sahara

Als er nach etwa 550 Kilometern in südwestlicher Richtung die Oasenstadt Ghadames erreichte, gab es Konflikte mit den in der Region lebenden Tuareg. Rohlfs musste seine Reisepläne wieder einmal ändern, über die Kauar-Oasen ging es weiter nach Kuka. Das war damals die Hauptstadt des Bornu-Reiches, das sich über die heutigen Staaten Nigeria, Niger und Tschad erstreckte. Rohlfs gewann das Wohlwollen des Sultans von Bornu, der ihn auf der Weiterreise unterstützte. Die nächste Station des Deutschen war der Tschad-See am Südrand der Sahara, dann fuhr er auf dem Fluss Benue bis zu dessen Mündung in den Niger. Wieder auf dem Landweg passierte Rohlfs anschließend die Städte Ilorin und Ibadan im heutigen Nigeria und erreichte schließlich die Hafenstadt Lagos an der Atlantikküste. Seine gewaltige Reise vom Mittelmeer bis nach Westafrika, die von 1865 bis 1867 gedauert hatte, sollte in die Geschichte eingehen. Zum ersten Mal hatte ein Europäer die Sahara durchquert.

Eine Ladung Geschenke

1868 trafen in Tripolis zwei Männer zusammen, die sich als deutsche Afrikaforscher einen Namen machten. Gerhard Rohlfs hatte gerade seine große Reise quer durch die Sahara abgeschlossen, Gustav Nachtigal (1834-1885) arbeitete noch als Arzt in Tunis. Rohlfs gab seinem Landsmann den Auftrag, im Namen der preußischen Regierung Geschenke an den Sultan von Bornu zu überbringen. Mit einer Karawane machte sich Nachtigal am 17. Februar 1869 auf den Weg. Auch er durchquerte die Sahara und erkundete das Tibesti-Gebirge im heutigen Tschad. Dieses höchste Gebirge der Sahara hatte damals noch kein Europäer zu Gesicht bekommen. Die ortsansässigen Tubu aber hielten wenig von hellhäutigen Eindringlingen in ihrem Land. Nachtigal wurde überfallen und kam nur knapp mit dem Leben davon.

Im Norden Afrikas gelegen, erstreckt sich die größte Wüste der Erde, die Sahara, von der Atlantikküste bis zur Küste des Roten Meeres.

Ein neues Bild von Afrika

Heinrich Barth studiert die Kulturen zwischen Tripolis und Timbuktu (1850-1855)

Irgendwie musste dieses unwürdige Geschäft doch zu beenden sein. Konnte man den Sklavenhandel in Afrika vielleicht dadurch unterbinden, dass man auf den Transportrouten quer durch die Sahara statt dessen den Handel mit anderen Gütern förderte? Dem britische Missionar James Richardson (1809-1851) schien das eine plausible Strategie zu sein. Er gewann die britische Regierung und die Royal Geographical Society für sein Vorhaben und bekam 1849 den offiziellen Auftrag für eine Sahara-Expedition, um mehr über die Verhältnisse vor Ort herauszufinden. Allerdings fehlte ihm noch ein wissenschaftlich beschlagener Reisegefährte für dieses Unternehmen.

Durch die Sahara

Der in Hamburg geborene Heinrich Barth (1821-1865) schien dafür der richtige Mann zu sein. Er sprach nicht nur fließend arabisch, sondern konnte auch Kenntnisse in Geografie, Botanik, Medizin und anderen Wissenschaftsdisziplinen vorweisen. Zudem war er bereits im Nahen Osten und in Nordafrika unterwegs gewesen und fand das Angebot äußerst reizvoll. Als die Expedition 1850 von der heutigen libyschen Hauptstadt Tripolis aufbrach, war Barth dabei.
Die Männer passierten verschiedene Städte im heutigen Libyen und erreichten schließlich das in der Sahara gelegene Felsmassiv Idinen. Barth ging allein auf Erkundungstour und hätte diesen Wagemut fast mit dem Leben bezahlt. Denn ihm ging unterwegs das Wasser aus, er verirrte sich und verlor das Bewusstsein. Erst durch die Hilfe eines Einheimischen gelangte er schließlich wieder zu seiner Gruppe zurück.
Weiter ging es durch das Tassili N'Ajjer, eine heute zu Algerien gehörende Gebirgskette in der mittleren Sahara. Dort entdeckte Barth prähistorische Felsmalereien, die den archäologisch interessierten Forscher faszinierten. Die Reise aber wurde immer anstrengender, Überfälle von Plünderern häuften sich.

Der Tschad-See und Timbuktu

Die Männer kämpften sich durch den heutigen Staat Niger bis nach Agadès, einer großen Handelsstadt am Rand der Sahara. Dort trennte sich das Expeditionsteam in mehrere Gruppen auf, die auf verschiedenen Wegen zum Tschad-See vorstoßen wollten. Mit Richardson aber sollte es kein Wiedersehen geben, er starb unterwegs am Fieber. Die Überlebenden erforschten die Region um den Tschad-See und den Benue, einen Nebenfluss des Niger. Anschließend quälte sich Barth durch die Sümpfe am Niger bis nach Timbuktu, wo er am 7. September 1853 eintraf. Sechs Monate verbrachte er in der Stadt und sammelte historische Informationen über die afrikanischen Reiche der Region.
Im Frühjahr 1854 machte er sich auf den Rückweg zum Tschad-See. Dort erfuhr er, dass seine Auftraggeber ihn für verschollen oder tot gehalten hatten. Denn er traf auf eine Expedition unter Leitung des Deutschen Eduard Vogel (1829-1856), die sein Schicksal klären sollte. Man beschloss, dass Vogel den Niger weiter erkunden würde, während Barth nach Europa zurückkehren wollte. Eduard Vogel wurde auf seiner weiteren Reise schließlich im heutigen Tschad ermordet, während Barth wohlbehalten wieder in Tripolis ankam und anschließend per Schiff nach London reiste.

Ein ungewöhnlicher Reisender

Im Gegensatz zu anderen Afrika-Reisenden seiner Zeit schilderte Heinrich Barth seine Expedition nicht als aufregende Abenteuergeschichte. In der Öffentlichkeit machte er daher weniger Furore als viele seiner Kollegen. In der Fachwelt aber erregten seine Berichte und Karten durchaus Aufsehen. Mit seiner positiven Einstellung zum Islam und der Behauptung, dass es in Afrika durchaus anerkennenswerte Kulturen gebe, machte er sich unter seinen Zeitgenossen allerdings nicht nur Freunde.

Heinrich Barth vor den Toren Timbuktus.
Farblithografie nach E. T. Compton, in
„Reisen und Entdeckungen", 1858.

Ins Herz des Schwarzen Kontinents

Georg Schweinfurth kommt als erster Europäer nach Zentralafrika (1868)

„Das Herz Afrikas" war für die Europäer des 19. Jahrhunderts eine geheimnisumwitterte Welt. Die Landschaften und Völker in der Nähe des Äquators hatte noch kein Weißer zu Gesicht bekommen. Georg Schweinfurth (1836-1925) aber war entschlossen, zumindest einen Teil dieser Geheimnisse zu lüften.

Pflanzen und Menschenfresser

Der in Riga geborene Botaniker brach 1868 im Auftrag der Humboldt-Stiftung in Berlin zu einer Expedition nach Zentralafrika auf. Zunächst ging es per Schiff auf dem Nil bis nach Khartum im Sudan und dann immer weiter den Weißen Nil hinauf. Schließlich aber verließ der Forscher den nach Süden abknickenden Fluss und schlug sich zu Fuß weiter nach Westen durch. Er schloss sich nubischen Sklaven- und Elfenbeinhändlern an und drang mit deren großen Karawanen immer weiter ins unerforschte Herz Afrikas vor. Immer wieder aber setzte sich der Forscher von der Gruppe ab, um Pflanzenproben einzusammeln. Die Einheimischen konnten sich diese Leidenschaft nicht anders als mit kulinarischem Interesse erklären, sie verpassten ihm den Spitznamen „Blattfresser". Die zufriedene Miene, mit der er von seinen „Weidegängen" zurückkam, schien den Verdacht zu bestätigen.

Schweinfurth interessierte sich aber nicht nur für Pflanzen, sondern auch für die Kultur jener Völker, von denen in Europa bis dahin noch nie jemand gehört hatte. So faszinierten ihn die Vertreter der Niam-Niam, denen er einen Hang zur Menschenfresserei zuschrieb. Von Forscherneugier gepackt tauschte er bei diesem Volk ein paar Kupfer-Armreifen gegen Menschenschädel ein. Von diesen Überresten offensichtlich verspeister Opfer ging für den Deutschen eine makabere Faszination aus: „Einige kamen wohl direkt vom Mahle, denn sie waren noch feucht und schienen eben dem Kochkessel entnommen".

Begegnung mit „Zwergen"

Doch außer der Menschenfresserei gab es noch ein anderes rätselhaftes Phänomen, dem Schweinfurth auf den Grund gehen wollte. Immer wieder hatte er unterwegs von geheimnisvollen Zwergen gehört, denen man in Zentralafrika begegnen konnte. Merkwürdige Männchen sollten das sein, so klein, dass sie unter einem Elefanten durch laufen und ihn so mit einer Lanze erlegen konnten. Der Forscher fieberte einem Treffen mit diesen ungewöhnlichen Gestalten entgegen. Doch Tag um Tag verging, ohne dass sich ein Zwerg blicken ließ. Schließlich aber schleppte einer von Schweinfurths Begleitern einen sich heftig wehrenden Vertreter des geheimnisvollen Volkes an: Als erster Weißer bekam der Deutsche einen Pygmäen zu Gesicht. „Ich konnte nun endlich meine Augen weiden an der handgreiflichen Verkörperung tausendjähriger Mythe, ihn zeichnen und ausfragen", notierte Schweinfurth. Das erwies sich allerdings als schwieriger als gedacht. Es gab Verständigungsprobleme und die Antworten, zu denen man den Angehörigen des Akka-Volkes schließlich bewegen konnte, waren nicht sehr aussagekräftig.

Mit der Zeit aber entwickelte der Deutsche gute Kontakte zu den Akka, mit einem der Männer verband ihn sogar eine Freundschaft. Nsewue begleitete den Forscher auf der Weiterreise, starb aber unterwegs an der Ruhr. Den Plan, einen Pygmäen mit nach Hause zu nehmen, musste Schweinfurth daher aufgeben.

Taufpate für Flora und Fauna

Georg Schweinfurth erwarb sich als Wissenschaftler einen so guten Ruf, dass etliche Pflanzen und Tiere nach ihm benannt wurden. So trägt eine ganze Gattung von Wegerich-Gewächsen den Namen „Schweinfurthia". Und eine Unterart des Schimpansen heißt „Pan troglodytes schweinfurthii".

Eine Angehörige des von Georg Schweinfurth entdeckten Pygmäen-Volks sammelt Heilpflanzen.

Ein geheimnisvoller Fluss

Mungo Park erkundet den Niger (1795–1797)

Die großen Ströme des afrikanischen Kontinents schlugen die europäischen Entdecker von Anfang an in ihren Bann. Wo kamen all diese Wassermassen her und wo flossen sie hin? Solche Fragen erwiesen sich als schwer zu beantworten. Der Niger zum Beispiel war für die Europäer noch Ende des 18. Jahrhunderts ein großes Rätsel. Für die in London ansässige „African Association", in der sich britische Geografie-Fans zusammen geschlossen hatten, war das ein unerträglicher Zustand.

Weiße Flecken

Also beauftragte die Organisation 1794 einen jungen schottischen Mediziner namens Mungo Park (1771-1806) mit einer Expedition an den geheimnisvollen Fluss. Im Mai 1795 ging er in Portsmouth an Bord eines Handelschiffes und fuhr nach Westafrika. Von der Küste Gambias reiste er ein paar Tage landeinwärts bis nach Pisania und verbrachte dort fünf Monate bei einem Sklavenhändler. Er kurierte ein Fieber aus, gewöhnte sich an das Klima und lernte die regionale Sprache Mandigo. Zudem sammelte er Informationen über die Umgebung und stellte ein kleines Expeditionsteam zusammen. Ende November 1795 glaubte er sich gut genug vorbereitet und brach auf. „Ich hatte jetzt einen grenzenlosen Wald vor mir", schrieb er später in seinem Reisebericht „Travels in the interior of Africa". „Und ein Land, dessen Bewohnern das zivilisierte Leben fremd war und die in einem weißen Mann meist ein Objekt der Neugier oder der Plünderung sahen."

> *Die zweite Reise*
>
> *Im Auftrag der britischen Regierung unternahm Mungo Park 1805 noch eine zweite Reise zum Niger. Mit einer Karawane kämpfte er sich während der Regenzeit durch aufgeweichtes Land und reißende Flüsse, bis er in der Nähe der Stadt Bamako den Niger erreichte. Krankheiten hatten die Reisegruppe zu dem Zeitpunkt schon stark dezimiert. Die Überlebenden bauten ein Boot und setzten ihre Reise auf dem Fluss fort. Sie wurden nie wieder gesehen.*

Unterwegs zum Niger

Die kleine Reisegruppe hatte ein Pferd, ein paar Lastesel und Proviant für zwei Tage dabei. Ansonsten bestand ihre Ausrüstung aus Tauschwaren und Waffen, Thermometer und Kompass. Der Vorrat an Tauschwaren schrumpfte allerdings rasch. Denn unterwegs mussten die Reisenden oft eine Art Wegezoll in Form von Geschenken entrichten. Mancherorts wurden die europäischen Besucher von den Einheimischen sehr misstrauisch beäugt. Dass jemand eine so gefährliche und strapaziöse Reise auf sich nehmen sollte, nur um Land und Leute kennen zu lernen, schien kaum glaubhaft.

Doch erst am 7. März 1796, als die Männer im Königreich Ludamar unterwegs waren, geriet Mungo Park in ernsthafte Schwierigkeiten. Der maurische Herrscher ließ ihn gefangen nehmen und zur Belustigung seiner Untertanen in einem Käfig ausstellen. Zeitweise musste er seine Unterkunft mit einem Schwein teilen. Erst im Juli konnte Park entkommen. Nur mit einem Pferd und einem Kompass ausgerüstet, musste er seine Afrikareise allein fortsetzen.

Er bettelte um Essen und Unterkunft, schleppte sich mit ausgetrockneter Kehle voran. Doch endlich, am 21. Juli 1796, wurde er für alle Mühen entschädigt: „Als ich nach vorn schaute, sah ich mit unendlicher Freude das großartige Ziel meiner Mission; den lang gesuchten majestätischen Niger, glitzernd in der Morgensonne, so breit wie die Themse bei Westminster", notierte der Forscher. Er folgte dem Strom noch ein Stück flussabwärts. Doch er litt unter Fieber und es drohten erneue Konflikte mit der Bevölkerung. Also entschloss er sich, die Reise abzubrechen. Er kehrte nach Pisania zurück und ging im Dezember 1797 wieder in London an Land.

Der britische Mediziner Mungo Park erkundete im Auftrag der „African Association" auf der ersten seiner zwei Afrikareisen den Niger.

Ein Bumerang aus Wasser

Der Niger gibt seine Geheimnisse nur ganz allmählich preis

Selbst als Mungo Park den Niger bereits bereist hatte, gab der Fluss den Europäern immer noch Rätsel auf. Die Bumerang-Form, in der er durch Afrika fließt, war einfach zu verwirrend.

Goldene Karotten

Dabei war der Verlauf des Stromes nicht nur von geografischem Interesse. Immer noch spukten in europäischen Köpfen fantastische Gerüchte von einem reichen Goldland herum, durch das der Niger angeblich floss. Zu verlockend klangen jene Reichtum versprechenden Berichte von goldenen, karottenähnlichen Gewächsen an seinem Ufer. Da konnte man sich schon mal auf ein Abenteuer einlassen, um den geheimnisvollen Strom näher zu erkunden.

Und so machten sich 1830 zwei britische Gastwirtssöhne aus Cornwall auf, um die Mündung des Niger zu erreichen. Am 22. März 1830 gingen Richard (1804-1834) und John (1807-1839) Lander in der Hafenstadt Badagry im heutigen Nigeria an Land. Etwas unterhalb der Stelle, an der Mungo Park verschwunden war, bestiegen sie ein Boot und fuhren den Niger hinab. Obwohl sie zwischenzeitlich von Einheimischen gefangengenommen wurden, schafften sie es tatsächlich bis zur Mündung. Damit war bewiesen, dass der Niger in einem großen Delta in den Golf von Guinea fließt. Damit aber hatte niemand gerechnet. Als die beiden Forschungsreisenden 1831 nach Großbritannien zurückkamen, wurden sie für ihre Entdeckung mit Ehrungen überhäuft. König William IV. lud sie nach Schloss Windsor ein und in ihrer Heimatstadt Truro errichtete man ihnen ein Denkmal.

Zu den Quellen

Über die Quellen des Niger aber wusste man immer noch nichts. Das sollte sich erst ändern, als sich ein Schweizer dieses Problems annahm. Josua Zweifel (1854-1895) hatte in seinem Heimatland keine Arbeit gefunden und daher zunächst im italienischen Livorno eine kaufmännische Ausbildung gemacht. Anschließend arbeitete er für einen Großhändler aus Marseille, der ihn in die Handelsstation Rotombo im heutigen Sierra Leone schickte. Sein Arbeitgeber aber war an neuen Handelskontakten interessiert und fasste daher eine Reise zum Niger ins Auge. Warum nicht die Suche nach neuen Märkten mit derjenigen nach den Quellen des Flusses verbinden? Josua Zweifel bekam den Auftrag, diese Doppelaufgabe zu erfüllen.

Am 8. Juli 1879 brachen er und der Franzose Marius Moustier mit einer 75 Mann starken Karawane aus Rotombo auf. Es war gerade Regenzeit, entsprechend beschwerlich war das Reisen im schlammigen Gelände. Doch die Männer kamen ohne große Zwischenfälle voran. Tatsächlich gelang es dem Schweizer unterwegs, mit diplomatischem Geschick Handelsbeziehungen zu etlichen Herrschern zu knüpfen. Nach gut vier Monaten erreichte die Expedition schließlich die Berge im Süden des heutigen Staates Guinea. Drei Quellflüsse bilden dort den Djoliba, wie der Oberlauf des Niger genannt wird. Zweifel und Moustier folgten den einzelnen Flüssen und erreichten die Quellen des Tamincono und des Falico. Doch als sie auch dem Tembi bis zu seinem Ursprung folgen wollten, wurden sie von einem Priester daran gehindert. Die Quelle galt als heilig und sollte nicht von europäischen Besuchern entweiht werden. Trotzdem waren die beiden Reisenden mit ihrem Erfolg zufrieden. Josua Zweifel wurde in Marseille mit einer goldenen Verdienstmedaille ausgezeichnet und machte in seiner Firma Karriere.

> ***Bronzemedaille für den Niger***
>
> *Auf der Liste der längsten Flüsse Afrikas steht der Niger mit 4184 Kilometern Länge an dritter Stelle. Nur der Nil und der Kongo sind noch länger.*

Der Niger ist der drittlängste Strom Afrikas. Er bildet für rund 110 Millionen Menschen, die an seinen Ufern wohnen, die Lebensgrundlage, in Form von Trinkwasser und Wasser für die Landwirtschaft.

Mythisches Wasser

James Bruce sucht die Quellen des Blauen Nil (1768-1773)

Mehr als alle anderen Flüsse Afrikas hat der Nil ganze Generationen von Entdeckungsreisenden fasziniert. Schließlich war er die Lebensader einer Jahrtausende alten Hochkultur. Woher aber kamen die lebenswichtigen Fluten? Das herauszufinden war schwierig, denn eine Reise gegen die Strömung vereitelten die Stromschnellen flussaufwärts von Assuan. Die Frage nach der Quelle des Nil war daher noch im 18. Jahrhundert nicht beantwortet.

Ein Schotte in Afrika

James Bruce (1730-1794) aber ging diese Frage nicht mehr aus dem Kopf. Für das Abenteuer Quell-Suche fühlte sich der Schotte gut gerüstet. Denn er hatte einige Zeit als britischer Generalkonsul in Algier gelebt und war in arabischer Kleidung durch Nordafrika gereist. Sein Sprachtalent hatte es ihm ermöglicht, nicht nur Arabisch, sondern auch die wenig bekanten Sprachen Äthiopiens zu erlernen. Und in diesem ostafrikanischen Land vermutete er das Ziel seiner Suche.

1768 war es soweit, in Kairo bestieg Bruce ein Boot und begann die Fahrt flussaufwärts. Als Begleiter hatte er einen Italiener namens Luigi Balugani ausgewählt, der ihm als Sekretär dienen und unterwegs Zeichnungen und Karten anfertigen sollte. Schon in Assuan allerdings war die relativ bequeme Flussfahrt zu Ende, lokale Zwistigkeiten unter der Bevölkerung machten eine Weiterfahrt zu gefährlich. Also verließen die Männer den Fluss und schlugen sich durch die Wüste bis zum Roten Meer durch, wo Bruce in der Verkleidung eines türkischen Seemanns ein Schiff nach Dschidda im heutigen Saudi-Arabien bestieg. Von dort ging es ebenfalls per Schiff weiter nach Massawa im heutigen Eritrea. Diese Hafenstadt stand damals unter der Kontrolle der Türken, die für schottische Entdeckungsreisende nicht viel Sympathie aufbrachten: James Bruce wurde erst einmal zwei Monate lang festgehalten.

Der Quelle entgegen

Erst am 10. November 1868 konnte er mit seinem italienischen Begleiter, ein paar Dienern, einem Führer und einer kleinen bewaffneten Wachtruppe wieder aufbrechen. Das nächste Ziel war nun die damalige äthiopische Hauptstadt Gondar. Dort angekommen fand der Entdecker seinen Weg zu den Nilquellen erneut von politischen Unruhen versperrt, denn Äthiopien befang sich damals im Bürgerkrieg. Bruce verbrachte einige Zeit am königlichen Hof, wo er zu einigem Ansehen kam und eine Reihe von zeremoniellen Ehrenämtern innehatte. Und als er eines Tages mit der königlichen Armee unterwegs war, bekam er zum ersten Mal den Blauen Nil zu Gesicht.

Im Oktober 1770 brach er mit königlicher Erlaubnis auf, um die Quelle dieses Flusses zu erreichen. Denn die musste seiner Überzeugung nach auch die Quelle des gesamten Nils sein. Zu seiner Begeisterung wurde der Schotte tatsächlich fündig: Am 14. November 1770 stand er am Tana-See, dem höchstgelegenen See Afrikas im Hochland von Abessinien. Und aus diesem See entsprang ein kleiner Fluss. James Bruce hatte die uralte Frage nach der Quelle des Nils beantwortet.

Das glaubte er jedenfalls. Im Nachhinein sollte sich nämlich herausstellen, dass er sich getäuscht hatte. Das Gewässer, das er aus dem Tana-See entspringen sah, war zwar der Blaue Nil. Der aber gilt heute nicht mehr als Quellfluss des Nils, sondern nur noch als Nebenfluss, der in den größeren Weißen Nil mündet.

Die Nase vorn

Obwohl James Bruce das Zeit seines Lebens bestritt, war er nicht der erste Europäer an der Quelle des Blauen Nil. Der in Madrid geborene Jesuiten-Missionar Pedro Páez (1564-1622) hatte diesen sagenumwobenen Ort schon mehr als 150 Jahre vor ihm erreicht.

Grüblerisch und vom Leben gezeichnet ließ sich James Bruce (1730–1794) kurz vor seinem Tod porträtieren.

Wasser für Afrika

Victoria- und Tanganjika-See

Für den jungen Offizier Richard Francis Burton (1821-1890) sah es zunächst eher nach einer Karriere in Asien aus. Sieben Jahre verbrachte er in der Britischen Ostindien-Kompanie und lernte in dieser Zeit die Sprachen Hindustani, Gujarati, Sindhi, Punjabi, Marathi und Persisch. Als er später Afrika erforschte, halfen diese Sprachen ihm natürlich wenig. Seine Sprachbegabung aber war trotzdem sehr nützlich, schließlich drang er in das Herz Ostafrikas vor, das kein Europäer vor ihm erreicht hatte.

Tiefstes Afrika

Zunächst einmal aber lebte er in Ägypten und lernte Arabisch. Sein langer Bart und die guten Sprachkenntnisse halfen ihm, sich als Pilger zu verkleiden und 1853 in die heilige Stadt des Islam Mekka vorzudringen, die damals wie heute für Nicht-Moslems verboten ist. Ein Jahr später lernte er seinen Landsmann John Hanning Speke (1827-1864) kennen, mit dem er Somalia bereiste. Bald wollten die beiden Männer aber mehr erreichen und zum Beispiel die lange vergeblich gesuchten Quellen des Nil finden. Diese mussten irgendwo tief im Westen von Ostafrika sein, also büffelte Richard Francis Burton auf der Insel Sansibar erst einmal die in Ostafrika gebräuchliche Sprache Suaheli.

Am 16. Juni 1857 starteten die beiden dann zu ihrer Expedition, am 7. November erreichten sie den wenige Jahre zuvor errichteten Handelsposten Tabora im Osten Tansanias, der später zur Hauptstadt „Weidmannsheil" Deutsch-Ostafrikas ausgebaut werden sollte. Weiter im Westen aber war bisher kein Europäer gewesen, Richard Francis Burton und John Hanning Speke betraten jetzt Neuland. Am 13. Februar 1858 standen die beiden Engländer dann vor einer riesigen Wasserfläche. Das musste der See sein, der als Quelle des Nil galt. Tatsächlich hatten sie den Tanganjika-See entdeckt, der mit einer Länge von 673 Kilometern und rund 50 Kilometer Breite der sechstgrößte See der Erde ist. Mit einer Fläche von 32 893 Quadratkilometern ist das Gewässer zwar größer als Belgien, aber trotzdem nur der zweitgrößte See Afrikas. Da der Tanganjika-See aber im Durchschnitt 570 Meter tief ist und die maximale Tiefe sogar 1470 Meter erreicht, ist er mit 18 900 Kubikkilometern das mit Abstand größte Süßwasser-Reservoir Afrikas, weltweit enthält nur der Baikalsee in Sibirien mehr Wasser.

Die Quellen des Nil

Die Quellen des Nil aber bildet der Tanganjika-See nicht, weil sein einziger Abfluss, der Lukuga-Fluss in den Kongo mündet. Den Nilquellen aber rückte John Hanning Speke näher, als sich die Männer am 9. Juli 1858 trennten. Weit nordöstlich des Tanganjika-Sees stieß John Hanning Speke dann auf ein von der Fläche noch größeres Gewässer: Der Victoria-See erreicht mit 68 870 Quadratkilometern nicht nur beinahe die Fläche der Republik Irland, sondern ist nach dem Oberen See in Nordamerika der zweitgrößte Süßwassersee der Welt. 2007 lebten an seinem Ufer mehr als dreißig Millionen Menschen. Vor allem aber ist der Victoria-See die Quelle des Victoria-Nil, der nach Norden aus dem See herausfließt und später zum Weißen Nil und damit zu einem der Quellflüsse des Nil wird. Da aber mit dem Akagera-Nil von Westen her ein wichtiger Zufluss den Victoria-See erreicht, hatte auch John Hanning Speke nicht die wahren Quellen des Nil entdeckt.

Rassismus der Seen-Entdecker

Weder John Hanning Speke noch Richard Francis Burton hielten viel von Einwohnern, die an den Ufern der von ihnen entdeckten Seen lebten. Über den Menschen mit dunkler Hautfarbe meinte Burton zum Beispiel: „Er scheint zu jenen kindlichen Rassen zu gehören, die sich nie in den Rang des Menschentums erheben können."

John Henning Speke (1827-1864) benannte 1858 den von ihm für die westliche Welt entdeckten Victoria-See nach der damaligen britischen Königin Victoria.

Endlich am Ziel

Oscar Baumann findet die echten Quellen des Nil (1893)

Die Suche nach den Nilquellen erwies sich als schwieriger als gedacht. „Das Rätsel des Nil ist gelöst", telegrafierte John Hannig Speke triumphierend nach London, nachdem er den Victoria-See entdeckt hatte. Doch wie schon mehrfach zuvor erwies sich auch diese Erfolgsmeldung als verfrüht. Denn als tatsächlicher Quellfluss des majestätischen Stroms gilt heute der 110 Kilometer lange Luvironza. Denn seine Quelle an den Hängen des gleichnamigen Gebirges in Burundi liegt am weitesten von der Mündung des Nils bei Kairo entfernt. Das Wasser des Luvironza fließt über den Ruvuvu und den Ruvusu in den Akagera und von dort in den Weißen Nil. Bis es bei Kairo das Mittelmeer erreicht, ist es 6671 Kilometer unterwegs gewesen.

Afrikanische Karten

Nichts deutete darauf hin, dass ausgerechnet der Sohn eines Bankbeamten aus Wien das Rätsel der Nilquellen lösen sollte. Doch Oscar Baumann (1864-1899) hatte sich schon früh für Geografie und Naturgeschichte interessiert und schon als 19-Jähriger Karten von Montenegro gezeichnet, die in der Fachwelt einiges Aufsehen erregten. So wurde der Geologe Oskar Lenz (1848-1925) auf den jungen Kollegen aufmerksam. Lenz hatte bereits ausgiebige Afrika-Reisen unternommen und dabei unter anderem die legendäre Karawanen-Stadt Timbuktu besucht. Nun aber plante er ein neues, ehrgeiziges Unternehmen: Er sollte die österreichische Kongo-Expedition leiten, die den gesamten afrikanischen Kontinent von West nach Ost durchqueren würde. Und dafür brauchte Lenz noch einen talentierten Kartografen.

Baumann musste nicht lange überlegen, bevor er dieses Angebot annahm. Als die Expedition 1885 aufbrach, um Handelsmöglichkeiten auszukundschaften und die Wasserscheiden von Nil und Kongo zu erforschen, war er mit von der Partie. Während sich Lenz vor allem mit geologischen und völkerkundlichen Studien beschäftigte, zeichnete Oscar Baumann Karten. Bis zum Ende der Expedition im Jahr 1887 hielt er allerdings nicht durch, er musste die Reise wegen einer Krankheit vorzeitig abbrechen. Zuvor aber hatte er die beste Karte des Kongo gezeichnet, die es damals gab.

Und es sollte nicht seine letzte Forschungsreise nach Afrika sein. Nach einer Ostafrikatour im Jahr 1888 und mehreren Reisen in die Usambara-Berge in Tansania in den folgenden Jahren, startete Oscar Baumann 1892 im Auftrag des deutschen Antisklaverei-Komitees zur sogenannten „Massai-Expedition". Von der Hafenstadt Tanga an der Küste Tansanias brach er mit 200 Begleitern auf und erreichte in nur zweieinhalb Monaten den Victoria-See. Entgegen den Wünschen seiner Auftraggeber änderte er dort seine Reiseroute und wandte sich nach Westen, weil dort „gänzlich unbekannte Striche lockten, welche die letzten Räthsel des alten Nilproblems bargen". Dem konnte der Entdecker nicht widerstehen. Vor ihm lagen Regionen, die auf den europäischen Karten noch weiße Flecken waren. Die Königreiche in den heutigen Ländern Burundi und Ruanda hatte bis dahin kein Europäer besucht. Und das gedachte der Österreicher nun zu ändern.

Tatsächlich erreichte er 1893 den Ruvuvu und folgte ihm flussaufwärts bis zu seinen Quellen, „zwei kleinen, kaum einen halben Meter breiten Rinnsalen". Er war sicher, nun endlich den Ursprung des Nils gefunden zu haben. Das Rätsel war gelöst, „die letzten Schleier desselben gelüftet". Und diesmal sollte es keine voreilige Erfolgsmeldung sein.

> *Die Lebensader*
>
> *Der Nil ist mit seinen 6671 Kilometern Länge der längste Fluss Afrikas und der zweitlängste der Welt nach dem Amazonas. Von seiner Quelle in Burundi aus fließt er durch Ruanda, Tansania, Uganda, Sudan und Ägypten, bis er in einem riesigen Delta ins Mittelmeer mündet.*

Oskar Baumann als österreichischer Honorarkonsul in Sansibar, Fotografie, um 1897.

Schnee in Afrika

Zwei Missionare entdecken den Kilimandscharo (1848/49)

Das schallende Gelächter der europäischen Gelehrten war mit einem guten Teil Häme vermischt. Zu fantastisch klangen die Behauptungen der beiden deutschen Missionare Johann Ludwig Krapf (1810-1881) und Johannes Rebmann (1820-1876). Mitten in Afrika, unter der sengenden Äquatorsonne, wollten die Kirchenmänner auf Schnee gestoßen sein. Die Zunft der Geografen hielt das zur damaligen Zeit für vollkommen unmöglich, neben Gelächter ernteten die beiden Deutschen auch allerlei Beschimpfungen und Lügenvorwürfe. Doch sie wussten, was sie gesehen hatten.

Geheimnisvolles Weiß

Schon 1836 war Krapf der englischen „Church Missionary Society" beigetreten. Sein Ziel war klar: Er würde den evangelischen Glauben in Afrika verbreiten. Nach einigen Zwischenstationen gründete der Deutsche 1844 in der Nähe der kenianischen Stadt Mombasa eine englische Missionsstation. Zwei Jahre später bekam er dort Unterstützung von seinem Kollegen Johannes Rebmann.

Die beiden Missionare aber beschränkten sich nicht nur aufs Predigen. Allein oder gemeinsam brachen sie immer wieder auf, um das Innere Ostafrikas zu erforschen. Sie besuchten die Usambara-Berge im heutigen Tansania, den Tana-Fluss in Kenia und verschiedene Siedlungsgebiete des Kikuyu-Volkes. Und am 11. Mai 1848 stand Rebmann staunend vor einem hohen Berg, dessen Spitze in weiße Wolken gehüllt schien. Als erster Europäer betrachtete er das eindrucksvolle Massiv des Kilimandscharo. Nach Wolken allein sah die blendende Helligkeit auf dem Gipfel allerdings nicht aus. Neugierig geworden befragte der Missionar die lokale Bevölkerung, die das geheimnisvolle Weiß mit dem Wort für „Kälte" beschrieb. Für Rebmann war klar: Es musste sich um eine Schneedecke oder einen Gletscher handeln.

Gipfelstürmer

Ein paar Monate später war auch Krapf vor Ort und bestätigte, dass sein Kollege nicht unter Halluzinationen litt. Mehr noch: Auch Krapf selbst machte am 3. Dezember 1849 eine ähnlich spektakuläre Entdeckung. Nur etwa 15 Kilometer südlich des Äquators stieß er im heutigen Kenia auf ein weiteres schneebedecktes Bergmassiv: Den Mount Kenya. Beide Missionare schickten Berichte über ihre Entdeckungen nach Europa. Doch fast niemand glaubte ihnen. Erst als eine 1861 gestartete Expedition unter dem deutschen Baron Carl Claus von der Decken (1833-1865) in die gleiche Gegend kam und die Angaben der Missionare bestätigte, waren diese rehabilitiert.

Den majestätischen Kilimandscharo nur von unten zu bestaunen, genügte von der Decken allerdings nicht. Er unternahm auch gleich einen Besteigungsversuch und erreichte 1862 immerhin eine Höhe von mehr als 4000 Metern. Doch der höchste Gipfel war immer noch knapp 1900 Höhenmeter entfernt. Vor allem verschiedene Briten versuchten in den folgenden Jahren immer wieder, als Erstbesteiger des Kilimandscharo in die Geschichte einzugehen. Doch erst 1889 gelang es dem Österreicher Ludwig Purtscheller (1849-1900) und dem Deutschen Hans Meyer (1858-1929) zum ersten Mal, den geheimnisumwitterten Gipfel zu bezwingen. Und erst weitere zehn Jahre später standen der Brite Sir Halford Mackinder und seine Begleiter auf dem Gipfel des Mount Kenya.

Afrikanische Riesen

Der Kilimandscharo ist das höchste Bergmassiv Afrikas. Seine höchste Erhebung ist der 5895 Meter hohe Kibo im Norden Tansanias. Der Mount Kenya trägt den Titel „zweithöchstes Massiv des Kontinents", als höchster Gipfel ragt der Batian in Kenia 5199 Meter über den Meeresspiegel.

*Eine Gruppe Elefanten vor dem schnee-
bedeckten Gipfel des Kilimandscharo,
des höchsten Bergmassivs Afrikas.*

„Der Rauch, der donnert"

David Livingstone entdeckt die Victoria-Fälle (1854-1855)

Es galt, eine Barbarei zu beenden. David Livingstone (1813-1873) war entschlossen, seinen Teil zur Abschaffung des Sklavenhandels beizutragen. Und das nicht nur aus moralischen Gründen: Warum schließlich Menschen verkaufen, wenn Landwirtschaft und konventioneller Handel langfristig viel größere Gewinne versprachen?

Gottes Landstraßen

An solche Geschäfte aber war nur zu denken, wenn Händler und Missionare das Innere des Kontinents überhaupt erreichen konnten. Je mehr er darüber nachdachte, umso mehr faszinierte Livingstone der Gedanke, die dazu nötigen Routen ausfindig zu machen. Die riesigen Flüsse des Kontinents schienen ihm die vielversprechendste Möglichkeit, die bisher unerreichten Gebiete zu erschließen. Für ihn waren diese Gewässer „Gottes Straßen ins Landesinnere". Die aber waren noch kaum erforscht. Zwar gab es Karten der Mündungsgebiete von Niger, Kongo und Sambesi, über die Regionen weiter flussaufwärts wussten die Weißen aber so gut wie nichts. Das aber gedachte Livingstone zu ändern. „Ich werde einen Weg ins Landesinnere finden oder sterben", erklärte er, als er im November 1853 zu einer seiner berühmtesten Reisen aufbrach. Sie sollte ihn quer durch den ganzen Kontinent von der West- bis zur Ostküste führen.

In Linyanti, in der Nähe der heutigen Grenze zwischen Botswana und Namibia, ging es los. Zunächst schlug sich der Missionar mit seinen einheimischen Begleitern durch das heutige Botswana, am oberen Sambesi entlang und dann quer durch Angola bis zur Atlantik-Küste. Nachdem einem halben Jahr kräftezehrendem Marsch durch unbekannte Urwälder und Sümpfe kam Livingstone am 31. Mai 1854 im Hafen Luanda an. Unterwegs hatte er sich eine schwere Malaria eingehandelt, aber portugiesische Beamte brachten ihn einigermaßen wieder auf die Beine. Er hätte aufgeben und ein Schiff nach Europa besteigen können. Doch er hatte seinen Begleitern versprochen, sie zurück zu ihrem Volk zu bringen. Also quälte sich der von Fieberschüben geschüttelte Entdecker mit ihnen zurück nach Linyanti.

Rauschende Fluten

Von dort brach er schon nach kurzer Rast wieder auf, um nun die andere Küste des Kontinents zu erreichen. Die Reise nach Osten führte das Tal des Sambesi entlang durch die heutigen Staaten Sambia und Mozambique. Auf dieser Expedition sollte Livingstone seine wohl faszinierendste Entdeckung machen. Am 17. November 1855 stand er überwältigt vor einem gewaltigen Wasserfall, den die Einheimischen „Mosi-oa-tunya" nannten, „Der Rauch, der donnert". „Als wir uns in unseren Kanus ... näherten, sahen wir die Säulen der Gischt und hörten wir das donnernde Brüllen des Wassers schon Meilen von den Fällen entfernt", schrieb Livingstone. Der Anblick der Fälle selbst muss ihn tief beeindruckt haben: „Niemand kann sich die Schönheit der Aussicht vorstellen, es gibt nichts Vergleichbares in England. Kein europäisches Auge hat sie bisher gesehen; aber eine so wunderschöne Landschaft muss von Engeln im Flug betrachtet worden sein." Zu Ehren der britischen Königin taufte er das Naturwunder „Victoria-Fälle".

Ein übersehenes Hindernis

Insgesamt brauchte David Livingstone vier Jahre, bis er Afrika durchquert und die Ostküste erreicht hatte. Im Mai 1856 kam er in der Nähe der Mündung des Sambesi am Indischen Ozean an. Er war sicher, dass der Sambesi den gesuchten Zugang zum Inneren Afrikas bot. Allerdings hatte er auf dem Weg zur Küste eine Abkürzung genommen und so ausgerechnet den Teil des Stromes ausgelassen, der wegen der Kebrabasa-Stromschnellen nicht schiffbar ist.

Blick auf die Victoria-Fälle in Simbabwe. Hier an der Grenze zu Sambia bildet der Fluss Sambesi den größten Wasserfall Afrikas. Die Victoria-Fälle wurden 1989 als grenzübergreifendes Naturdenkmal in die Liste des Welterbes aufgenommen.

Verschollen bei den großen Seen

David Livingstone wird zur Legende der Afrika-Forschung

Nachdem David Livingstone den afrikanischen Kontinent durchquert hatte, wurde er in Großbritannien zu einer Art Nationalheld. Die britische Regierung ließ sich von seinen Entwicklungsplänen für Afrika schließlich so weit überzeugen, dass sie eine genauere Untersuchung des unteren Sambesi in Auftrag gab. Dabei sollten geeignete Standorte für Siedlungen und Landwirtschaftsbetriebe ausfindig gemacht werden.

Eine neue Expedition

Livingstone übernahm die Leitung dieser Expedition. Im Frühjahr 1858 brach er mit seiner Frau Mary, seinem Bruder Charles und mehreren weiteren Gefährten wieder nach Afrika auf. Trotz Regierungsgehalt und guter Ausrüstung aber gab es Probleme. Es kam zu Reibereien zwischen Livingstone und seinen europäischen Begleitern, die unpassierbaren Kebrabasa-Stromschnellen machten den Traum vom schiffbaren Wasserweg ins Landesinnere zunichte. Trotzdem zog Livingstone weiter nach Norden, um den Fluss Shire zu erkunden und entdeckte dabei den Nyasa See, der heute als „Malawi See" bekannt ist. Doch die Reise stand weiterhin unter keinem guten Stern. Am 27. April 1862 starb Livingstones Frau an Fieber. „Das war der erste heftige Schlag, den ich erlitten habe", schrieb er, „er nimmt mir ... die Kraft."

Auch in beruflicher Hinsicht lief nichts so wie es sollte: Sklavenhändler nutzten die von Livingstone neu erschlossenen Routen für ihre Zwecke, die Portugiesen untersagten den freien Handel auf dem Sambesi, die britische Regierung brach die Expedition ab. Livingstone startete daraufhin eine wenig bekannte, aber spektakuläre Reise: Um sein Expeditionsboot, die „Lady Nyassa" nicht in die Hände der Sklavenhändler fallen zu lassen, beschloss er, es in Indien zu verkaufen. Mit einer kleinen Mannschaft, wenig Vorräten und nur 14 Tonnen Kohle an Bord wagte er seine erste Seefahrt und erreichte nach vier Monaten Bombay. An den Erlösen aus dem Schiffsverkauf sollte er allerdings nicht lange Freude haben, denn die indische Bank, bei der er das Geld deponierte, ging kurz darauf bankrott. Livingstone kehrte im Juli 1864 nach London zurück.

Die letzte Reise

Im August 1865 brach er dann zum letzten Mal nach Afrika auf. Im Auftrag der Royal Geographical Society sollte er die Quellen des Nils, des Sambesi und des Kongo erkunden. Seine sieben Jahre lange Expedition führte ihn von Sansibar durch das Land der großen Seen Mweru und Bangweulu bis zum Tanganjika-See. Er durchquerte große Teile der heutigen Länder Mozambique, Malawi, Sambia, Tansania und Demokratische Republik Kongo. Lange Zeit gab es keinerlei Nachricht von dem berühmten Entdecker, viele hielten ihn für tot.

Das veranlasste die Zeitung New York Herald, einen Reporter namens Henry Morton Stanley (1841-1904) auf die Suche nach Livingstone zu schicken. Und so unerfüllbar die Aufgabe schien: Am 10. November 1871 stand der Reporter dem Vermissten tatsächlich gegenüber. Nach einem Jahr Suche hatte er ihn im Dorf Ujiji am Ostufer des Tanganjika-Sees ausfindig gemacht. „Dr. Livingstone, nehme ich an?" Stanleys erste Worte an den verschollenen Forscher sollten als Inbegriff des Understatements in die Geschichte eingehen.

> *Tod eines Entdeckers*
>
> *Am 1. Mai 1873 starb David Livingstone am Ufer des Bangweulu-Sees im heutigen Sambia an der Ruhr. Sein Herz wurde in der Nähe unter einem Baum begraben. Sein konservierter Körper aber wurde auf eine monatelange Reise nach England geschickt. Am 18. April 1874 wurde der Entdecker im Beisein der Königsfamilie und zahlreicher Prominenter in der Westminster Abbey begraben.*

„Dr. Livingstone, nehme ich an?"
Zeitgenössische Illustration des Treffens zwischen
David Livingstone und Henry Morton Stanley
in Ujiji am Ostufer des Tanganjika-Sees.

Viel Urwald für ein kleines Land

Henry Morton Stanley erschließt den Kongo für Belgien (2. Hälfte 19. Jh.)

Durch seine Suche nach dem in Afrika verschollenen David Livingstone war der Waliser Henry Morton Stanley (1841-1904) auf den Geschmack gekommen. Am 12. November 1874 brach der Reporter zu einer eigenen Expedition auf, um den Kongo zu erforschen.

Abenteuer Kongo

Von Sansibar aus ging es zunächst zu den großen Seen und dann weiter landeinwärts. Mehr als 300 Begleiter schleppten die schwere Ausrüstung, zu der auch ein zerlegbares Schiff gehörte. Nach und nach aber starben immer mehr Männer an Krankheiten, wurden bei Überfällen getötet oder machten sich aus dem Staub. Das Expeditionsteam schrumpfte bedenklich. Doch gegen eine üppige Bezahlung besorgte der Elfenbein- und Sklavenhändler Tippo Tip eine neue Mannschaft und genug Waffen und Proviant für die Weiterreise. Am 5. November 1876 erreichten die Männer den Oberlauf des Kongo. Nun konnten sie auch das mitgeschleppte Boot „Lady Alice" einsetzen.

Im Januar 1877 entdeckte Stanley beeindruckende Wasserfälle, die er damals „Stanley Falls" nannte und die heute Tsungu-Fälle heißen. Ansonsten aber erlebte er keineswegs das, was man sich unter einer romantischen Flussreise vorstellt. Immer wieder griffen die Einheimischen die Gruppe an, weil sie die fremden Eindringlinge für Sklavenhändler hielten. Und selbst wenn sie nicht zu den Waffen griffen, weigerten sich die Menschen oft, mit den Europäern Handel zu treiben. Also wurde der Proviant immer knapper, die Abendessen aus „drei gebratenen Bananen, zwanzig gerösteten Erdnüssen und einer Tasse schlammigen Wassers" füllten die knurrenden Mägen kaum. Die Erleichterung war groß, als Stanley nach fast 1000 Tagen und mehr als 11 000 Kilometern Weg am 9. August 1877 in Boma an der Mündung des Kongo ankam.

Ein belgisches Riesenreich

Nach seiner Rückkehr aber wollte weder Königin Victoria noch die britische High Society etwas von den Kolonisierungsplänen eines zweifelhaften walisischen Abenteurers wissen. Also suchte Stanley neue Unterstützung für seine Kongo-Projekte und fand sie beim belgischen König Leopold II. In seinem Auftrag kehrte Stanley an den Kongo zurück. Von der Mündung aus soll er erst eine Straße, dann eine Eisenbahnstrecke am Fluss entlang bauen. Der Waliser nahm das von 1879 bis 1884 dauernde Großprojekt sehr ernst. Er gründete zahlreiche Stationen, darunter auch „Leopoldville", das heutige Kinshasa. Doch seine Methoden trugen ihm einiges an Kritik ein. So brachte er zahlreiche lokale Häuptlinge dazu, ihr Land und die Arbeitskraft seiner Bewohner dem belgischen Monarchen zu überschreiben. Dafür winkten so wertvolle Belohnungen wie eine Flasche Wacholderschnaps oder ein paar Uniformen. Viele der Unterzeichner dürften kaum gewusst haben, was in dem in einer unverständlichen, fremden Sprache abgefassten Vertrag überhaupt stand. Doch auf diese Weise schuf Stanley für Leopold eine gewaltige Kolonie, die mit 2,5 Millionen Quadratkilometern 77-mal größer war als Belgien selbst. Auf der internationalen Kongo-Konferenz, die Otto von Bismarck 1884 in Berlin veranstaltete, wurde dieses Riesenland zum Privatbesitz der belgischen Krone erklärt.

Ein Schatz im Urwald

Zunächst galt der Kongo als wenig lukratives Urwald-Land, aus dem man allenfalls Elfenbein exportieren konnte. Das aber sollte sich ändern, als der Schotte John Boyd Dunlop 1888 den Gummireifen erfand. Von da an explodierte die Nachfrage nach Kautschuk, der Kongo wurde wirtschaftlich interessant und die Belgier begannen, das Land mit teilweise brutalen Methoden auszubeuten.

Sir Morton Stanleys Frau, Lady Dorothy Stanley, porträtierte ihren Mann 1893 uniformiert in Entdeckerpose vor einer Karte sitzend.

Ein weißer Zauberer

Pierre Savorgnan de Brazza erkundet Gabun (2. Hälfte 19. Jh.)

Pierre Savorgnan de Brazza (1852-1905) konnte es kaum erwarten. Der in Italien geborene Franzose brannte darauf, seinen eigenen Beitrag zur Erforschung Afrikas zu leisten. „Während der Überfahrt flog mein unbändiges Sinnen auf Abenteuer dem Schiff stets voraus", schrieb er später über den Beginn seiner Reise, die ihn nach Gabun führen sollte. „Die weißen Flecken auf den Landkarten zogen mich umso magischer an, als ich bemerkte, dass sie fast bis an die Küsten heran reichten."

Leben im Einbaum

Um ein paar dieser weißen Flecken zu erkunden, wollte Brazza den 1200 Kilometer langen Fluss Ogoué hinauf fahren, der in Gabun in den Atlantik mündet. 1875 brach er in Lambaréné auf, wo Albert Schweitzer später sein weltberühmtes Krankenhaus errichten sollte. Das Gepäck wurde auf vier lange schmale Einbäume verladen, die von einer afrikanischen Mannschaft mit Stangen und Paddeln den Fluss hinauf manövriert wurden.

Unterwegs hatte Brazza mehrfach brenzlige Situationen mit den Einheimischen zu entschärfen, was ihm mit Redetalent und diplomatischem Geschick auch gelang. Interessiert studierte der Franzose lokale Bräuche, berichtete umgekehrt aber auch von seiner Heimat. Und manchmal gab er Zauberkunststücke zum Besten: „Ich gebe regelrechte Vorstellungen in Taschenspielerei und Feuerwerkskunst und führe elektrische Schläge vor, lasse Kleinigkeiten in die Luft fliegen und zünde Magnesiumblitze". Das alles machte offenbar einigen Eindruck, im Gegensatz zu vielen seiner Kollegen musste Brazza auf seiner Reise zunächst nicht zu den Waffen greifen. Allerdings stellte sich ihm ein anderes Problem in Form von Wasserfällen in den Weg, weiter flussaufwärts konnten die Boote nicht fahren.

Der Fluss als Grenze

Einheimische Führer brachten die Reisenden daraufhin zu einem anderen Fluss namens Alima. Brazza ließ neue Einbäume bauen und setzte die Fahrt auf diesem Nebenfluss des Kongo fort. Doch das unruhige Wasser und die nun deutlich feindseligere Bevölkerung zwangen ihn zur Umkehr. Er reiste nach Frankreich zurück und wurde dort mit Ehrungen überschüttet. Im Dezember 1879 brach er dann zu einer weiteren Reise nach Gabun auf. Diesmal sollte er den Kongo-Ambitionen des belgischen Königs Leopold II. etwas entgegensetzen und an den Ufern des Stroms französische Präsenz zeigen. Dazu schloss Brazza einen Vertrag mit einem lokalen Herrscher. Der auf bessere Handelsmöglichkeiten und Vorteile gegenüber seinen Konkurrenten hoffende König der Bateke stellte darin sein Land unter die Herrschaft der Franzosen. So kam es, dass Henry Morton Stanley auf Widerstand stieß, als er 1882 nach dem linken auch das rechte Ufer des Kongo für Belgien in Besitz nehmen wollte. Die lokalen Anhänger der Franzosen verkauften Stanleys Männern keinen Proviant, sodass dieser sich wieder zurückziehen musste. Von da an waren die Interessensgebiete abgesteckt: Am linken Ufer herrschten die Belgier, am rechten die Franzosen.

Zwei Städte am Fluss

Der Stützpunkt, den die afrikanischen Anhänger der Franzosen gegen die Belgier behauptet hatten, wurde auf den Namen „Brazzaville" getauft. Heute hat Brazzaville mehr als eine Million Einwohner und ist die Hauptstadt der Republik Kongo. Genau gegenüber am anderen Ufer des Kongo liegt Kinshasa mit seinen mehr als sieben Millionen Einwohnern. Diese Stadt wurde von Henry Morton Stanley als Handelsposten für die Belgier gegründet und ist heute die Hauptstadt der Demokratischen Republik Kongo.

Pierre Savorgnan de Brazza (1852-1905) entstammte einem alten italienischen Adelsgeschlecht. Die französische Staatsbürgerschaft wurde ihm allerdings bereits im Alter von 16 Jahren verliehen. In französischem Dienst machte er dann als Entdecker und Forscher von sich reden (Fotografie, um 1889).

Zwischen zwei Kontinenten

Die Entdeckung Madagaskars

Madagaskar ist eine Welt für sich. Die viertgrößte Insel der Erde besitzt nicht nur eine einzigartige Tierwelt, sondern auch eine ungewöhnliche Mischung von menschlichen Kulturen. Da rollen asiatische Rikschas durch afrikanische anmutende Dörfer und auch sonst wirkt das Land wie eine Mischung dieser beiden Kontinente. Ganz offensichtlich haben Menschen aus verschiedenen Teilen der Welt die Insel vor der Ostküste Afrikas für sich entdeckt und zu ihrer neuen Heimat gemacht. Wer aber waren die ersten dieser Einwanderer? Woher kamen sie? Und was suchten sie in der Fremde? Diese Fragen können Experten bis heute nicht ganz genau beantworten. Die frühen Tage der menschlichen Besiedlung auf Madagaskar verlieren sich im Nebel der Geschichte.

Bisher hat kein Archäologe auf der Insel irgendwelche Spuren von menschlicher Besiedlung gefunden, die aus der Zeit vor Christi Geburt stammen. Zwar gibt es Spekulationen darüber, dass die ersten Menschen die Insel schon vor etwa 3000 Jahren betreten haben könnten. Schließlich verfügten zur damaligen Zeit schon etliche Hochkulturen wie die Griechen, Phönizier und Ägypter über gute Schiffe, mit denen sie die Insel problemlos hätten erreichen können. Und Anreiz genug für eine solche Expedition gab es auch, denn Madagaskar bot Gewürze wie Nelken und Zimt, die schon zur damaligen Zeit beliebt waren. Es gibt sogar alte Geschichten, nach denen der biblische König Salomon auf Madagaskar nach Gold suchen ließ. Das alles aber ist reine Spekulation. Wenn die Insel damals schon bekannt war, haben ihre Entdecker keine Spuren hinterlassen. Die meisten Wissenschaftler nehmen daher an, dass Madagaskar erst zwischen den Jahren 100 und 500 nach Christus besiedelt wurde.

Verräterische Sprache

Woher die Abenteurer stammten, deren Boote damals die Insel erreichten, war lange umstritten. Inzwischen aber sind Wissenschaftler ziemlich sicher, dass die Vorfahren der heutigen Madagassen zum einen von Indonesiern, zum anderen von Afrikanern abstammen. Schließen kann man das aus dem Aussehen und der Kultur der heutigen Inselbewohner. Auf den Auslegerkanus der Indonesier kamen wohl Nutzpflanzen wie Kokospalme, Banane, Süßkartoffel und Zuckerrohr nach Madagaskar. Sorghum-Hirse, Wassermelone und Zwiebel dagegen stammen aus Afrika. Die typische Architektur mit ihren rechteckeigen Grundrissen ist ebenso indonesischen Ursprungs wie die Methoden der Eisenverhüttung und der Schmiedetechnik. Auch Wurzeln der madagassischen Sprache Malagasy liegen eindeutig in Südostasien, die engsten sprachlichen Beziehungen bestehen zu Borneo. Allerdings veränderte sich diese Ursprache unter dem Einfluss der Afrikaner. So stammen die Namen von vielen Tieren sowie Begriffe aus der Küche und der Töpferei aus der Sprache der afrikanischen Bantu.

Mit der Zeit sollte das Völkergemisch auf Madagaskar dann noch bunter werden. Im 10. und 11. Jahrhundert nach Christus kamen Sklavenhändler aus Arabien und Sansibar auf die Insel und ließen sich an der Westküste nieder. Diese bereicherten die madagassische Sprache um arabische Begriffe für Jahreszeiten, Tage, Monate und Münzen. Und im Jahr 1500 setzte dann auch der erste Europäer den Fuß auf madagassischen Boden. Der portugiesische Seefahrer Diogo Dias (vor 1450- nach 1500) war auf der Fahrt nach Indien vom Kurs abgekommen und zufällig auf die Insel gestoßen.

> *Asien trifft Afrika*
>
> *Heutzutage leben auf Madagaskar knapp 25 Millionen Menschen, die zu 18 verschiedenen Volksgruppen asiatischen, afrikanischen und arabischen Ursprungs gehören. Etwa 55 Prozent der Madagassen haben asiatische, 44 Prozent afrikanische Vorfahren.*

Die heutigen Bewohner Madagaskars haben zum Teil afrikanische, zum Teil aber auch indonesische oder arabische Wurzeln.

Frühe Seefahrer

Die Aborigines entdecken Australien

Menschliche Seefahrer kamen anscheinend sehr lange ohne moderne Navigationsinstrumente wie den Magnetkompass aus, der erst ungefähr zur Zeitenwende in China erfunden wurde. Auf hoher See unterwegs aber waren Menschen vielleicht bereits vor 160 000 Jahren. In dieser Zeit lag der Meeresspiegel erheblich niedriger als heute, da große Regionen der hohen Breiten in einer Eiszeit von Gletschern bedeckt waren. Zwischen Australien und Neuguinea gab es damals zwar eine sehr breite Landbrücke, allerdings trennten auch mindestens siebzig Kilometer offenes Wasser diesen Sahul genannten Kontinent von der Inselwelt Indonesiens.

Navigation oder Schicksal?

Und doch fanden Forscher im Norden Australiens primitive Steinwerkzeuge, die eventuell von Frühmenschen der Art Homo erectus hergestellt worden sind. Da diese Menschenart sich aber mit Sicherheit nicht in Australien entwickelt hat, müssen sich die Frühmenschen bereits damals auf hoher See bewegt haben.

Ob diese Menschen mithilfe von Sternen oder dem Sonnenstand gezielt in Richtung Australien navigiert haben, werden wir wohl nie erfahren. Genauso gut könnten auch Fischer an den Küsten Indonesiens von einem plötzlichen Sturm nach Sahul getrieben worden sein. Schließlich war die Wasserstraße zwischen Indonesien und Sahul damals gerade doppelt so breit wie die schmalste Stelle des Ärmelkanals zwischen Frankreich und England, deren 34 Kilometer Menschen heutzutage immer wieder durchschwimmen.

Umstrittene Entdeckung

Die im Norden Australiens gefundenen Homo-erectus-Werkzeuge mit einem Alter von 160 000 Jahren sind in der Wissenschaft allerdings noch umstritten. Sie passen jedoch gut zu anderen Indizien, die ebenfalls dafür sprechen, dass Menschen Australien bereits vor weit mehr als 100 000 Jahren entdeckt haben. So verheerten in dieser Zeit plötzlich Buschfeuer den fünften Kontinent, die nach Meinung vieler Forscher von Menschenhand gelegt wurden. Die Spuren dieser Brände finden Wissenschaftler noch heute. Die Feuer veränderten im Laufe der Zeit auch die Vegetation. Übrig blieben nur die Pflanzen, die mit der Gluthitze eines Buschbrandes fertig wurden.

Vor rund 130 000 Jahren verschwanden dann recht rasch Riesenformen der Kängurus und einer Wombat genannten Familie von Beutelsäugetieren aus Australien. Da eine ähnliche Megafauna sehr groß gewachsener Arten zum Beispiel aus Amerika ungefähr zur gleichen Zeit verschwand, in der dort erste Spuren von Menschen auftauchen, liegt ein Zusammenhang mit der Entdeckung Australiens nahe.

Mit Sicherheit aber erreichten moderne Menschen der Art Homo sapiens Australien vor 60 000 bis 32 000 Jahren. Damals war während der letzten Eiszeit erneut Australien mit Neuguinea verbunden, die Meeresstraße zu Indonesien aber existierte genau wie heute. Auch diese Menschen müssen ohne Kompass über die Hochsee in den damaligen Kontinent Sahul gefahren sein. 20 000 Jahre alte Fußspuren von Menschen entdeckten Forscher im Jahr 2005 dann im Südosten Australiens, lange vor dem Magnetkompass war die Fahrt über den Ozean also gelungen.

Der Dingo

Dingo heißen wolfsähnliche Raubtiere in Australien, die eindeutig von vielleicht wenigen Haushunden einer Rasse in Südostasien abstammen. Vor ungefähr 5000 Jahren kamen ihre Vorfahren über die damals bereits wieder geflutete Torres-Straße zwischen Neuguinea und Australien wohl auf Booten auf den Kontinent. Der Kontakt zwischen den Menschen in Asien und Australien riss daher wohl nie ab.

Der wildlebende australische Dingo hat nachgewiesen südostasiatische domestizierte Vorfahren, was für einen wiederholten Kontakt zwischen Asien und Australien spricht.

Tollkühne Seefahrer

Die Polynesier erobern die Südsee (15. Jh. v. Chr.)

Bis heute weiß niemand, aus welcher Richtung die Polynesier kamen, als sie vor ungefähr 3500 Jahren die Inselwelt des Pazifik besiedelten. Zwischen Hawaii im Norden, der Osterinsel im Südosten und Neuseeland im Südwesten erreichten sie über den anscheinend unendlichen Ozean im Laufe der Jahrtausende schließlich auch die abgelegensten Inseln.

Aus der Entwicklung des Pflanzenanbaus und bestimmter Keramik-Formen schließen heute zahlreiche Forscher, die Polynesier wären ursprünglich aus China und Taiwan gekommen und über die Philippinen zum Inseldreieck Tonga, Fidschi und Samoa vorgedrungen. Untersuchungen des Erbgutes unterstützten im Jahr 2008 dann diese These. Andere Theorien, die von einer Besiedlung aus dem Nordosten von Australien und Neuguinea oder gar von Südamerika her ausgehen, scheinen damit endgültig wiederlegt.

Navigation auf Ausleger-Kanus

Wie die Polynesier aber nach Erreichen der ersten Pazifikinseln auf dem Meer unterwegs waren, ist durchaus bekannt. Da ein normales Kanu auf hoher See leicht kentert, befestigten diese frühen Seeleute einfach einen zweiten, erheblich kleineren Rumpf parallel aber ein Stück entfernt zum eigentlichen Kanu. Ein solches Auslegerkanu liegt ähnlich stabil im Wasser wie ein ebenso breites Boot mit einem durchgehenden Rumpf, benötigt aber erheblich weniger Baumaterial und Ingenieurkunst. Unter vollem Segel erreichten diese Boote bis zu 15 Stundenkilometer Geschwindigkeit, die größten Exemplare beförderten bis zu 200 Passagiere samt Tieren und Nutzpflanzen.

Auf solchen Auslegerbooten stand den Polynesiern die Inselwelt des Pazifik offen. Das Sternbild „Kreuz des Südens" übernahm die Rolle des Nordsterns auf der Nordhalbkugel und zeigte in sternenklaren Nächten die Richtung nach Süden an. Da größere Inseln die Wellen noch in einigen Hundert Kilometern Entfernung verändern, konnten die Seeleute auch aus der Wellenform ablesen, ob voraus eine Insel liegen könnte oder nicht.

Vorteil durch Palmwedel

Ähnlich könnten zum Beispiel auch Zugvögel navigieren. Die Polynesier aber hatten den Tieren eines voraus: Sie waren auch große Theoretiker. Bereits an Land bildeten sie ihre Navigatoren gründlich aus. Mit Palmwedeln und Muscheln bastelten sie sogenannte Stabkarten, die Landmarken oder die Bewegung und Richtung von Strömungen und Wellen nachbildeten. Mit diesem theoretischen Rüstzeug im Kopf navigierten die Polynesier ihre Boote sicher durch die Inselwelt des Pazifik, bis sie vor rund 800 Jahren die Osterinsel im Südosten und vor 700 Jahren Neuseeland im Südwesten erreichten und damit jeweils an die Grenzen Ozeaniens stießen.

Verheerende Siedler

Kaum angekommen, begannen die Polynesier die jeweils neue Welt zu besiedeln. Gärten und Felder wurden angelegt, für die Nutztiere wurden Weiden und Futter gesucht. Der Mensch aber verändert seine neue Umwelt viel gravierender als jedes Tier. Weil diese Revolution dort am jüngsten ist, kennen Wissenschaftler sie am besten von der Osterinsel. Um Land für ihre Weiden und Äcker zu gewinnen, rodeten die Polynesier die Palmwälder, die bei ihrer Ankunft die gesamte Osterinsel bedeckten. Nach einigen Jahrhunderten war der Wald hinfort und die tropischen Regenfälle schwemmten den freiliegenden Boden weg, der stetige Wind trocknete die ungeschützten Flächen aus. Bald konnte die Insel seine Bewohner nicht mehr ernähren, viele Polynesier starben den Hungertod.

Die kolossalen Steinskulpturen, Moais genannt, zeugen noch heute von der einstigen kulturellen Blüte auf der Osterinsel.

Der fünfte Kontinent

Holländer erreichen Australien (1606)

Als letzten der fünf Kontinente entdeckten die Europäer mit Australien die einzige große Landmasse der Erde, die ausschließlich auf der Südhalbkugel liegt. Genau wie in Amerika stellten sie aber auch in Down Under bald fest, dass sie nicht die ersten waren. Lange vor den Europäern hatten Menschen aus Südostasien Australien erreicht.

Das „Täubchen" landet an einer unwirtlichen Küste

In eine ähnliche Richtung segelte auch der Holländer Willem Jansz (um 1570- um 1630) mit seinem Schiff Duyfken („Täubchen"), als er von Neuguinea aus Kurs Süd einschlug, um neue Handelsquellen in Südostasien aufzuspüren. Tatsächlich entdeckte er eine grüne Küste, die ähnlich wie Neuguinea von dichtem tropischem Regenwald bedeckt war. Willem Jansz war sich sicher, auf einen bisher unbekannten Teil der Südküste Neuguineas gestoßen sein. In den holländischen Karten hielt sich dieser Irrtum etliche Jahre.

Tatsächlich war Willem Jansz wohl im März des Jahres 1606 auf die Westküste der Kap-York-Halbinsel hoch im Norden Australiens gestoßen. Es gibt zwar eine Reihe von Hinweisen, dass lange vor ihm Spanier, Portugiesen oder Franzosen ebenfalls in Australien gelandet sind. Willem Jansz aber war nachweislich der erste Europäer, der seinen Fuß auf den Boden Australiens setzte.

Riskante Entdeckung

Der tropische Norden des fünften Kontinents aber kam Willem Jansz mit seinen Sümpfen und dem dichten Regenwald sehr unwirtlich vor. Obendrein töteten die Ureinwohner des Landes mindestens zehn seiner Männer während verschiedener Expeditionen. Trotzdem kartierte er aber gut dreihundert Kilometer der Küste und nannte die Gegend schließlich „Nieu Zelandt". Auch dieser Name blieb nicht bestehen, er wurde von seinem Landsmann Abel Tasman schließlich für eine neu entdeckte Insel verwendet, die noch heute den gleichen Namen „Neuseeland" trägt.

Der nächste Holländer in Australien sollte Dirck Hartog (1580-1621) sein, der eigentlich mit einer Handelsflotte der Niederländischen Ostindien-Kompanie auf dem Weg zu den Gewürzinseln war. Am Kap der guten Hoffnung aber wurde er in einem Sturm vom Rest der Flotte getrennt. Da er die anderen weit voraus vermutete, versuchte Dirck Hartog eine Abkürzung und segelte quer über den Indischen Ozean. Dabei kam er erneut vom Kurs ab und entdeckte am 25. Oktober 1616 einige unbewohnte und unbekannte Inseln. Zehn Jahre nach Willem Jansz hatte er erneut Australien erreicht, war diesmal aber an der Westküste in der Nähe der Shark Bay gelandet. Dirck Hartog hinterließ auf einer von ihm entdeckten Insel eine Plakette aus Hartzinn, um seine Anlandung später beweisen zu können. Dann erkundete er die Küste, fand aber nur eintöniges Buschland. Als er schließlich mit einem halben Jahr Verspätung sein eigentliches Reiseziel Java erreichte, berichtete er zwar von dem neuen Land, schilderte es aber als völlig uninteressant.

Der vergessene Kontinent

Weder konnte man in den zuerst entdeckten Regionen Australiens siedeln, noch gab es Spuren, die auf Gold, Silber und Edelsteine oder zumindest Gewürze schließen ließen. Der neu gefundene Kontinent geriet daher völlig in Vergessenheit. Erst achtzig Jahre nach der zweiten holländischen Landung erreichte wieder ein Holländer Australien. Willem de Vlamingh (1640-1698) kartierte 1696 Teile der Westküste Australiens und segelte ein Stück weit einen Fluss hinauf, den er nach dort lebenden schwarzen Schwänen als „Swan River" bezeichnete. Diesen Namen trägt der Fluss heute noch.

An den Küsten und in den Flüssen Australiens schwimmen solche Trauerschwäne „Cygnus atratus" häufig. Nach ihnen benannte Willem de Vlamingh den „Swan River" im Südwesten des Kontinents

Kühle Südsee-Inseln

Abel Tasman vor Neuseeland und Tasmanien (1642)

Auch wenn das 1606 entdeckte und 1616 erneut betretene Australien auf die Holländer nicht sonderlich interessant wirkte, wollten sie den Anspruch auf dieses Land keineswegs aufgeben. Schließlich könnte man dort vielleicht doch neue Handelsgebiete erschließen. Lange bevor die nächste Expedition dorthin aufbrach, nannte man das Land daher bereits „Neu-Holland".

Terra Australis

Genau genommen könnte es sich bei Neu-Holland aber auch um den sagenumwobenen Südkontinent handeln, der als „Terra Australis" schon in der Antike bekannt war. Um diese Frage zu klären, schickten die Holländer 1642 Abel Tasman (1603-1659) mit dem Kriegsschiff Heemskerck und dem Dreimaster Zeehaen los, um sich den Kontinent genauer anzuschauen. Da vor ihm Dirck Hartog Australien quer über den Indischen Ozean erreicht hatte, versuchte Abel Tasman die gleiche Route. Er segelte daher erst von Jakarta in Indonesien zu den Mauritius-Inseln und von dort viel weiter im Süden als die Expeditionen vor ihm nach Osten. Auf diesem Kurs segelte er außerhalb der Sichtweite an der Südküste Australiens vorbei und erreichte erst bei einer Insel wieder Land, deren Küste von dichten Wäldern gesäumt war, die auf ein kühles und feuchtes Klima schließen ließen. Könnte das jenes sagenhafte Terra Australis sein? Abel Tasman wusste es nicht und nannte das Land erst einmal Van-Diemens-Land. Heute heißt die Insel nach ihrem Entdecker „Tasmanien".

Gefährliches Neuland

Abel Tasman aber segelte weiter nach Osten und entdeckte dort am 13. Dezember 1642 erneut eine Küste mit dichtem Regenwald. Das musste der Süden Chiles sein, in dem schon lange die Spanier eine Kolonie unterhielten. Abel Tasman segelte nach Norden an der Küste entlang, um seinen Verdacht zu bestätigen. Allerdings bog die Küste nach wenigen Tagen nach Osten ab, die beiden Schiffe segelten nun an einer Landzunge entlang, die heute als „Farewell Spit" bekannt ist. Als sie diese umrundet hatten, segelten die Schiffe wieder nach Westen und entdeckten die Ostküste einer riesigen Bucht, die heute „Golden Bay" heißt. Doch Chile hatte nur eine Westküste, war sich Abel Tasman sicher – er musste also ein anderes Land oder eher eine Insel entdeckt haben.

Erst einmal aber brauchte die Flotte Wasser, denn die Vorräte gingen zur Neige. Als die Schiffe aber vor Anker gingen, tauchten bald Kanus auf, auch diese Insel hatten die Europäer also nicht als erste entdeckt. Problematischer als diese Erkenntnis war aber die Tatsache, dass man sich mit den Menschen auf den Kanus überhaupt nicht verständigen konnte. Aber vielleicht war den Maori genannten Einheimischen an Kommunikation auch gar nicht gelegen. Jedenfalls griffen sie kurze Zeit später ein Beiboot der Holländer an und töteten vier Matrosen. Als sich an Land auch noch große Menschengruppen sammelten, die offensichtlich einen Angriff planten, ließ Abel Tasman die Kanonen seines Kriegsschiffs feuern und zog sich aus der Bucht zurück, die er als „Mörderbucht" bezeichnete. Später segelte er die gesamte Küste einer unmittelbar nördlich liegenden Insel entlang, ohne auch nur den Versuch einer Landung zu machen. Der Entdecker Neuseelands hat also nie einen Fuß in dieses Land gesetzt.

Südsee-Inseln

Als Abel Tasman von der Nordspitze Neuseelands aus weiter nach Nordosten segelte, entdeckte er in der Südsee noch die Tonga- und die Fidschi-Inseln. Zwar planten die Holländer später eine weitere Expedition nach Neuseeland, die aber nie begonnen wurde, weil das Land damals gegen Portugal Krieg führte.

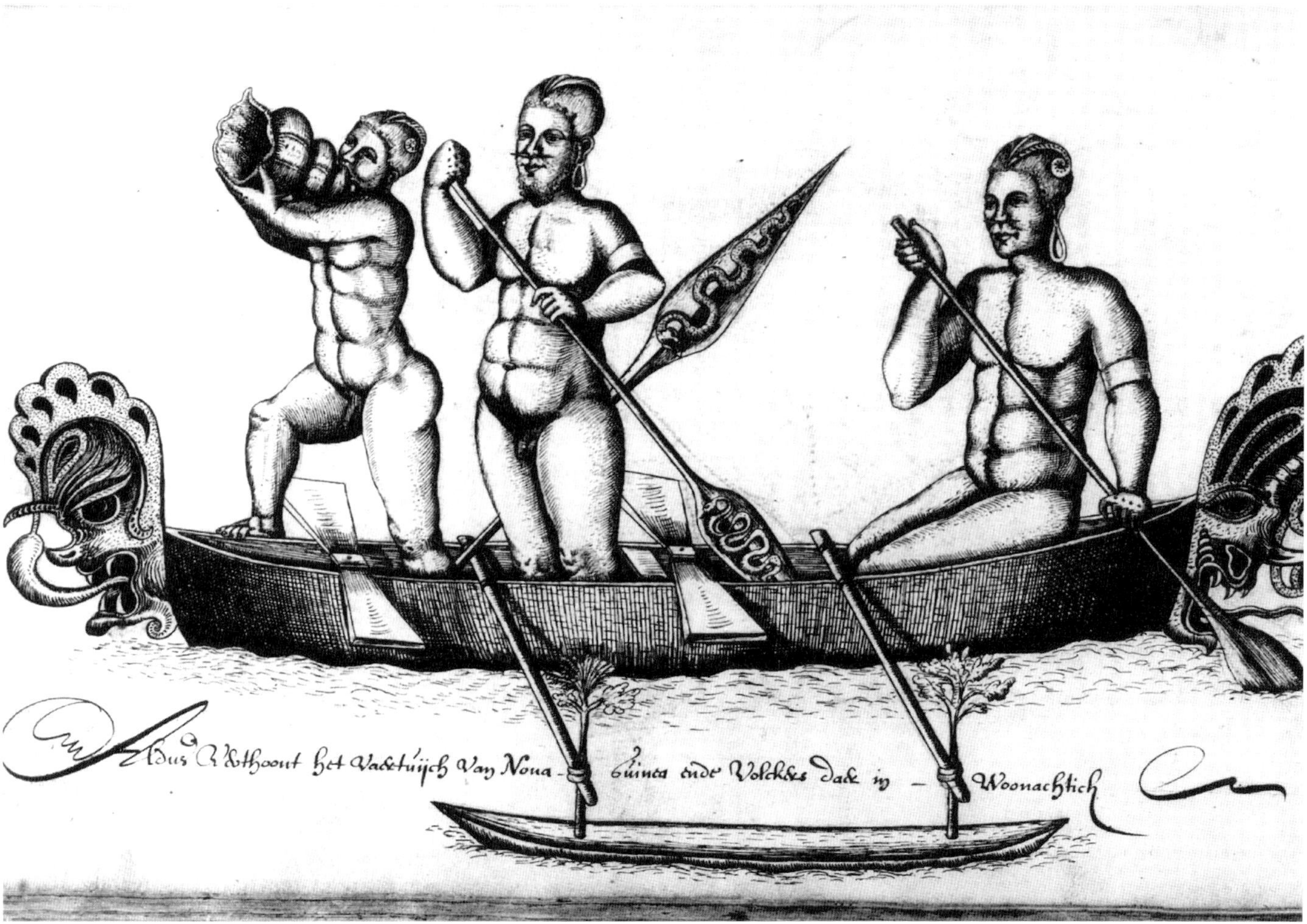

Holzstich nach einer Skizze aus dem Tagebuch des niederländischen Forschers und Entdeckers Abel Janszoon Tasman.

Geheimnisvolles Südland

James Cook sucht Terra Australis (1768-1770)

Wenn englische Seeleute noch heute „Limeys" oder „Zitronenfresser" genannt werden, ist James Cook (1728-1779) daran schuld. Der Sohn eines Tagelöhners und einstige Matrose auf Kohlefrachtern zwischen Newcastle upon Tyne und London hatte auf seinen späteren jahrelangen Seereisen Karottengelee und eingezuckerte Zitronen als Mittel gegen den gefürchteten Vitaminmangel Skorbut für sich und seine Männer eingeführt. Das war aber bei weitem nicht das einzige Verdienst von James Cook, der schließlich als einer der größten Entdecker aller Zeiten gilt.

Der Kartograf und die Venus

Als Kartograf der englischen Marine verdiente sich James Cook seine ersten Meriten: Mitten im siebenjährigen Krieg (1756-1763) zwischen England und Frankreich sollte er 1758 den Sankt-Lorenz-Strom im heutigen Kanada, Neufundland und andere Regionen der Ostküste Kanadas vermessen. Seine Karten waren so gut, dass die Engländer mit ihrer Hilfe im September des Jahres 1759 einen entscheidenden Sieg über die Franzosen bei Québec erringen konnten. Da sich James Cook gleichzeitig einen hervorragenden Ruf als Seemann erwarb, stieg seine Beliebtheit und die Zahl seiner Neider gleichermaßen.

1768 beauftragte die Admiralität James Cook dann mit seiner ersten Expedition. Mit dem umgebauten Kohletransporter „Endeavour" sollte der frischgebackene Leutnant zur See eine Gruppe Wissenschaftler in die Südsee fahren, um dort am 3. Juni 1769 den Durchgang des Planeten Venus durch die Sonnenscheibe zu beobachten. Damit wollten die Forscher die Entfernung zwischen der Sonne und der Erde besser als bisher bestimmen. Um die Südspitze Südamerikas herum führte die Reise erst einmal nach Tahiti, dort wurde ein Observatorium aufgebaut. Trotz einiger Schwierigkeiten klappte am Ende alles hervorragend und die Astronomen waren sehr zufrieden.

> *Seenot vor Australien*
>
> *Am 28. April 1770 betraten die Engländer unter dem Kommando von James Cook als erste Europäer die Ostküste Australiens und beanspruchten die Region gleich für die britische Krone. Es wäre fast die letzte Entdeckung von James Cook gewesen. Am 10. Juni 1770 lief die Endeavour auf das Great Barrier Reef und wäre beinahe gesunken. Einen Monat dauerte die Reparatur, dann segelte James Cook weiter und entdeckte die Torres-Straße, die Australien von Neuguinea trennt. Über Sumatra und Südafrika beendete der Engländer schließlich die erste Weltumsegelung für sein Land.*

Neuseeland und der Süd-Kontinent

Für James Cook aber begann sein eigentlicher Auftrag erst jetzt. Er hatte nämlich von der Admiralität den geheimen Befehl bekommen, den südlichen Ozean um den vierzigsten südlichen Breitengrad herum genau zu erforschen und auf Karten zu verzeichnen. Vor allem aber sollte er den geheimnisvollen Südkontinent „Terra australis incognita" entdecken, der irgendwo in dieser Gegend schon seit der Antike vermutet wurde.

Der Südkontinent aber schien gut versteckt. James Cook entdeckte zwar die eine oder andere Südsee-Insel, eine wirklich große Landmasse aber kam nicht in Sicht, bis er Anfang Oktober 1769 recht weit im Süden doch noch eine Küste mit hohen Gebirgen dahinter fand. Aber auch das war nicht der erhoffte Südkontinent, sondern Neuseeland, das bereits 1642 der Niederländer Abel Tasman (1603-1649) für Europa entdeckt hatte. Der Engländer James Cook aber entdeckte beim genauen Vermessen, dass die relativ große Landmasse durch eine dreißig Kilometer breite Meeresstraße in zwei Inseln unterteilt wird. Diese Meeresstraße trägt heute seinen Namen.

Der britische Seefahrer und Entdecker James Cook wurde vor allem durch seine drei Fahrten in den Pazifischen Ozean berühmt, auf denen er zahlreiche Inseln entdeckte und vermaß. Nathaniel Dance (1735–1811) porträtiert ihn 1776 mit obligatorischer Karte und entschlossenem Blick.

Tod in der Südsee

Die Entdeckung vieler Pazifik-Inseln (letztes Viertel 18. Jh.)

Als James Cook 1771 von seiner ersten Weltumsegelung zurückkehrte, war er nicht nur berühmt, sondern wurde auch von einigen einflussreichen Neidern angefeindet. Schließlich hatte er einige neue Länder für England entdeckt und beansprucht und ganz nebenbei auch noch ein Mittel gegen die gefürchtete Seefahrerkrankheit Skorbut entdeckt.

Skorbut

Obst und Gemüse schien gegen diese Mangelkrankheit zu helfen, bei der erst das Zahnfleisch blutet und später die Zähne ausfallen, die Muskeln schwinden und die Gelenke sich entzünden. Für seine zweite Expedition und Weltumseglung bunkerte James Cook daher 1772 reichlich Sauerkraut, Malz, gesalzenen Kohl, ein Gelee aus Karotten und Bierwürze auf den beiden Schiffen, mit denen er diesmal lossegelte.

Schon am 9. Februar 1773 verloren sich die beiden Schiffe bei dichtem Nebel aus den Augen. Zum Glück hatte man vorher einen Treffpunkt im Queen Charlotte Sound an der Nordspitze der Südinsel Neuseelands ausgemacht. Heute erinnert an dieser Stelle ein großes Denkmal an den wahren Vater Neuseelands James Cook. Dieser hatte ja schon auf seiner ersten Weltumsegelung Neuseeland kartografiert und vermaß diesmal den äußersten Süden des Landes, bevor er zum vereinbarten Treffpunkt segelte. Dort wartete der Kapitän des Schiffes Adventure bereits seit sechs Wochen mit schlechten Nachrichten: 20 Matrosen litten schwer an Skorbut, während auf dem Flaggschiff Resolution nur ein Mann stark erkrankt war. James Cook hatte schließlich regelmäßig die Gemüserationen ausgegeben, während auf dem anderen Schiff sich niemand so recht für das Grünzeug interessiert hatte. Damit aber war der Beweis erbracht, dass Gemüse gegen Skorbut hilft.

Langsam nahte der Winter, James Cook brach in wärmere Gefilde auf und segelte in die Südsee. Dort entdeckte er nicht nur einige neue Inseln wie zum Beispiel das mehrere hundert Kilometer lange Neukaledonien, sondern entging auch nur knapp seinem Tod: Als er bei den heute Tonga-Inseln genannten Eilanden ankam, empfingen ihn die Polynesier dort sehr freundlich, James Cook nannte die Inseln daher „Freundschaftsinseln". Die Einheimischen aber wollten die britischen Expedition nur in Sicherheit wiegen und in der Nacht nach dem freundlichen Empfang niedermetzeln. Sie führten diesen Plan nur deshalb nicht aus, weil sie untereinander in Streit geraten waren.

Noch mehrmals kehrten die Schiffe nach Neuseeland zurück. Bei der Rückreise nach England entdeckten sie später noch die Gletscherbedeckten Inselgruppen South Georgia und die South Sandwich Islands, die heute noch britisch sind.

Tod auf Hawaii

Als James Cook 1776 zu seiner dritten Südseereise aufbrach, war sein Ruhm so groß, dass auch die Marine Frankreichs, Spaniens und der Vereinigten Staaten von Amerika die Anweisung erhielt, James Cook auf jeden Fall zu verschonen, auch wenn man sich mit seinem Land gerade im Krieg befinden sollte. Schließlich profitierten auch diese Länder von den fantastischen Seekarten, die der Brite von seinen Reisen mitbrachte. Wieder entdeckte er etliche Inseln der Südsee, darunter die Cook-Inseln, die noch heute seinen Namen tragen. Auf den Hawaii-Inseln aber verließ ihn schließlich das Glück: James Cook starb dort am 14. Februar 1779 bei einem Angriff der feindselig gesonnenen Bevölkerung. Im Pazifik aber lebt sein Name fort, der höchste Berg Neuseelands trägt seinen Namen genauso wie die Meeresstraße zwischen der Nord- und Südinsel Neuseelands.

In diesen Buchten des Queen Charlotte Sound im Norden der Südinsel Neuseelands ließ James Cook in unmittelbarer Nähe der heute nach ihm benannten Meeresstraße seine Schiffe immer wieder vor Anker gehen.

Landnahme in Down Under

Sträflinge sind die ersten europäischen Siedler in Australien (1788)

Schon der altgriechische Geograf Claudius Ptolemäus hatte von diesem großen Land im Süden gehört, das im Lateinischen dann „Terra australis incognita", „unbekanntes Südland" genannt wurde. Zu Gesicht aber hatte das Land wohl vor den großen Entdeckungsfahrten ab dem 15. Jahrhundert kein Europäer bekommen.

Als die Holländer dieses geheimnisvolle Südland dann am Anfang des 17. Jahrhunderts tatsächlich entdeckten, entpuppte es sich als viel unwirtlicher und auch erheblich kleiner als vorherige Spekulationen erhoffen ließen. Handelsgüter gab es anscheinend im Land nicht und siedeln wollte dort auch niemand – kaum entdeckt, geriet Australien wieder weitgehend in Vergessenheit.

Unabhängiges Amerika

Daran hätte sich wohl auch nichts geändert, obwohl James Cook 1770 an der Ostküste Australiens landete und das Land als New South Wales für die britische Krone in Besitz nahm. Am anderen Ende der Welt aber wuchsen gleichzeitig die Spannungen zwischen den britischen Kolonien an der Atlantikküste Nordamerikas und dem Mutterland. Als die Vereinigten Staaten von Amerika 1776 ihre Unabhängigkeit verkündeten, die England 1783 schließlich auch anerkennen musste, stand Großbritannien vor einem Riesenproblem: Sträflinge wurden damals gerne in Kolonien in ferne Länder verschifft, weil man so die Kriminalität und oft genug auch politische Revoluzzer zu exportieren hoffte.

Als Amerika nach der Unabhängigkeitserklärung der USA als Standort für solche Sträflingskolonien ausfiel, fasste England daher das kurz zuvor erworbene Australien für diesen Zweck ins Auge. Schon im Mai 1787 legte dann in England eine kleine Flotte aus elf Schiffen ab, die rund tausend Menschen an Bord hatten, von denen mehr als drei Viertel Sträflinge waren. Im Januar 1788 kamen die Schiffe in der Botany Bay an der Ostküste Australiens an. Eine Sträflingskolonie aber konnte dort nicht entstehen, entschied der deutsch-englische Flottenkommandant Arthur Phillip (1738-1814). Dort gab es kein Süßwasser. Auf dieses Problem sollten die Siedler Australiens noch öfter stoßen, das Land gilt neben der Antarktis als trockenster Kontinent der Erde.

Sydney

Weiter im Norden aber fand Arthur Phillip am 26. Januar 1788 dann einen idealen Hafen mit reichen Süßwasservorkommen. Hier sollte die erste europäische Kolonie in Australien entstehen, die nach dem damaligen britischen Innen- und Kolonialminister Lord Sydney „Sydney Cove" genannt wurde. Vier Jahre lang leitete Arthur Phillip als Gouverneur diese Kolonie. Sträflinge aber schickte England noch bis 1868 nach Australien.

Umseglung Australiens

In den ersten Jahren hieß die neue Kolonie noch streng wissenschaftlich „Terra Australis". Den Namen „Australien" führte am Anfang des 19. Jahrhunderts dann der Seemann Matthew Flinders (1774-1814) ein. Dieser brach 1801 auf, um die Südküste Australiens genauer zu untersuchen, segelte 1802 dann entlang der Ostküste nach Norden und erforschte dort das Great Barrier Reef. In dieser Zeit fand Matthew Flinders auch die einzige, sichere Durchfahrt durch die Torres-Straße zwischen Australien und Neuguinea. Damit aber war der Weg frei und der Brite umrundete als erster den gesamten Kontinent Australien. Zur gleichen Zeit aber zeigte auch Frankreich großes Interesse an dem lange Jahre vergessenen Südkontinent, auch der Franzose Louis de Freycinet (1779-1842) kartografierte damals die Küsten Australiens.

In der Sydney Cove gründetet Arthur Phillip 1788 die erste Siedlung Australiens. An ihrer Einfahrt befindet sich heute das weltberühmte Opernhaus von Sydney.

Trockenes Land

Die Erforschung Australiens (1. Hälfte 19. Jh.)

Wie auch in anderen Kolonien entstanden die ersten europäischen Siedlungen in Australien an der Küste. Zwar schauten sich die Siedler auch landeinwärts um. Dort aber erschwerten Gebirgszüge das Weiterkommen, mehr als hundert Kilometer drang praktisch niemand vor.

Die Flüsse des fünften Kontinents

Als erster machte sich mit Hamilton Hume (1797-1873) einer der ersten in Australien geborenen Weißen auf den Weg und erkundete 1824 die Blauen Berge im Hinterland der ersten Kolonie Sydney. Später wagte er auch die erste Überlandreise von den Kolonien an der Ostküste Australiens zu den ersten Siedlern an der Südostküste und entdeckte dabei nicht nur Flüsse, sondern auch das höchste Gebirge des Kontinents, die Australischen Alpen. Trotz solcher Expeditionen wusste aber lange Zeit niemand etwas über den genauen Lauf der Flüsse, die für das trockene Australien ja eine besonders wichtige Rolle spielen. Charles Sturt (1795-1869) fuhr dann als erster 1830 auf dem wasserreichsten Fluss des Kontinents, den Murray River bis zu dessen Mündung. Diese entpuppte sich allerdings als wildes Durcheinander von flachen Lagunen und vielen Sandbänken, Schiffe konnten vom Meer aus also kaum in den Murray River vordringen.

> *Ludwig Leichhardt*
>
> *1848 brach der Deutsche Ludwig Leichhardt (1813-1848) auf, um die Wüsten im Zentrum Australiens von Ost nach West zu durchqueren – und verschwand spurlos. Etliche Expeditionen versuchten sein Schicksal später ohne greifbare Ergebnisse aufzuklären.*

Edward John Eyre

Auch Edward John Eyre (1815-1901) durchstreifte den Südosten Australiens auf der Suche nach gutem Weideland und wollte schließlich auch in das Herz Australiens vordringen. Weit kam er 1839 aber nicht, weil ihm entweder Sanddünen oder unwegsame Sümpfe den Weg versperrten. Auch Charles Sturt musste 1845 umkehren, als er die Simpson-Wüste im Inneren Australiens erreichte. Tatsächlich konnte diese unwegsame Gegend erst 1936 vollständig durchquert werden.

Eine andere große Wüste in Australien durchquerte dagegen Edward John Eyre bereits 1841. Allerdings erstreckt sich die Null Arbor Plain nicht im Landesinneren, sondern entlang der Südküste Australiens gut 1200 Kilometer von Ost nach West. Weil dort aber hohe Klippen ins Meer abfallen, lässt sich die Küste nur an wenigen Stellen erreichen. Eine gemütliche Strandwanderung erwartete die neun Männer also kaum, als sie mit 13 Pferden und 40 Schafen von Adelaide an der Südküste aufbrachen, um einen Landweg zur 1826 gegründeten Sträflingskolonie Albany an der Südwestküste zu suchen. Die Expedition stand von Anfang an unter keinem guten Stern: Wasser fanden die Männer kaum, bald mussten vier Teilnehmer umkehren. Jetzt aber kamen die Packpferde auf dem rauen Wüstenboden kaum noch voran und die Männer mussten einen großen Teil ihrer Ausrüstung zurücklassen. Mit Schwämmen sammelten sie am Morgen Tau auf, um so zumindest ein wenig Wasser zu haben. Eines Nachts brachten zwei Teilnehmer der Expedition einen dritten um und machten sich mit dem größten Teil der restlichen Vorräte aus dem Staub. Die beiden letzten Männer aber gaben nicht auf und wanderten weiter nach Westen. Kängurus und tot an die Küste gespülte Pinguine füllten den Magen, ab und zu fanden sie auch ein Wasserloch. Erst als sie im Juni 1841 ein vor der Küste ankerndes Walfänger-Schiff sichteten, waren sie gerettet und konnten mit frischen Vorräten den Rest der mehr als 3000 Kilometer weiten und viereinhalb Monate langen Tortur beenden.

Der Murray River ist mit gut 2500 Kilometern Länge der zweitlängste und zudem wasserreichste Fluss Australiens. Er entspringt in den Snowy Mountains, den Australischen Alpen (hier im Hintergrund) in New South Wales.

Tod im Busch

Die Nord-Süd-Durchquerung Australiens (1860/61)

Noch immer wusste niemand, wie das Innere Australiens wirklich aussieht, als am 20. August 1860 in Melbourne eine Expedition aufbrach, die den Kontinent von Süd nach Nord komplett durchqueren sollte.

Kamele in Down Under

Positive Überraschungen aber erwartete wohl niemand, zeigt ein Blick auf die Ausrüstung des Unternehmens: Lebensmittel für zwei Jahre und sechs Tonnen Brennholz wurden in die Wagen verladen, die von insgesamt 23 Pferden gezogen wurden. Obendrein hatten die 19 Männer noch 27 Kamele dabei. Des weiteren wurden 80 Paar Ersatzschuhe, 20 Feldbetten, 30 Strohhüte, 57 Wassereimer, Schnaps und etliche Feuerwaffen, sowie Glasperlen für den Tauschhandel mit den Aborigines mitgeschleppt. Mit dieser Ausrüstung hätte die Expedition eigentlich gute Erfolgschancen gehabt, wenn nicht ausgerechnet Robert O'Hara Burke (1821-1861) als Leiter ausgewählt worden wäre. Der Polizeioffizier galt als überaus ungeduldig und hatte bislang noch keinerlei praktische Erfahrung mit Expeditionen sammeln können. Viel zu langsam kam die riesige Karawane nach seinem Geschmack voran. Teile der Ausrüstung wurden schließlich zurückgelassen, um das Tempo zu steigern.

> ***Telegrafenlinie***
>
> *Der Schotte John McDouall Stuart (1815-1866) war deutlich erfolgreicher: Zwischen 1858 und 1862 durchquerte er praktisch parallel zur tragischen Expedition von Robert O'Hara Burke den Kontinent, um den Verlauf einer Telegrafenleitung von Südaustralien nach Darwin ganz im Norden zu erkunden. Alle Männer überlebten die Strapazen dieses Marsches.*

Beschleunigt in die Wüste

Noch immer aber ging es Robert O'Hara Burke zu langsam. Als die Gruppe nach vielen Streitereien die kleine Siedlung Menindee am Darling River erreichte, beschloss er, mit einer kleinen Gruppe sozusagen als Vorhut dem langsamen Tross vorauszueilen. Fünf Männer erreichten dann am 11. November 1860 den Cooper Creek, einen der wenigen Flüsse in den Wüsten im Inneren Australiens. Weit mehr als die Hälfte der Durchquerung des Kontinents hatten die Männer hier geschafft.

Fünf Wochen warteten sie auf den Rest der Expedition, aber niemand kam. Der ungeduldige Robert O'Hara Burke ließ daher einen weiteren Mann zurück, zusammen mit William John Wills (1834-1861), John King (1832-1872) und Charlie Gray (†1861), sechs Kamelen, einem Pferd und Proviant für zwölf Wochen, wollte er den Rest der Strecke bis zur Nordküste im Eilmarsch schaffen.

Nach vielen Strapazen in der Gluthitze des australischen Sommers erreichten die vier Männer am 10. Februar 1861 schließlich den Flinders River, dessen Wasser sehr salzig schmeckte. Das Meer musste also nahe sein, sie hatten als erste Australien von Nord nach Süd durchquert. Auf dem Rückweg aber rächte sich die fehlende Erfahrung von Robert O'Hara Burke. Essen und Wasser wurden knapp, die Männer mussten ihr Pferd und vier Kamele schlachten. Am 17. April erlag Charlie Gray den Torturen. Vier Tage später erreichten die anderen drei das Zwischenlager am Cooper Creek. Die Feuerstelle des dort wartenden Kameraden war noch warm, er selbst aber war mit fast allen Vorräten neun Stunden vorher nach Süden aufgebrochen. Die erschöpften Männer hatten keine Chance, ihn noch einzuholen. Sie versuchten noch eine weit entfernte Schaffarm zu erreichen, waren aber zu schwach zum Weitermarsch und kehrten an den Fluss zurück. Dort starben um den 28. Juni 1861 zwei weitere Männer, nur John King wurde von den Ureinwohnern Australiens, den Aborigines gerettet.

Der Stich aus dem letzten Viertel das 19. Jahrhunderts zeigt Robert O'Hara Burke, William John Wills und John King auf dem Rückweg zum Zwischenlager am Cooper Creek. Einzig John King überlebte die Strapazen der allzu waghalsigen Expedition durch das Innere Australiens.

Kupes Kanu

Die Polynesier erreichen Neuseeland (10./11. Jh.)

Eines Tages stieg Kupe, der Herrscher des Landes Hawaiki, in sein Reisekanu und machte sich auf den Weg in eine neue Welt. Vielleicht war er auf der Jagd nach einem Riesenkraken, vielleicht hatte ihn das Fernweh gepackt. Jedenfalls navigierte er nach den Sternen und den Meersströmungen durch den Pazifik, bis ihm eine langgestreckte weiße Wolke auffiel. Er fuhr in ihre Richtung und entdeckte Land, das er auf den Namen „Aotearoa" taufte – „das Land der langen weißen Wolke".

So erzählen die Maori, die Ureinwohner Neuseelands, die Geschichte von der Entdeckung ihres Landes. Die Legende könnte einen wahren Kern haben. Experten vermuten, dass Kupe vor etwa 1000 Jahren an der Westküste von Neuseelands Nordinsel gelandet ist. Woher er kam, weiß allerdings niemand so genau. Klar ist nur, dass die geheimnisvolle Insel Hawaiki irgendwo in Polynesien gelegen haben muss. Denn die Sprache und Kultur der heutigen Maori ähnelt derjenigen auf diesen Inseln im Südpazifik. Besonders viele Gemeinsamkeiten gibt es mit der Kultur auf den Cook-Inseln, Tahiti und Hawaii.

Wohl um das Jahr 1300 kamen dann weitere Polynesier nach Neuseeland und siedelten sich in verschiedenen Regionen der Inseln an. Etliche Stämme der heutigen Maori führen ihren Stammbaum bis zu den Insassen eines bestimmten Kanus dieser frühen Entdecker-Flotte zurück. Längst vor den großen Entdeckungsfahrten der Europäer hatten die Polynesier also eine neue Welt erobert und gingen daran, dort eine erste Gesellschaft aufzubauen.

Krieger, Jäger und Bauern

Diese Gesellschaft bestand aus etlichen unterschiedlichen Stämmen, die sich keineswegs immer freundlich gesonnen waren. Kriegerische Auseinandersetzungen waren an der Tagesordnung, regelmäßig brachten die Männer ihre Taiaha (Speere) und Mere (Keulen) zum Einsatz. Auch Kannibalismus war durchaus üblich, das Verzehren der Herzen von getöteten Feinden versprach einen Gewinn an Kraft und Prestige.

Um ihren Feinden nicht schutzlos ausgeliefert zu sein, lebten die Maori in „Pa" genannten Dörfern, die oft an strategisch günstigen Stellen wie etwa auf Hügeln angelegt und mit Wassergräben und Befestigungsanlagen geschützt wurden. Ihren Lebensunterhalt bestritten die Maori zum einen mit Jagen und Sammeln. Die Moas, flugunfähige Riesenvögel mit bis zu 270 Kilogramm Gewicht, waren eine leichte und lohnende Beute. Wissenschaftler vermuten, dass die Maori diese eindrucksvollen Tiere ausgerottet haben. Und auch viele andere Vertreter der reichen neuseeländischen Vogelwelt landeten in den Fallen und Schlingen der Menschen. Zusätzliche Abwechslung brachte die Landwirtschaft auf den Speiseplan. Die ersten Siedler hatten aus Polynesien eine ganze Reihe von Kulturpflanzen wie die Süßkartoffel mitgebracht, die nun auch in der neuen Heimat gediehen.

Und schließlich war da noch das Meer. Der Fischfang war bei den Maori mehr als eine Art des Nahrungserwerbs, er spielte auch in ihrer Mythologie eine Rolle. So sahen sie in der Nordinsel Neuseeland einen riesigen Fisch, den der Halbgott Maui aus dem Wasser gezogen hatte. Und die Südinsel war für sie das Kanu des Halbgottes, mit der kleinen vorgelagerten Insel Stewart Island als Ankerstein.

Die Nachfahren der Siedler

Ungefähr 565 000 Neuseeländer und damit etwa 15 Prozent der Bevölkerung verstehen sich heutzutage als Maori. Das sind diejenigen, die sich mit der entsprechenden Kultur identifizieren. Der Anteil derjenigen, die Maori unter ihren Vorfahren haben, liegt mit knapp 644 000 noch höher.

Aus Holz geschnitzte Kultfigur der Maori in Rotorua, Neuseeland. Einst befand sich an dieser Stelle eine von Palisaden umgeben Festung der Maori.

Die Pakeha

Weiße Siedler in Neuseeland (18./19. Jh.)

James Cook hatte Neuseeland schon im Jahr 1769 für die Krone in Besitz genommen. Doch bis tatsächlich die ersten britischen Siedlungen im „Land der langen weißen Wolke" entstanden, sollte es noch etliche Jahrzehnte dauern.

Eine fatale Explosion

Es war ein buntes Volk, das Ende des 18. und Anfang des 19. Jahrhunderts auf den Inseln tief im Süden der Erde eine neue Heimat suchte. Anders als in Australien wurde niemand als Sträfling nach Neuseeland geschickt. Wer kam, tat das aus freien Stücken. Da gab es die Walfänger und Robbenjäger, die in den Gewässern und an den Küsten der Inseln auf Beute aus waren. Es kamen Siedler, die Interesse an Land hatten. Und natürlich Missionare, die den Maori den christlichen Glauben näher bringen wollten. Genau diesen Plan hatte auch Samuel Marsden (1765-1838), der im australischen Sydney als Pfarrer arbeitete. Eigentlich wollte er schon im Jahr 1808 seine Missionsarbeit in Neuseeland beginnen. Doch die Vorbereitungen dauerten länger als gedacht. Und dann kam es 1809 zu einem folgenreichen Zwischenfall auf einem britischen Schiff, der die Abreise des Kirchenmannes weiter verzögerte. Aus unbekannten Gründen ließ der Kapitän der „Boyd" einen mitreisenden Maori-Häuptling auspeitschen. Das aber kam bei der einheimischen Bevölkerung überhaupt nicht gut an. Als das Schiff in den Hafen Whangaroa Harbour ganz im Norden der Nordinsel einlief, überfielen Maori die Weißen. Während des Kampfes explodierte ein Pulverfass, die Boyd fing Feuer, bis auf vier Matrosen kam die ganze Besatzung ums Leben. Die Nachrichten von diesem Überfall führten nicht nur zu Vergeltungsaktionen von weißen Walfängern, die ein paar Monate später mehr als 60 Maori in der Bay of Islands umbrachten. Die abschreckenden Berichte über Gewalt und Lebensgefahr sorgten in Großbritannien auch für ein vorübergehendes Abflauen der Neuseeland-Begeisterung: Welcher Siedler wollte schon Kopf und Kragen riskieren, sobald er den Fuß in die neue Heimat gesetzt hatte?

Pferde, Wein und Gewehre

Nachdem sich die Wogen etwas geglättet hatten, machte sich Samuel Marsden im Jahr 1814 schließlich doch noch auf den Weg und brachte die ersten Rinder und Pferde, das erste Getreide und die ersten Weinstöcke nach Neuseeland. Bei der Wahl seiner Argumente für den christlichen Glauben war der Missionar nicht eben zimperlich. Die Maori hatten zwei Möglichkeiten, erläuterte er: Sie konnten die Prediger des Christentums gut behandeln und ihre Lehren akzeptieren, dann würden sie Äxte und andere begehrte Eisenwaren eintauschen können. Anderenfalls würde der Gouverneur aus Sydney Truppen schicken und sie würden ihre Entscheidung bitter bereuen.

Die Maori wählten die vielversprechendere Option und begannen, mit den „Pakeha" genannten Weißen zu handeln. Langfristig sollten sie dabei allerdings kein gutes Geschäft machen. Denn zum einen schleppten die Europäer zahlreiche bis dahin unbekannte Krankheiten ein, denen das Immunsystem der Maori nicht gewachsen war. Zum anderen waren unter den Handelswaren auch Gewehre. Dadurch wurden die Konflikte unter den Maoristämmen zu einer viel blutigeren Angelegenheit als je zuvor in der Geschichte. Die Maori-Bevölkerung schrumpfte zusehends.

> *Die Kronkolonie*
>
> *Mit dem Vertrag von Waitangi wurde Neuseeland am 6. Februar 1840 zur britischen Kolonie. In der Folge wurden die Inseln von den Briten systematisch und in großem Stil besiedelt. Allein in den ersten drei Jahren nach der Unterzeichnung des Vertrags kamen fast 19 000 Siedler nach Neuseeland.*

Das Zusammenleben von Maori und Weißen, aber auch das von verschiedenen Maori-Gruppen untereinander verlief nicht immer friedlich. Mit solchen Kanus zogen die Maori im 18. Jahrhundert in den Krieg.

Unterwegs mit der Kon-Tiki

Thor Heyerdahl: Mit dem Floß von Südamerika nach Polynesien (1947)

Die ersten Bewohner Neuseelands kamen aus Polynesien – aber woher kamen die Polynesier? Über diese bis heute nicht geklärte Frage gab es in der Fachwelt lange, erbitterte Diskussionen. Die gängige Theorie im Jahr 1947 lautete, dass die ersten Polynesier aus Asien stammten. Der norwegische Anthropologe und Zoologe Thor Heyerdahl (1914-2002) aber hatte da seine Zweifel. Denn auf dem Weg von Asien nach Osten hätten die Seefahrer die ganze Zeit gegen die Passatwinde und die Strömung ankämpfen müssen.

Ein urtümliches Gefährt

Für Thor Heyerdahl schien es daher wahrscheinlicher, dass die frühen Polynesier aus Südamerika aufgebrochen sind. Denn dann hätten sie sich mit der Strömung und den Passatwinden nach Westen treiben lassen können. Viele Experten aber reagierten mit Kopfschütteln: Bevor die Europäer im 15. Jahrhundert nach Südamerika kamen, habe die Bevölkerung dort einfach nicht die technischen Möglichkeiten gehabt, eine so lange Seereise zu unternehmen.
Thor Heyerdahl beschloss, das Gegenteil zu beweisen. Mit einer kleinen Gruppe von Begleitern fuhr er nach Südamerika und begann, ein seetüchtiges Floß zu konstruieren. „Wenn Sie mir als 17-Jährigen gesagt hätten, ich würde auf einem Floß über das Meer segeln, hätte ich vollständig geleugnet, dass das in Frage kommt. Zu dieser Zeit war ich wasserscheu", kommentierte der Forscher später seinen ehrgeizigen Plan.
Mit Hanfseilen verbanden die Männer neun knapp 14 Meter lange und 60 Zentimeter dicke Stämme aus dem extrem leichten Balsaholz, das im tropischen Amerika wächst. Für den Antrieb sorgte ein Segel, zwischen den Baumstämmen ins Wasser ragende Bretter und ein Steuerruder aus Mangrovenholz dienten zum Manövrieren. Das Deck erhielt noch ein paar Aufbauten aus Bambus und ein Dach aus Bananenblättern, dann war die „Kon-Tiki" fertig. Das nach dem Sonnengott der Inka benannte Gefährt hielt ohne einen einzigen Nagel oder ein Metallteil zusammen. Doch würde es die Fahrt übers Meer überstehen?
Am 28. April 1947 stach das Floß vor der peruanischen Küste in See. An Bord waren neben Thor Heyerdahl noch fünf weitere Männer. 1100 Liter Trinkwasser und Berge von Kokosnüssen, Süßkartoffeln, Flaschenkürbissen und anderem Gemüse sollten das Überleben sichern. Hinzu kamen Verpflegungsrationen der US-Army und Fliegende Fische, die man jeden Morgen vom Deck aufsammeln konnte. Auch das Anglerglück war den Männern immer wieder hold. Zwar hatten sie zunächst Probleme, ihr Floß zu steuern, nach und nach aber lernten sie die richtige Technik und konnten sogar gegen den Wind kreuzen. Erleichtert stellten sie fest, dass der Saft des Balsaholzes die Stämme imprägnierte, sodass kein Salzwasser eindringen und die Stämme unter ihren Füßen zersetzen konnte.
Am 30. Juli 1947 erreichte die Kon-Tiki das Atoll Puka-Puka im Tuamotu-Archipel, das zu Französisch Polynesien gehört. Da es dort aber keine Möglichkeit zum Anlegen gab, fuhren die Männer weiter und landeten am 7. August auf dem zum gleichen Archipel gehörenden Atoll Raroia. In 101 Tagen hatten sie knapp 7000 Kilometer über das Meer zurückgelegt. Das ist natürlich kein Beweis dafür, dass Polynesien tatsächlich von Südamerika aus besiedelt wurde. Möglich aber ist es.

Ein Floß im Museum

Bei der Landung auf Raroia zerbrach die Kon-Tiki, konnte aber gerettet werden. Nach dem Ende der Expedition wurde sie zunächst nach Tahiti geschleppt und anschließend nach Norwegen zurücktransportiert. Heute ist sie in einem Museum in Oslo zu besichtigen.

Bereits 1948 schilderte Thor Heyerdahl in seinem Buch „Ein Floß treibt über den Pazifik" die Erlebnisse seines waghalsigen Unternehmens. Der Dokumentarfilm aus dem Jahre 1952, für den dieses Plakat wirbt, wurde mit einem Oscar ausgezeichnet.

Eisberge im Südozean

Entdecker nähern sich der Antarktis (2. Hälfte 18. Jh.)

Der berühmte englische Entdecker und Weltumsegler James Cook (1728-1779) ist noch heute, mehr als zwei Jahrhunderte nach seinem Tod, weltberühmt, weil er ungezählte Inseln der Südsee als erster Europäer betreten und vor allem auch vermessen hat. Die britische Admiralität aber hatte ihn mit einem ganz anderen Auftrag los geschickt: Er sollte endlich den geheimnisumwitterten Südkontinent für England finden, der bereits im alten Griechenland unter dem Namen „Terra australis incognita" weit im Südmeer vermutet wurde.

Australien ist nicht Terra Australis

Bereits auf seiner ersten Südseereise 1768 bis 1771 stieß James Cook dann zwar gleich mehrmals auf Länder, hinter denen sich der paradiesische Südkontinent verbergen könnte. Ein erfolgversprechender Kandidat aber war nicht dabei: Neuseeland entsprach zum Beispiel den Klimavorstellungen durchaus, war aber viel zu klein für Terra Australis incognita. Australien dagegen war nicht nur zu klein, sondern auch zu unwirtlich. Auf seiner Fahrt um die Erde hatte James Cook schließlich die gesamte Gegend um den 40. Breitengrad Süd unter die Lupe genommen, ohne das angebliche Südland gefunden zu haben.

Also musste Terra Australis weiter im Süden liegen. Genau dort hatte schließlich bereits Jean-Baptiste Bouvet (1705-1786) 1739 Land entdeckt, dass er für ein Vorgebirge des Südkontinents hielt und „Kap Circumcision" (Kap der Umfahrung) nannte. Der Franzose konnte aber weder landen, noch die genaue Position bestimmen. Vermutlich hatte er eine fast völlig vergletscherte Insel gesehen, die heute als Bouvet-Insel seinen Namen trägt und zu Norwegen gehört, obwohl sie auf dem 54. Breitengrad Süd liegt.

Kurs Süd

Genau diese Entdeckung aber steuerte James Cook auf seiner zweiten Expedition 1772 bis 1775 an. Irgendwo weit im Süden musste dieses Terra Australis doch liegen. Vom Kap der Guten Hoffnung in Südafrika nahm er daher Kurs Süd. Schon am 51. Breitengrad traf er auf die ersten Eisberge. Land aber entdeckte er auch dann noch nicht, als er etwa fünf Breitengrade südlich der vermuteten Position war, an der Jean-Baptiste Bouvet Kap Circumcision gesichtet hatte. Vermutlich hatte der Franzose nur einen Eisberg mit Festland verwechselt, vermutete James Cook.

Trotzdem segelte er immer weiter nach Süden und überquerte am 17. Januar 1773 schließlich als erster Europäer den südlichen Polarkreis auf dem 66. südlichen Breitengrad. Von hier segelte er wieder nach Nordosten und kam schließlich entlang des 60. Breitengrades bis weit unter die Südspitze Neuseelands. Land hatte er nirgends gesehen, jetzt war James Cook klar, dass es südlich von Australien keinen größeren Kontinent mit Ackerland, Weiden und Wald geben konnte.

Rekordfahrt

Im Südsommer 1773/74 unternahm James Cook seinen letzten Anlauf, den Südkontinent doch noch zu entdecken. Im Dezember 1773 erreichte er den 67. Breitengrad Süd. Dort schwamm aber zu viel Eis im Wasser, an Heiligabend kehrte er um. Doch am 11. Januar 1774 befahl der Kapitän zum Entsetzen seiner Mannschaft erneut Kurs Süd. Sie hatten gehofft, es ginge nach Hause und jetzt steuerte das Schiff einem neuen Rekord entgegen: Am 30. Januar überquerten die Männer den 71. südlichen Breitengrad, Land aber kam keines in Sicht. Nie zuvor in der Geschichte war ein Mensch so weit in den Süden gekommen, erst ein halbes Jahrhundert später sollte James Weddell (1787-1834) diesen Rekord brechen.

Je weiter James Cook nach Süden vordrang, umso mehr Eisberge schwammen im Wasser. Der sagenhafte Südkontinent Terra australis incognita konnte dort wohl kaum liegen.

Der Süd-Rekord

James Weddell erkundet die Gewässer der Antarktis (1819-1823)

Als Sohn eines schottischen Polsterers war James Weddell (1787-1834) nicht unbedingt prädestiniert für eine Karriere als Polarforscher. Doch schon im Alter von neun Jahren hatte er seinen älteren Bruder begleitet, der für die Royal Navy zur See fuhr, später arbeitete er auf einem Handelsschiff. Dort geriet er mit dem Kapitän aneinander, wurde wegen Befehlsverweigerung und Meuterei angeklagt und als Gefangener auf die Marine-Fregatte „Rainbow" geschafft. Schließlich trat er in die Royal Navy ein und fuhr auf verschiedenen Kriegs- und Handelsschiffen.

Das erste Kommando

Mit der Seefahrt kannte er sich also aus, als er 1819 James Strachan und James Mitchell kennenlernte. Der Schiffbauer aus Edinburgh und der Londoner Versicherungsmakler besaßen etwas, von dem James Weddell träumte: ein eigenes Schiff. Fasziniert von den Berichten über das Südpolarmeer und seinen Robbenreichtum setzte er auf seine Überredungskunst. Man musste doch nur dorthin fahren und die Region erforschen, um mit sagenhaften Reichtümern zurückzukehren. Tatsächlich ließen sich die Schiffseigner überzeugen und übertrugen James Weddell das Kommando über ihre Brigg „Jane". 1819 lief der frischgebackene Kapitän in Richtung der eben entdeckten Süd-Shetland-Inseln aus, die etwa 150 Kilometer vor der antarktischen Halbinsel liegen. Und im Jahr 1821 kehrte er von seiner ersten Entdeckungstour mit einem Frachtraum voller Robbenpelze zurück.

Mit dieser kostbaren Ware machte er so gute Geschäfte, dass er sich einen Anteil an der „Jane" kaufen konnte. Deren übrige Besitzer waren sogar so angetan von der lukrativen Reise, dass sie sich ein zweites Schiff namens „Beaufoy" zulegten. Schon im September 1821 liefen die beiden Schiffe unter Weddells Kommando erneut in Richtung Südozean aus. Doch auf den Süd-Shetland-Inseln herrschte inzwischen Hochbetrieb, Robbenfänger aus verschiedenen Ländern machten sich Konkurrenz. Also trennten sich die beiden Schiffe, um nach weniger überlaufenen Fanggründen Ausschau zu halten. Michael McCleod, der schottische Kapitän der „Beaufoy" erreichte die erst kurz zuvor entdeckten Süd-Orkney-Inseln. Nachdem sie sich wieder getroffen hatten, erkundete auch Weddell diese Inselgruppe, bevor sich beide Schiffe nach einem Zwischenstopp auf South Georgia wieder auf den Weg nach London machten. Schon 1822 liefen sie erneut aus. Diesmal sollte Weddell nicht nur Robbenfelle, sondern auch neue Karten und Berichte über noch unentdeckte Geheimnisse des Südozeans mitbringen. Nach einem erfolglosen Versuch, die Süd-Orkney-Inseln zu umsegeln, nahmen die „Jane" und die „Beaufoy" Kurs nach Süden. Zum Glück für die Expeditionsteilnehmer war es ein ungewöhnlich mildes Jahr, sodass sie keine Probleme mit dem tückischen Packeis hatten. Und so erreichten sie am 20. Februar 1823 die Position 74°15' Süd und 34°16' West – nie zuvor war ein Mensch so weit nach Süden vorgedrungen. Dann aber kehrte James Weddell um, weil er weiter im Süden nichts als Wasser vermutete – eine Fehleinschätzung: Er hätte nur noch zwei Tage weiter segeln müssen, um die Küste des antarktischen Kontinents zu erreichen.

Das Weddell-Meer

Bei seiner dritten Antarktis-Reise, die von 1822 bis 1824 dauerte, entdeckte James Weddell ein neues Meeresgebiet. Heute weiß man, dass es sich um eine große Bucht handelt, die sich im Norden der Antarktis zwischen die Antarktische Halbinsel und den Rest des Kontinents schiebt. Nach dem englischen König taufte der Entdecker die Region zunächst auf den Namen „König Georg IV. See". Doch seit dem Jahr 1900 heißt die Bucht „Weddell-Meer".

Kaiserpinguine in der nach James Weddell benannten Bucht in der Antarktis.

Im Norden und im Süden

James Clark Ross erforscht die Polargebiete (1817-1843)

James Clark Ross (1800-1862) war noch ein Kind, als er sich für eine Seefahrerkarriere entschied. Ein paar Tage vor seinem zwölften Geburtstag meldete er sich freiwillig zur Royal Navy, wo er in den nächsten Jahren unter den Fittichen seines Onkels John Ross die ersten Stufen auf der Karriereleiter für britische Marineoffiziere erklomm. Im Dezember 1817 bekam John Ross dann den Auftrag, die Nordwestpassage zu finden, die nördlich von Amerika den Atlantik mit dem Pazifik verbindet. Ein Erfolg war diese Reise zwar nicht. Doch James Clark Ross hatte seine ersten Polarerfahrungen gesammelt, die ihm später noch nützen sollten.

Nordische Sommer

In den Jahren 1819 bis 1827 nahm er an mehreren Polarforschungsreisen unter dem Kommando von William Edward Parry teil, den er auf dem Schiff seines Onkels kennen gelernt hatte. Die letzte dieser Expeditionen kam immerhin bis zum 82. Breitengrad, so weit nördlich war nie zuvor ein Mensch gewesen. Der Nordpol, den die Männer eigentlich erreichen sollten, blieb allerdings in weiter Ferne.
Trotz dieses Misserfolgs ließen die arktischen Gewässer James Clark Ross nicht mehr los. Er nahm an einer weiteren Polarfahrt seines Onkels teil, bei der er 1831 den magnetischen Nordpol erreichte, und organisierte 1836 eine Rettungsaktion für etliche vom Eis eingeschlossene Walfänger in der Davisstraße zwischen der kanadischen Baffin-Insel und Grönland. Dann war die Zeit reif für eine eigene Forschungsreise. Und die sollte genau auf die andere Seite der Erde führen.

Eine Wand aus Eis

Am 29. September 1839 machte sich James Clark Ross mit den beiden Schiffen „Erebus" und „Terror" auf den Weg Richtung Südpol. Erst im September 1843 sollte er nach Großbritannien zurückkehren – diesmal mit der Beschreibung einer erfolgreichen Expedition im Gepäck. Denn durch seine Reise wurde die Karte der Antarktis ein gutes Stück vollständiger. Er entdeckte Victoria-Land, eine Region mit hohen, schneebedeckten Bergen auf dem antarktischen Kontinent. Eine vorgelagerte Insel, die heute ihm zu Ehren Ross-Insel heißt, beeindruckte ihn mit zwei hohen Vulkanen, die er nach seinen beiden Schiffen „Mount Erebus" und „Mount Terror" taufte. Und in dem vor Victoria-Land gelegenen Meeresgebiet, das heute den Namen Rossmeer trägt, wartete noch ein weiteres interessantes Naturphänomen auf seinen Entdecker. Am 28. Januar 1841 schien eine endlose, 20 bis 50 Meter hohe Mauer aus Eis vor den Schiffen aufzuragen. James Clark Ross war auf eine gigantische Eisplatte gestoßen, die das Rossmeer zur Hälfte bedeckt. Mit einer Fläche von 525 000 Quadratkilometern ist dieses „Ross-Schelfeis" fast so groß wie Frankreich. Hinter der massiven Eisbarriere, so war Ross überzeugt, musste ein gewaltiges Festland liegen.

Ein neuer Kontinent

Zu den ersten Menschen, die jemals einen Blick auf die Antarktis geworfen haben, gehörte der US-Amerikaner Nathaniel Palmer (1799-1877). Auf der Suche nach neuen Jagdgründen für den Robbenfang sichtete er am 17. November 1820 Land in den unwirtlichen Gewässern des Südozeans. Etwa zur gleichen Zeit waren auch die Russen unter den Leitung von Fabian Gottlieb von Bellingshausen (1778-1852) zum ersten Mal in der Region unterwegs. Am 28. Januar 1821 entdeckten sie die Alexander-I.-Insel. Diese zweitgrößte Insel der Antarktis liegt vor der Westküste der Antarktischen Halbinsel in einem Meeresgebiet, das zu Ehren des Entdeckers Bellingshausen-See heißt.

Die Kanten der gigantischen Eisplatte, die das Rossmeer zur Hälfte bedeckt, ragen 20 bis 50 Meter in die Höhe, und erstrecken sich auf einer Länge von 600 bis 800 Kilometern.

Winter in der Antarktis

Die Belgica-Expedition (1897-1899)

Langsam begann im Kopf von Adrien de Gerlache de Gomery (1866-1934) ein ehrgeiziger Plan zu reifen. Als erster Mensch wollte der Belgier eisigen Temperaturen, erbarmungslosen Stürmen und ewiger Dunkelheit trotzen und einen Winter in der Antarktis verbringen.

Schicksalsschläge

Er ließ ein ehemaliges norwegisches Robbenfängerschiff für die Expedition herrichten und taufte es auf dem Namen „Belgica". Kurz bevor er Richtung Antarktis auslaufen konnte, bekam de Gerlache einen Brief von einem damals noch völlig unbekannten Norweger namens Roald Amundsen (1872- um 1928). Noch konnte niemand ahnen, dass der Schreiber später Geschichte schreiben und als erster Mensch den Südpol bezwingen würde. Vorerst wollte er nur an de Gerlaches Expedition teilnehmen – und zwar um jeden Preis. Amundsen erklärte sich bereit, auf jeden Lohn zu verzichten, wenn er nur dabei sein dürfe. Das ließ sich der Expeditionsleiter nicht zweimal sagen. Als die Belgica am 16. August 1897 den Hafen von Antwerpen verließ, war Amundsen als Zweiter Offizier an Bord.

Doch die Reise stand unter keinem guten Stern. Schon auf dem Atlantik drohte das völlig überladene Schiff zu kentern, Stürme beschädigten den Rumpf und ein Teil der Mannschaft war den Strapazen der Reise nicht gewachsen und musste schon in Südamerika zurückgelassen werden. Am 20. Januar 1898 erreichte die Belgica endlich das Südpolarmeer. Doch die Schwierigkeiten hörten nicht auf. Ein Mann ging über Bord und konnte trotz aller Bemühungen nicht gerettet werden. Und im März wurde das Schiff vom Eis eingeschlossen. Hilflos saß die Besatzung an Bord und sah die Dunkelheit des Polarwinters hereinbrechen. Außer de Gerlache hatte niemand an Bord auch nur die geringste Eismeer-Erfahrung. Entsprechend düster war die Stimmung.

Gefangen im Eis

Zwar ergab sich nun eine günstige Gelegenheit, die antarktische Küste zu untersuchen und aus den Lücken des Packeises bis dahin unbekannte Meeresbewohner ans Tageslicht zu holen. Doch je mehr Wochen vergingen, umso kritischer wurde die Lage. Die Nahrung musste rationiert werden, die erschöpften Männer litten an Skorbut. Auch de Gerlache war krank, Roald Amundsen übernahm das Kommando. Schnell fand er sich in seine neue Rolle und schickte die Männer an die Arbeit: Robben und Pinguine wurden gefangen und auf den Speisezettel gesetzt, Wolldecken verwandelten sich in warme Kleidung. Mitte Februar 1899 schien endlich ein Ende der Torturen abzusehen: Das offene Wasser war nur noch ein paar hundert Meter von dem im Eis gefesselten Schiff entfernt. Verzweifelt versuchten die Männer, mithilfe von Hacken und Sprengstoff eine Rinne dorthin frei zu brechen. „Kein Anarchistenknast hat je eifrigere Bombenbastler gesehen als die Belgica", soll Henryk Arctowski, der polnische Geologe an Bord, die Lage beschrieben haben. Doch zunächst schienen alle Bemühungen vergeblich zu sein. Erst nach einem Sturm Mitte März gab das Eis die Belgica endlich frei – und die Expedition hatte fortan Geschichte geschrieben: Zum ersten Mal hatte eine Mannschaft in der Antarktis überwintert.

Robbenfänger auf großer Fahrt

Die Belgica schien nicht gerade das perfekte Schiff für eine Winterexpedition in die Antarktis. Lediglich einen neuen Anstrich hatte man dem 30 Meter langen und sieben Meter breiten Robbenfänger vor dem Auslaufen verpasst. Um den Dampfer eisgängig zu machen, fehlte das Geld. Trotzdem hat die Belgica ihre mehr als ein Jahr dauernde Odyssee durchs Packeis unbeschadet überstanden.

Ein gutes Jahr lang war das Schiff Belgica unter Kapitän Adrien de Gerlache im Packeis der Antarktis eingeschlossen.

Ewiges Eis

Die erste deutsche Antarktis-Expedition (1901-1903)

Ende des 19. Jahrhunderts hatte das „Antarktis-Fieber" auch Deutschland erreicht. 1898 plante die „Deutsche Kommission für Südpolarforschung" eine erste deutsche Forschungsreise in die faszinierenden Eiswelten tief im Süden des Planeten. Als Leiter des Unternehmens wurde Erich Dagobert von Drygalski ausgewählt, der gerade seine Habilitation in Geografie und Geophysik in Berlin abgeschlossen hatte und aus zwei Grönland-Expeditionen bereits einige Polarerfahrung besaß.

Die weiße Falle

Eigens für das Antarktis-Abenteuer wurde ein Schiff namens „Gauß" gebaut, das am 11. August 1901 in Kiel in See stach. An Bord waren neben Drygalski vier weitere Wissenschaftler sowie fünf Offiziere und 22 Mann Besatzung. Über Kapstadt ging es weiter nach Süden, am 21. Februar tauchte am Horizont endlich die Silhouette eines unbekannten Landes auf. Die Deutschen hatten die Antarktis erreicht. Zu Ehren des deutschen Herrschers wurde die neue Region „Kaiser-Wilhelm-II.-Land" getauft. Doch kaum hatten die Männer Zeit, ihre Entdeckung zu feiern, schon wurde ihr Schiff vom Eis eingeschlossen. „Wir spürten alle, dass wir zum Spielball der Elemente geworden waren", schrieb Drygalski. Verzweifelt versuchten die Männer, das Schiff aus seinen gefrorenen Fesseln zu befreien. Vergeblich. Die Eis-Falle war zugeschnappt. Die Mannschaft würde mindestens einen Winter hier verbringen müssen. Schneestürme tobten um das Schiff, doch im Inneren der Gauß hatten es die Männer einigermaßen bequem, sogar ein guter Vorrat an Bier war an Bord. Etliche Flaschen und Messinstrumente allerdings hielten der beißenden Kälte nicht stand und zersplitterten in Tausend Scherben.

Per Schlitten und Ballon

Zwischendurch aber gab es auch Tage, an denen das Wetter Aktivitäten im Freien zuließ. Die Männer bauten ein Windrad, um Strom zu erzeugen, und fanden Robben und Pinguine, deren Innereien sie zu einem angeblich durchaus schmackhaften Ragout verarbeiteten. Besser als Konservenkost war das allemal. Zudem galt es, wissenschaftliche Messungen zu machen und per Hundeschlitten die Umgebung zu erkunden. Und am 29. März stieg ein Ballon mit Drygalski an Bord bis in etwa 500 Meter Höhe, sodass sich der Forscher einen Überblick aus der Vogelperspektive verschaffen konnte. Anschließend schickte er eine neue Schlittenexpedition aus, um eine von oben entdeckte dunkle Erhebung zu untersuchen. Diese entpuppte sich als erloschener Vulkan, der auf den Namen Gaußberg getauft wurde.

Doch dann nahte endlich der Frühling und man konnte daran denken, das Schiff zu befreien. Mit Sägen, Hacken und Sprengstoff rückten die Männer dem Eis zu Leibe. Der Kapitän schlug vor, leere Bierflaschen mit Hilferufen und Positionsangaben ins Wasser zu werfen. Viel weiter führte das allerdings nicht. Man musste sich also auf die natürlichen Tauprozesse verlassen. Am 8. Februar 1903 ging dann endlich ein erlösender Ruck durch das Schiff: Das Eis gab die Gauß frei. Da eine weitere Überwinterung zu gefährlich schien, nahm Drygalski Kurs auf Kapstadt und kehrte nach Hause zurück.

Ein Rennen wird abgesagt

Mit der wissenschaftlichen Ausbeute seiner Reise konnte Erich von Drygalski durchaus zufrieden sein. Kaiser Wilhelm II. aber hätte gerne einen Vorstoß weiter nach Süden gesehen. Drygalski hatte 66°2' südlicher Breite erreicht, die Briten waren da schon deutlich weiter gekommen. Doch ein Rennen zum Südpol interessierte den Deutschen nicht. „Für die Polarforschung ist es unerheblich, wer als erster am Pol steht", soll er zu seinen Mitarbeitern gesagt haben.

In der Eisfalle: Das Expeditionsschiff „Gauß“ sitzt im antarktischen Eis fest. Fotografie der ersten deutschen Antarktis-Expedition, um 1902/03.

Gefangen im Eis

Otto Nordenskjöld leitet eine der dramatischsten Antarktis-Expeditionen (1902/03)

Langsam verschwand das Schiff am Horizont. Die „Antarctic" hatte den schwedischen Geologen Otto Nordenskjöld (1869-1928) mit einer Handvoll Begleitern auf Snow Hill Island vor der Antarktischen Halbinsel zurückgelassen. Die Männer würden den Südwinter 1902 hier verbringen und im Sommer würde das Schiff sie wieder abholen. Soweit der Plan. Doch das Unternehmen ging gewaltig schief und wurde zu einer der dramatischsten Episoden in der Geschichte der Polarforschung.

Kein Schiff wird kommen

Nordenskjöld und seine Kollegen bauten ihr Camp auf Snow Hill Island auf und unternahmen bei gutem Wetter Hundeschlittentouren in die nähere Umgebung. Doch immer wieder gab es Schwierigkeiten: Mal zerfetze der Sturm das mitgebrachte Zelt, mal machten sich die Schlittenhunde in einem unbeobachteten Moment über die Vorräte her. Eine tückische Spalte im Eis hätte Nordenskjöld sogar fast das Leben gekostet. Allmählich wurde es Zeit, dass der Winter zu Ende ging und man nach Hause zurückkehren konnte. Doch im November war das Eis rings um die Insel immer noch nicht aufgebrochen. Woche um Woche verging, ohne dass die „Antarctic" auftauchte. Das Schiff war zwar Ende 1902 wie geplant auf dem Weg, um die Überwinterer abzuholen. Doch das in diesem Jahr ungewöhnlich stark vereiste Meer machte das Vorankommen schwierig. Immer dichter drängten sich Eisschollen um den Rumpf und schließlich ging es gar nicht mehr weiter. Die „Antarctic" war vom Eis eingeschlossen. Am 29. Dezember schickte der Kapitän drei Männer los, die sich nun per Hundeschlitten auf den Weg zu Nordenskjöld machen sollten.

Antarktischer Winter

In den nächsten Tagen wurde die Antarctic von Stürmen und Packeis bis in die Nähe der Paulet-Insel gedrückt. Und plötzlich erschütterte ein heftiges Beben das Schiff, der Rumpf knackte und krachte unter dem Druck der Eismassen und Wasser begann durch ein Leck zu strömen. Noch aber hielten die Pumpen dagegen. Am 12. Februar sah es aus, als hätte das Eis den Weg zur Paulet-Insel frei gemacht.

> *Die Rettung*
>
> *Das zur Rettung der Antarctic ausgeschickte argentinische Schiff „Uruguay" konnte schließlich die gesamte Mannschaft wieder aufsammeln. Nur ein Mitglied des Teams war auf Paulet Island an einer Herzkrankheit gestorben.*

Hektisch warf die Mannschaft die Maschinen an und setzte die Segel. Doch der Wassereinstrom wurde unkontrollierbar. Rasch schaffte man noch Proviant und Ausrüstung aufs Eis. Dann versank die „Antarctic" in den Fluten. Die Besatzung schlug sich in 16 Tagen bis zur Paulet-Insel durch und baute dort ein behelfsmäßiges Winterquartier. Nordenskjöld und seinen Begleitern auf Snow Hill Island war mittlerweile ebenfalls klar, dass sie wohl oder übel einen zweiten Winter in Kälte, Sturm und Dunkelheit verbringen mussten. Und auch das mit dem Hundeschlitten ausgeschickte Dreierteam baute sich einen Unterschlupf. So hockten also drei Gruppen von Männern in der Antarktis, kämpften gegen Kälte und Langeweile und ergänzten ihre karge Kost mit Robben- und Pinguinfleisch. Dann aber kam endlich der Frühling 1903. Und eines Tages sah Nordenskjöld merkwürdige Silhouetten, die er zunächst für Pinguine hielt. Bis sich zeigte, dass sie dafür viel zu groß waren. Die drei Männer mit dem Hundeschlitten hatten das Lager erreicht. Und kurz darauf konnte auch mit dem Kapitän der „Antarctic" Wiedersehen gefeiert werden. Denn der war mit fünf Begleitern 180 Kilometer durch das eisige Wasser gerudert und schließlich auch auf Snow Hill Island gelandet.

Die Antarktische Halbinsel und ihre vorgelagerten Inseln waren das Ziel etlicher Antarktis-Expeditionen. Eine der dramatischsten leitete der Schwede Otto Nordensjköld zu Beginn des 20. Jahrhunderts.

Die Discovery-Expedition

Auf dem Weg zum Südpol (1902-1903/04)

Robert Falcon Scott (1868-1912) hatte die Nase gestrichen voll von seiner Arbeit bei der britischen Royal Navy. Irgendwie musste es doch eine Möglichkeit geben, der täglichen Routine zu entfliehen und etwas Besonderes zu leisten. Kurzerhand beschloss er, sich um die Leitung einer britischen Antarktis-Expedition zu bewerben, die das Rossmeer näher erforschen sollte.

Mit Ballon und Schlitten

Am 6. August 1901 lief das Schiff „Discovery" unter seinem Kommando aus. Einer der Offiziere an Bord war Ernest Shackleton (1874-1922), der noch eine große Karriere als Polarforscher vor sich hatte. Ohne größere Schwierigkeiten durchquerte die Discovery das Rossmeer und lief am 3. Februar 1902 in eine Bucht im Ross-Schelfeis ein. Kaum hatten die Männer die gewaltige Eisplatte erreicht, stand ein waghalsiges Experiment auf der Tagesordnung. Scott und Shackleton stiegen mit einem Ballon bis in 250 Meter Höhe auf, um die Eiswelt aus der Vogelperspektive zu betrachten. „Wenn einige dieser Experten da oben nicht verunglücken, so nur deshalb, weil Gott Mitleid mit den Verrückten hat", kommentierte der mitgereiste Arzt Edward Wilson kopfschüttelnd. Zu weiteren riskanten Höhenflügen kam es aber nicht, weil der Ballon gleich bei der ersten Fahrt beschädigt wurde.

Beim nächsten großen Abenteuer von Scott und Shackleton war Wilson dann mit von der Partie. Am 2. November 1902 spannten die drei ihre Hunde vor die Schlitten und machten sich auf, als erste Menschen den Südpol zu erreichen. Allerdings waren sie ziemliche Laien in Sachen Überleben in der Antarktis, schon allein mit dem Abschätzen der nötigen Lebensmittelvorräte waren sie überfordert. Als noch fataler aber sollte sich ihre mangelnde Erfahrung im Umgang mit Hunden und Schlitten herausstellen. Die Tiere weigerten sich, den halb verdorbenen Stockfisch zu fressen, den man ihnen anbot. Anderes Futter aber stand nicht zur Verfügung und so wurden die Hunde täglich schwächer. Wenn sie die Schlitten nicht mehr ziehen konnten, mussten sich die Forscher selbst davor spannen.

> *Frühe Rückkehr*
>
> *Ernest Shackleton war bei der bis 1904 dauernden Discovery-Expedition nicht bis zum Ende dabei. 1903 schickte Scott ihn nach Großbritannien zurück. Über die Gründe dafür hat es viele Spekulationen gegeben. Manche vermuteten, dass nur der angegriffene Gesundheitszustand Shackletons dahintersteckte, andere wollten von persönlichen Reibereien zwischen den beiden Polarforschern wissen. Jedenfalls war Shackleton danach wild entschlossen, in die Antarktis zurückzukehren.*

Umkehr vor dem Ziel

Trotz aller Widrigkeiten überquerten sie am 25. November den 80. Breitengrad Süd. Jenseits davon gab es auf den Landkarten nur weiße Flecken. „Wir können nicht anhalten, wir können nicht umkehren", schrieb Scott in sein Tagebuch. Er sah keine andere Möglichkeit, als die Zähne zusammenzubeißen und weiterzufahren. „Und das Hundeschlitten-Fahren ist die schlimmste Arbeit, mit der man es in diesem Job zu tun hat." Doch ein Hund nach dem anderen starb oder wurde geschlachtet, um mit seinem Fleisch die übrigen am Leben zu halten. Und auch die Gesundheit der Männer verfiel zusehends. Wilson konnte wegen Schneeblindheit kaum noch etwas sehen und Shackleton litt an Skorbut. Es war hoffnungslos. Am 31. Dezember beschloss Scott, die Sache aufzugeben und umzukehren. Immerhin hatte die Expedition 82°17' südlicher Breite erreicht. So weit war vorher noch niemand gekommen. Doch der Pol war immer noch 750 Kilometer entfernt.

Robert Falcon Scott auf dem Deck der vereisten und zugeschneiten Discovery im McMurdo-Sund, Antarktis, 1903.

Wettlauf gewonnen

Roald Amundsen ist der erste Mensch am Südpol (14. Dezember 1911)

Roald Amundsen (1872- um 1928) hatte Schulden und brauchte dringend ein Erfolgserlebnis. Eigentlich hatte der norwegische Polarforscher dafür die Eroberung des Nordpols vorgesehen. Doch als die Amerikaner Robert Peary und Frederick Cook 1909 behaupteten, sie seien schon dort gewesen, verlor dieser Plan deutlich an Reiz. Also beschloss Amundsen kurzerhand, statt dessen den Südpol in Angriff zu nehmen. Dorthin war zwar schon der Brite Robert Falcon Scott unterwegs, doch den glaubte Amundsen noch überholen zu können. Am 9. August 1910 verließ er mit dem Schiff „Fram", 97 grönländischen Schlittenhunden, einem Kanarienvogel, einem Grammophon und Proviant für zwei Jahre den Hafen des heutigen Oslo.

Der Startschuss

In seine neuen Pläne hatte er zunächst allerdings nur seinen Bruder Leon und seine engsten Mitarbeiter eingeweiht. Die Mannschaft erfuhr erst auf der Höhe von Madeira, dass sie nicht zum Nordpol unterwegs war. Wer wolle, könne natürlich immer noch aussteigen, verkündete Amundsen. „Die meisten standen mit offenem Mund da und starrten den Chief an wie eine Reihe von Fragezeichen", berichtete einer der Offiziere später. Doch alle blieben. Amundsen telegrafierte an Scott und teilte ihm sein Vorhaben mit, sein Bruder Leon informierte am 2. Oktober die Presse. Das Rennen war eröffnet.

Am 11. Januar 1911 ging die Fram in der Walbucht am Ross-Schelfeis vor Anker. Dort schlug Amundsen sein Basislager „Framheim" auf. Drei Wochen lang transportierten fünf Schlitten und 46 Hunde jeden Tag um die 10 Tonnen Vorräte und Ausrüstung vom Schiff in die Station. Vorratszelte und eine mitgebrachte Hütte wurden aufgebaut und auf dem 80., 81. und 82. Breitengrad wurden Vorratsdepots für den endgültigen Marsch zum Pol angelegt. Dann brach die Polarnacht herein und es galt zu warten. Immerhin war Amundsen jetzt schon einmal 100 Kilometer näher am Pol als sein Rivale, der seine Station im McMurdo-Sund errichtet hatte. Dafür lag vor Amundsen nun ein völlig unbekanntes Gebiet, während Scott eine bereits teilweise vom Briten Ernest Shackleton erforschte Route nutzen konnte.

Am 20. Oktober brach Amundsen mit vier Begleitern, mehr als 50 Hunden und vier Schlitten auf. Jeden Tag waren nun kräftezehrendes Skilaufen und karge Mahlzeiten angesagt: „Drei oder vier trockene Haferkekse, das war alles", schrieb der Forscher. „Und wer etwas trinken wollte, konnte die Kekse mit Schnee mischen." Trotzdem kam die Expedition zunächst gut voran. Die Männer überquerten den 3180 Meter hohen Axel-Heiberg-Gletscher und erreichten Anfang Dezember die Antarktische Hochebene. Dort aber stießen sie auf ein tückisches Gletschergebiet, das sie wegen seiner Unwegsamkeit „des Teufels Ballsaal" tauften. Unter einer dünnen Schneeschicht verbargen sich zahllose gefährliche Gletscherspalten, mehrfach entgingen Männer und Hundegespanne nur um Haaresbreite einem tödlichen Sturz in die Tiefe. Doch am 14. Dezember 1911 standen sie endlich an einem vollkommen unspektakulär aussehenden Punkt 3000 Meter über dem Meeresspiegel. Geschafft! Der Südpol war erreicht. Die Männer fassten sich an den Händen und rammten die norwegische Fahne ins Eis.

Ein Schiff fürs Eis

Für seine Südpolexpedition hatte sich Roald Amundsen das Schiff seines norwegischen Kollegen Fridtjof Nansen geliehen. Die „Fram" (norwegisch für „vorwärts") war damals für norwegische Polarforscher das Fahrzeug der Wahl. Kein anderes Holzschiff ist jemals in Regionen vorgestoßen, die weiter südlich oder nördlich liegen.

Porträt-Büste Roald Amundsens in Ny-Ålesund, einem kleinen Ort in Spitzbergen und einer der nördlichsten Siedlungen der Welt.

Tod im Eis

Beim Wettlauf zum Südpol verliert Robert Falcon Scott sein Leben (1912)

Nachdem Robert Falcon Scott erfahren hatte, dass auch der Norweger Roald Amundsen auf dem Weg zum Südpol war, setzte er alles daran, diesen Wettlauf doch noch zu gewinnen.

Schwieriger Transport

Im Oktober 1911 brach er von seinem Basislager im McMurdo-Sund auf. Er hatte vier Gruppen mit jeweils vier Männern eingeteilt, von denen nur eine den Pol erreichen sollte. Die anderen hatten die Aufgabe, diese Pioniere zu unterstützen und unterwegs Vorratslager anzulegen. Nach den Erfahrungen seiner ersten Antarktis-Expedition wollte sich Scott nicht mehr allein auf Hundeschlitten verlassen. Also war eine der Gruppen mit Motorschlitten ausgerüstet, die anderen führten außer Hunden auch sibirische Ponys mit.

Die Motorschlitten gingen allerdings nach kurzer Zeit kaputt, sodass die Gruppe ihre mehr als 300 Kilogramm Gepäck knapp 250 Kilometer weit schleppen musste. Erschöpft erreichten die Männer am 15. November die Stelle, an der sie mit den anderen Teams zusammentreffen sollten. Diese kamen mit etlichen Tagen Verspätung dort an, weil die Ponys auch nicht die erhoffte Leistung brachten.

Am 4. Dezember erreichte die Expedition den mehr als 160 Kilometer langen und 30 Kilometer breiten Beardmore-Gletscher. Dann ging es erst mal nicht weiter, weil ein heftiger Schneesturm tobte. Wieder gingen kostbare Tage und Essensrationen verloren. Nach dem Sturm wurden die Ponys erschossen, die Hundeschlitten und ihre Führer kehrten um. Der Rest der Mannschaft kämpfte sich weiter nach Süden. Am 4. Januar 1912 wählte Scott vier Begleiter aus, die ihn auf dem letzten Stück zum Pol begleiten sollten. Nun mussten also die eigentlich für Vierer-Teams berechneten Rationen neu verteilt werden. Und das sollte sich später als verhängnisvoll erweisen.

Ein tragisches Ende

Zunächst aber schleppten die Männer ihre Schlitten unbeirrt bei guten Bedingungen Richtung Pol. Am 18. Januar 1912 waren sie endlich am Ziel. Doch zu ihrer bitteren Enttäuschung fanden sie dort bereits eine norwegische Fahne vor. Roald Amundsen und seine Männer waren schon einen Monat zuvor am Pol gewesen und hatten ein Zelt, ein paar Kleidungsstücke, Nahrungsmittel und Messinstrumente sowie je einen Brief an Scott und den norwegischen König zurückgelassen. Für die Briten aber sollte es noch schlimmer kommen. Der Sommer ging zu Ende, es wurde immer kälter und die Männer hatten auf dem Rückweg Schwierigkeiten, ihre Depots zu finden. Die Rationen wurden knapp.

Am 17. Februar starb einer von Scotts Begleitern am Fuße des Beardmore-Gletschers, ein weiterer verließ eines Tages das Zelt und tauchte nie mehr auf. Vermutlich opferte er sich, um die anderen zu retten. Dennoch reichten die Vorräte nicht. Am 20. März wurden die Überlebenden etwa 18 Kilometer vor ihrem nächsten Depot von einem Schneesturm überrascht. Sie konnten das Zelt nicht mehr verlassen. Der letzte Eintrag in Scotts Tagebuch stammt vom 29. März 1912: „Ich denke nicht, dass wir jetzt noch hoffen können. Wir werden es bis zum Ende durchstehen, doch wir werden natürlich schwächer und das Ende kann nicht mehr weit sein. Es ist schade, aber ich kann jetzt nicht mehr schreiben. Kümmert euch um Gottes Willen um unsere Leute."

Ein eisiges Grab

Am 29. Oktober 1912 schickte das überlebende Expeditionsteam einen Suchtrupp los, um das Schicksal von Scott und seinen Begleitern zu klären. Am 12. November fanden sie ein fast bis zur Spitze zugeschneites Zelt und darin die gefrorenen Körper von Robert Falcon Scott, Edward Adrian Wilson und Henry Robertson Bowers.

Die sogenannte Terra-Nova-Expedition (1910-1913), benannt nach dem Schiff, das die Expeditionsgruppe in die Antarktis brachte und die Versorgung garantieren sollte, bezahlte Robert Falcon Scott mit seinem Leben. „Das letzte Lebewohl." (Nordabteilung am Kap Adare, Foto 1911).

Am Südpol gescheitert

Ernest Shackleton in der Antarktis (1913-1915)

„Männer für eine riskante Reise gesucht. Schlechte Heuer. Bitterkalt. Lange Monate in der absoluten Dunkelheit. Ständige Gefahren. Sichere Rückkehr zweifelhaft. Ehre und Anerkennung im Erfolgsfall." Mit diesen knappen Worten suchte Ernest Shackleton (1874-1922) in der Londoner Traditionszeitung „Times" 1913 Männer für eine Antarktis-Expedition. Der in Irland geborene und für seine Erfolge in der Antarktis geadelte Brite sollte mit jedem dieser Worte recht behalten: Die Expedition scheiterte, die Männer schwebten mehr als einmal in Lebensgefahr, oft genug glaubte niemand mehr an eine Heimkehr. Und doch wurden alle gerettet, heute ist die Expedition von Ernest Shackleton eine der berühmtesten Antarktis-Expeditionen aller Zeiten.

Besser als Scott und Amundsen

„Gebt mir Robert Scott als wissenschaftlich-geografischen Expeditionsleiter, gebt mir Roald Amundsen für eine rasche und effiziente Polar-Expedition – aber gebt mir Ernest Shackleton, wenn sich das Schicksal gegen mich verschworen hat und ich verzweifelt einen Ausweg suche!" Dieser Satz eines Polarforschers dürfte der Rolle von Ernest Shackleton am Südpol wohl am ehesten gerecht werden. Nur einmal war er der Erste und das auch nur vorübergehend. Am Ende scheiterten seine Unternehmen praktisch alle. Und doch ist er einer der größten Helden in der Geschichte der Eroberung der Antarktis. Als die Bevölkerung Großbritanniens 2002 über die wichtigsten Personen in der Geschichte ihres Landes abstimmte, landete Ernest Shackleton achtzig Jahre nach seinem Tod auf Platz Elf.

Am 5. Dezember 1914 brach Ernest Shackleton mit den 27 Männern, die er nach der Zeitungsanzeige ausgewählt hatte, auf dem Schiff Endurance von der Walfängerstation Grytviken in South Georgia auf, um so weit wie möglich in die Weddell-See vorzudringen. Mit siebzig Schlittenhunden wollte er über den Südpol die Antarktis durchqueren – erst 43 Jahre später gelang ein ähnliches Vorhaben. In diesem Sommer aber waren die Wetterverhältnisse extrem schwierig. Die Endurance wurde bereits am 18. Januar 1915 vom Packeis eingeschlossen. Die Männer versuchten das Schiff zwar noch mit Hacken wieder frei zu schlagen, aber es gelang nicht. Mitten im Südsommer mussten sie sich schließlich auf eine Überwinterung auf dem Schiff einstellen.

Später sollten dramatische Bilder des Expeditionsfotografen Frank Hurley um die Welt gehen, auf denen die Endurance beinahe im Eis verschwindet. Diesmal war die Expedition von Ernest Shackleton bereits ganz am Anfang gescheitert. Die Worte in der Zeitungsanzeige schienen sich zu bewahrheiten, den Männern drohte der Tod. Nur weil sie sich auf Ernest Shackleton hundertprozentig verlassen konnten und weil dieser immer zuerst an seine Mannschaft dachte, wurden sie nach jahrelanger Odyssee durch das Südpolarmeer schließlich doch noch gerettet.

Beinahe am Südpol

Mit dem Wort „Boss" drückten seine Männer ihr grenzenloses Vertrauen zu Ernest Shackleton aus. Dieses Vertrauen verdiente Ernest Shackleton sich spätestens am 9. Januar 1909, als er keine 180 Kilometer vom Südpol entfernt die Umkehr beschloss. Gemeinsam mit seinen drei Männern hätte er den südlichsten Punkt der Erde als Erster erreichen können, auf dem Rückweg wären die vier Abenteurer aber verhungert. „Besser ein lebender Esel als ein toter Löwe", soll er diese rationale Entscheidung einmal kommentiert haben. Dabei dachte Ernest Shackleton immer zuerst an seine Männer, in seinen Vorträgen kam das Wörtchen „ich" praktisch nie vor, „wir" benutzte er dafür umso häufiger.

Obwohl seine Expeditionen scheiterten, gilt Sir Ernest Shackleton als einer der größten Helden in der Antarktis – und seine Männer vertrauten dem „Boss" absolut.

Der Boss holt Hilfe

Die Rettung der Endurance-Expedition (1916)

Wenn es bei Expeditionen in die Antarktis wirklich brenzlig wurde, stiegen die Überlebenschancen ganz erheblich, wenn ein Mann wie Ernest Shackleton (1874-1922) der „Boss" war. Genau so nannten seine Männer ihn, als sie zu Beginn des Jahres 1915 auf dem im Packeis eingeschlossenen Schiff „Endurance" überwintern mussten.

Fußball auf dem Eis

Wenn die Mannschaft mindestens neun Monate auf dem Eis ausharren muss, ist Langeweile der schlimmste Feind. Also organisierte Ernest Shackleton Abwechslung: Fußball auf dem Eis war angesagt, Schlittenhunderennen waren ebenfalls sehr beliebt. Jeder Geburtstag und jedes Ereignis wurden groß gefeiert. Den Kampf gegen Depressionen gewann Ernest Shackleton so, gegen die Physik aber hatte er keine Chance: Das Eis gab die Endurance nicht wieder frei, sondern zerdrückte sukzessive die Planken, bis das Schiff schließlich am 21. November 1915 sank.

Die Männer hatten drei Beiboote gerettet und lebten gemeinsam mit den Hunden vom Fleisch gejagter Robben und Pinguine. Mit dem Fett der Tiere feuerten sie die Öfen. Und wieder kämpften die Männer mit Spielen und Musik gegen die Langeweile, während sie mit dem Eis langsam nach Norden trieben. Längst saßen sie nur noch auf einer Eisscholle, die immer kleiner wurde. Mit den Booten aber wagten sie sich nicht aufs Wasser, weil das Wetter meist viel zu stürmisch war, um eine größere Fahrt zu wagen. Der nächste Ort aber hieß Kapstadt und war mehr als 5000 Kilometer entfernt. Im Spätherbst drohte die Eisscholle dann endgültig zu zerbrechen, und so ließen die Männer am 9. April 1916 die Boote weit nördlich der Spitze der antarktischen Halbinsel zu Wasser. Nach einer höllischen Fahrt erreichten sie schließlich am 15. April Elephant Island und hatten zumindest das nackte Leben gerettet.

Höllentour nach South Georgia

498 Tage waren die Männer jetzt unterwegs, die Rettung aber schien ferner als je zuvor. Elephant Island lag fernab jeder Schiffsroute, außer Pinguinen und Robben gab es nur Fels und Eis auf der Insel. In dieser Situation aber bewährte sich das grenzenlose Vertrauen, dass alle Expeditionsmitglieder in den „Boss" hatten: Zusammen mit fünf anderen Männern brach Ernest Shackleton in dem nur sechs Meter langen Beiboot „James Caird" bereits am 24. April mitten im Winter zu einer 1300 Kilometer langen Seereise auf, um Hilfe von einer Walfänger-Station auf der Insel South Georgia zu holen. Trotz furchtbarer Stürme schafften die Männer tatsächlich die Überfahrt und landeten am 10. Mai 1916 auf South Georgia. Noch aber mussten sie das völlig unbekannte Innere der Insel durchqueren, um die Walfänger auf der anderen Seite zu erreichen. Mit zwei seiner fünf Männer wagte Ernest Shackleton das Unmögliche und schaffte es tatsächlich: In einem 36-stündigen Gewaltmarsch über tausend Meter hohe, völlig unbekannte Berge und Gletscher erreichten die drei die norwegische Walfangstation Stromness. Danach wurden die Zurückgelassenen auf der anderen Seite der Insel geholt. Und mitten im Winter, am 30. August 1916, waren auch die längst tot geglaubten 22 Männer von Elephant Island gerettet.

Das Grab in Grytviken

Ernest Shackleton brach später zu einer weiteren Antarktis-Expedition auf. Er starb aber am 5. Januar 1922, bevor das Schiff South Georgia verlassen hatte, an einem Herzinfarkt. Noch heute pflegen die Besatzungen der Kreuzfahrtschiffe auf dem Weg in die Antarktis die Tradition, an seinem Grab auf South Georgia auf den „Boss" Ernest Shackleton anzustoßen.

Das Grab von Ernest Shackleton auf der abgelegenen Insel South Georgia im Südpolarmeer wird noch heute sehr häufig von Expeditions-Kreuzfahrschiffen besucht.

Auf Skiern zum Nordpol

Fridtjof Nansen (1861-1930)

Der Norweger Fridtjof Nansen (1861-1930) hat nicht nur als erster Grönland durchquert und beinahe auf Skiern und mit Hundeschlitten den Nordpol erreicht, sondern war gleichzeitig eines der letzten Universalgenies dieser Welt: Seine Arbeiten zur Neurobiologie gelten noch heute als Klassiker dieser Disziplin. Als Politiker gilt er als einer der Gründerväter Norwegens und kümmerte sich um einige Millionen Flüchtlinge in aller Welt.

Das Grönlandeis

Fridtjof Nansen war ausdauernd und kräftig, auf Skiern legte er weite Strecken zurück. Dieses Training kam ihm mehr als einmal zugute. Schon während des Studiums und seiner Promotion in einer heute „Neurobiologie" genannten Wissenschaft wollte er Grönland durchqueren, natürlich auf Skiern.

Nach einigen Schwierigkeiten gelang es ihm, mit fünf Begleitern am 15. August 1888 an der unbewohnten Ostküste der Insel zu landen. Zwei Monate lang quälten die Männer sich auf Skiern an Gletscherspalten vorbei bis auf 2700 Meter Höhe und auf der anderen Seite wieder hinunter bis zum Meer. Auf diesen 560 Kilometern hatte Fridtjof Nansen gleichzeitig bewiesen, dass Grönland komplett von Eis bedeckt ist und die Gletscher an die 3000 Meter in den Himmel ragen.

> *Friedensnobelpreis*
>
> *1922 wurde die politische Arbeit Fridtjof Nansens als Hochkommissar des Völkerbundes für Flüchtlinge und sein massives Eintreten für die Völkerverständigung mit dem Friedensnobelpreis gewürdigt.*

Strömungen im Polarmeer

Mitten im Oktober aber war es für ein Rückkehr nach Europa zu spät, die Expedition musste in Godthab, der Hauptstadt Grönlands überwintern. Fridtjof Nansen studierte in dieser Zwangspause nicht nur das Leben der Eskimos, sondern erfuhr auch, wo die Menschen auf dieser Insel ohne Bäume bisweilen ihr Bauholz her bekamen: Immer wieder werden noch heute an der Küste Grönlands Baumstämme und anderes Treibholz angeschwemmt, das aus Nordamerika oder Sibirien kommt. Damit war dem Norweger klar, dass es Strömungen im Eismeer geben musste, mit deren Hilfe man unter Umständen sogar den Nordpol erreichen könnte.

Genau das versuchte er dann auch 1893. Mit zwölf Begleitern segelte er zu den neusibirischen Inseln und ließ sein Schiff „Fram" dort absichtlich ins Meereis einfrieren. Genau für diesen Zweck hatte er das Schiff ja bauen lassen: Ruder und Propeller konnten eingezogen werden, damit das Eis sie nicht beschädigen konnte. Und der Rumpf war so konstruiert, dass der Druck des Eises die 50 Zentimeter dicke Außenhaut nicht zerquetschen konnte, sondern anhob. Im Wasser war die Stabilität der Fram dagegen recht bescheiden, bei Seegang waren Fahrten daher unerträglich.

Im Polareis aber driftete die Fram hervorragend. Allerdings würde die Reise doch recht deutlich am Nordpol vorbei führen, musste Fridtjof Nansen nach etlichen Monaten feststellen. Im März 1895 verließ er daher zusammen mit Hjalmar Johansen, drei Schlitten, zwei Kajaks und 28 Hunden das Schiff und versuchte, den Pol zu Fuß zu erreichen. Das tollkühne Unternehmen misslang, obwohl die Männer den 86. Breitengrad überquerten und dem Pol näher kamen als je ein Mensch vorher. Mit den Kajaks überquerten sie anschließend größere Wasserflächen und erreichten schließlich die Inselgruppe Franz-Joseph-Land. Dort überwinterten sie und ernährten sich vom Fleisch gefangener Robben und Eisbären. Als sie im Mai 1896 die Inseln wieder verließen, stießen sie keinen Monat später auf eine britische Expedition und waren gerettet.

Der norwegische Zoologe, Polarforscher, Philanthrop und Staatsmann Fridtjof Nansen in seinem Studierzimmer (1861–1930), Fotografie, um 1920.

Schummler am Nordpol

Frederick Cook und Robert Peary (1903 und 1909)

Als der Norweger Fridtjof Nansen beim Versuch, den Nordpol zu erreichen, scheiterte, gab er das offen und ehrlich zu. Ganz anders verhielten sich dagegen zwei Amerikaner, die als nächstes versuchten diesen Punkt im Eismeer zu erreichen. Beide behaupteten dort gewesen zu sein und wurden anschließend als Schwindler entlarvt.

Überwintern im Norden

Bereits 1891 versuchte der US-Amerikaner Robert Peary (1856-1920) als erster Mensch den Nordpol zu erreichen. Wie auf all seinen späteren Expedition auch wollte der Ingenieur erst in der Arktis überwintern, bevor er im nächsten Frühjahr ausgeruht aufbrach. Auf seiner ersten Expedition begleitete ihn sein Landsmann Frederick Cook (1865-1940). Die Männer scheiterten weit vor dem Pol.

1903 startete der Arzt Frederick Cook dann seine erste eigene Expedition. Die führte ihn zwar nicht zum Pol, aber immerhin zum Mount McKinley in Alaska. 1906 wollte er dann den mit 6195 Metern höchsten Berg Nordamerikas als erster bezwungen haben. Als Beweis legte er ein Bild vor, das ihn und seine Mannschaft auf dem Gipfel zeigt. Eine genaue Analyse des Bildes aber zeigte bald, dass die Mannschaft sich auf dem Gipfel eines weniger hohen Berges einige Kilometer entfernt befunden haben müsse. Als eine spätere Tour seinen Spuren folgte, zeigte sich, dass die Angabe seiner Route wohl 16 Kilometer von der Realität abwich – Frederick Cook war also nie auf dem Mount McKinley gewesen.

Weitab vom Pol

Derart als Schwindler entlarvt, wurden rasch auch die Ergebnisse einer weiteren Expedition unter die Lupe genommen, auf der Frederick Cook am 21. April 1908 den Nordpol erreicht haben wollte. Nur begleitet von zwei Eskimos war der US-Amerikaner von der Axel-Heiberg-Insel hoch im Norden Kanadas aus gestartet. Als man aber später seine eigenen Angaben über die Ausrüstung mit der tatsächlichen Entfernung verglich, war klar, dass die Männer spätestens auf dem Rückweg hätten verhungern müssen. Auch den Nordpol hatte Frederick Cook also nie erreicht.

Ähnlich wurde später auch Robert Peary als Schwindler entlarvt. 1905/1906 hatte er zwar auf einer seiner Expeditionen den 87. Breitengrad überschritten und war dem Nordpol mit 280 Kilometern so nahe wie nie zuvor. Ausgerechnet aber die entscheidende Expedition 1908/1909 strotzt dann vor Ungereimtheiten. Als er am 6. April 1909 den Nordpol erreicht haben wollte, begleiteten ihn zum Beispiel entgegen aller Absprachen nur vier Inuit und ein Diener. Keiner dieser Männer aber konnte Breitengrade bestimmen und so bestätigen, dass die Gruppe überhaupt am Pol war. Solche Ortsbestimmungen hätte dagegen ein anderer Begleiter leicht erledigen können, der eigentlich für diese letzte und entscheidende Etappe auch eingeteilt war. Ohne Angabe von Gründen aber wurde dieser Mann ungefähr 250 Kilometer vor dem Pol zurückgeschickt. Auch können die angegebenen Etappen nie und nimmer mit der Realität übereinstimmen: 20 Kilometer kamen die Männer an durchschnittlichen Tagen voran. Die letzten vier Tage aber wollen sie 250 Kilometer zurückgelegt haben, der Rückweg soll sogar nur zwei Tage und acht Stunden gedauert haben. Damit aber war der nächste Nordpol-Schwindler endgültig entlarvt.

Skorbut am Südpol

Am Nordpol wurde Frederick Cook zwar als Schwindler entlarvt, unbestritten aber sind seine Erfolge auf der Belgica-Expedition 1897 bis 1899: Dabei entwickelte der Arzt hervorragende Methoden, die Vitaminmangelkrankheit Skorbut zu vermeiden und zu behandeln.

Le Petit Journal

ADMINISTRATION
61, RUE LAFAYETTE, 61
Les manuscrits ne sont pas rendus
On s'abonne sans frais
dans tous les bureaux de poste

5 CENT. SUPPLÉMENT ILLUSTRÉ 5 CENT.

20me Année — Numéro 983
DIMANCHE 19 SEPTEMBRE 1909

ABONNEMENTS

	SIX MOIS	UN AN
SEINE et SEINE-ET-OISE	2 fr.	3 fr. 50
DÉPARTEMENTS	2 fr.	4 fr. »
ÉTRANGER	2 50	5 fr. »

LA CONQUÊTE DU POLE NORD
Le docteur Cook et le commandant Peary s'en disputent la gloire

Zwei US-Amerikaner stritten sich 1908 und 1909 darum, als erste den Nordpol erreicht zu haben. Heute sind beide als Schwindler entlarvt, die den Pol nie erreicht haben konnten.

Eroberung aus der Luft

Im Luftschiff zum Nordpol (12. Mai 1926)

Alle Versuche waren gescheitert, den Nordpol über die Landfläche zu erreichen. Der Südpol-Bezwinger Roald Amundsen (1872-1928) wollte daher versuchen, den Pol aus der Luft zu erreichen.

Gefahr in der Arktis

Erst einmal schien alles glatt zu gehen, am 11. Juni 1914 erhielt Roald Amundsen den ersten Flugschein, der in Norwegen ausgestellt wurde. Zwei Monate später aber begrub der Ausbruch des Ersten Weltkriegs die Flugpläne unter sich, jetzt sollte es also eine klassische Schiffsexpedition werden. Am 16. Juni 1918 lief die eigens dafür gebaute „Maud" dann endlich vom nordnorwegischen Tromsø aus – und stieß bald auf außergewöhnlich große Mengen von Treibeis. Statt sich weiter im Norden vom Eis einschließen zu lassen und darauf zu hoffen, so zum Nordpol zu treiben, entschloss sich Roald Amundsen, an der Küste Nordsibiriens zu überwintern.

Damit aber begann seine Pechsträhne erst so richtig. Ende September zog er sich bei einem Sturz einen Splitterbruch der Schulter zu, am 8. November endete die überraschende Begegnung mit einem Eisbären mit tiefen Rückenwunden und am 10. Dezember trug er durch eine Kohlenmonoxid-Vergiftung bleibende Schäden am Herzen davon. Die geplante Schlitten-Expedition zum Nordpol musste daher zu den Akten gelegt werden.

Arktis von oben

1925 startete Roald Amundsen dann seinen nächsten Anlauf zum Nordpol. Der Millionär Lincoln Ellsworth (1880-1951) aus den USA hatte ihm zwei Flugboote des Typs Dornier-Wal gekauft. Keine 250 Kilometer vom Pol entfernt musste die sechsköpfige Expedition auf dem Packeis notlanden, eines der Flugzeuge wurde dabei zerstört. Erneut war Roald Amundsen nicht nur gescheitert, sondern auch in akuter Gefahr: In drei Wochen schaufelten die Männer mehr als 600 Tonnen Schnee und Eis zur Seite, um eine Startbahn zu improvisieren, gerade einmal 400 Gramm Essen musste jedem von ihnen am Tag reichen. Der Rückflug klappte dann ohne größere Probleme.

Flugboote schienen also auch nicht ideal, kurzerhand kaufte Roald Amundsen von der italienischen Regierung das Luftschiff N1, taufte es auf den Namen „Norge" (deutsch: „Norwegen") um und startete am 11. Mai 1926 endlich von Spitzbergen aus zum Pol. Kapitän war der Konstrukteur der Schiffes, der Italiener Umberto Nobile (1885-1978), mit an Bord waren neben Roald Amundsen auch der Finanzier Lincoln Ellsworth und 13 weitere Männer. Diesmal lief alles nach Plan, am 12. Mai 1926 überflog die Norge nach 16 Stunden und 40 Minuten Fahrt den Nordpol. Nach insgesamt 70 Stunden erreichte das Luftschiff schließlich Alaska, zum ersten Mal hatten Menschen nachweislich den Nordpol erreicht. Zwar wollte der Amerikaner Richard Byrd (1888-1957) schon drei Tage vor dieser Expedition in einem Flugzeug den Nordpol überflogen haben, er konnte die erheblichen Zweifel an seiner Behauptung aber nie widerlegen.

Am 18. Juni 1928 brach Roald Amundsen schließlich auf, um den mit seinem Luftschiff „Italia" in der Arktis notgelandeten Umberto Nobile zu retten. Lediglich ein Schwimmer seines Flugzeugs tauchte später wieder auf, von Roald Amundsen selbst allerdings fehlt seither jede Spur.

> *Zu Fuß zum Pol*
>
> *Im Februar 1968 startete der Schotte Wally Herbert (1934-2007) mit drei Gefährten, vier Hundeschlitten und 40 Huskies in Alaska. Die Expedition wurde aus der Luft versorgt und erreichte nach 467 Tagen Spitzbergen. Dazwischen waren die Männer als erste Menschen zu Fuß zum Nordpol vorgedrungen.*

Illustration zu Amundsens Nordpolüberfahrt mit dem Luftschiff „Norge“, 11.–14. Mai 1926.

Himmelwärts

Der erste Mensch im Weltraum (12. April 1961)

Leise und unscheinbar waren die Piepstöne, die im Osten Europas Begeisterung auslösten, während die Politiker der USA ihren Schock über das Signal kaum verbergen konnten. Das Piepsen kam nämlich aus dem Weltraum. Die Sowjetunion hatte es mitten im kalten Krieg am 4. Oktober 1957 tatsächlich geschafft, einen Satelliten in eine Umlaufbahn um die Erde zu schießen. 21 Tage lang piepsten die beiden Sender an Bord von Sputnik 1 ihre Botschaft auf die Erde, die weltweit genau so verstanden wurde, wie die Sowjetunion sie auch gemeint hatte: „Wir haben den Technik-Wettlauf mit dem Kapitalismus gewonnen und als erste den Weltraum erreicht!"

Wettrüsten

Begonnen hatte das Wettrüsten, als die USA am 6. August 1945 die japanische Stadt Hiroshima mit einer Atombombe zerstörten. Dieser Waffe hatte die Sowjetunion damals nichts entgegenzusetzen, wenige Wochen später begann die Konstruktion einer eigenen Atombombe. Anfang der 1950er Jahre war allerdings klar, dass bei Nuklearwaffen allenfalls ein Gleichstand mit den USA erreichbar war. Um den Rüstungswettlauf doch noch für sich zu entscheiden, entwickelte die Sowjetunion Raketen als Träger von Kernsprengköpfen, während die Raketenentwicklung in den USA vor sich hin dümpelte.

Am 21. August 1957 startete dann eine R-7 genannte Rakete erstmals erfolgreich vom Startplatz Baikonur in Kasachstan, die einen drei Tonnen schweren Sprengkopf 6000 Kilometer weit tragen konnte. Militärisch war die Rakete zwar ein Flop, aber die zivile Variante der R-7 war ein Riesenerfolg. Sie ist auch im 21. Jahrhundert noch weitgehend unverändert im Einsatz und trägt heute nur einen anderen Namen: „Sojus"-Raketen bringen Satelliten ins All und versorgen zum Beispiel die Internationale Raumstation ISS.

Vom Sputnik zum Raumschiff

Die erste zivil eingesetzte R-7 hieß allerdings noch „Sputnik", was sich mit „Begleiter" ins Deutsche übersetzen lässt. An Stelle des Sprengkopfes saß an der Spitze der Rakete am 4. Oktober 1957 eine 83,6 Kilogramm schwere Kugel mit 58 Zentimetern Durchmesser, aus der einige Antennen ragten. Sie übertrugen die Kurzwellensignale zweier 20- und 40-Megahertz-Sender aus Höhen zwischen 227 und 946 Kilometern hinunter auf die Erde.

Bereits am 3. November 1957 brachte Sputnik 2 mit der Hündin Laika das erste Lebewesen ins All. Während Laika noch im Weltraum starb, brachte Sputnik 5 im August 1960 die beiden Hunde Strelka und Belka nach 18 Runden um den Globus auch wieder sicher zur Erde zurück. Schon ein Jahr zuvor hatte mit Lunik 2 eine erste Sonde den Mond erreicht.

Der größte Paukenschlag aber war am 12. April 1961 zu hören, als das Raumschiff Wostok mit Juri Gagarin (1934-1968) an Bord startete. Wegen seines ruhigen, ausgeglichenen Temperaments war er ausgewählt worden, als erster Mensch in den Weltraum zu starten. In 108 Minuten umrundete sein fast fünf Tonnen schweres Wostok-Raumschiff auf einem 41 000 Kilometer langen Flug in bis zu 315 Kilometern Höhe einmal die Erde. Dann zündeten die Bremsraketen, das Raumschiff näherte sich wieder der Erdoberfläche. In 7000 Metern Höhe stieg Juri Gagarin mit seinem Schleudersitz aus und landete an seinen Fallschirmen 25 Kilometer südwestlich der Stadt Engels am Ufer der Wolga.

> *Die erste Frau im Weltraum*
>
> *Beim Wettrennen in den Weltraum trumpfte die Sowjetunion weiter auf, als am 16. Juni 1963 im Raumschiff Wostok 6 mit Walentina Tereschkowa (*1937) die erste Frau in eine Erdumlaufbahn startete.*

Der sowjetische Kosmonaut Juri Gagarin im Raumanzug kurz vor seinem Start am 12. April 1961 zum ersten bemannten Weltraumflug. In Gschatsk, dem 150 Kilometer westlich von Moskau gelegenen Geburtsort Gagarins, wusste niemand von seinem streng geheimem Auftrag. „Ich muss weit, weit weg“, hatte der damals 27-jährige Militärpilot seiner Mutter zum Abschied gesagt. Wie recht er hatte ...

Ein kleiner Schritt

Neil Armstrong landet auf dem Mond (20. Juli 1969)

Mit einer gewaltigen Kraftanstrengung versuchten die USA, das schon gegen die Sowjetunion verloren geglaubte Wettrennen in den Weltraum doch noch für sich zu entscheiden. Um den ersten Menschen auf den Mond zu landen, konstruierten Ingenieure um den aus Deutschland stammenden Wernher von Braun (1912-1977) die 110 Meter hohe Saturn V-Rakete, die 120 Tonnen Nutzlast in eine Erdumlaufbahn oder 45 Tonnen auf den Weg zum Mond bringen konnte.

Zerstörte Fensterscheiben

Wenn das Ungetüm vom Kennedy Space Center in Florida startete, flogen im zwölf Kilometer entfernten Titusville Fensterscheiben aus dem Rahmen. Schon der dritte Start demonstrierte, dass die Amerikaner mit den Russen gleich gezogen hatten: Frank Borman (*1928), James Lovell (*1928) und William Anders (*1933) flogen mit der Raumkapsel Apollo 8 an Weihnachten 1968 zum Mond. Zehnmal umkreisten sie den Erdtrabanten und schossen eines der berühmtesten Bilder in der Geschichte der Menschheit, auf dem die blauweiße Erde über der kargen Oberfläche ihres Trabanten aufgeht.

Ein halbes Jahr später startete dann Apollo 11 mit den drei Astronauten Neil Armstrong (1930–2012), Edwin Aldrin (*1930) und Michael Collins (*1930) aus dem Raumfahrtbahnhof in Florida zu einem ähnlichen Flug. Diesmal aber sollte der Mond nicht nur umrundet werden, diesmal stand eine Landung auf dem Erdtrabanten auf dem Programm. Zunächst klappte alles wie am Schnürchen, die Apollo-Raumkapsel trug die drei Astronauten problemlos in eine Umlaufbahn um den Mond. Dort stiegen Neil Armstrong und Edwin Aldrin in die Landefähre „Adler" um, in der sie vom Computer gesteuert auf die Oberfläche des Mondes hinunterschweben sollten.

Erfolg nach Pannenserie

Damit aber gingen die Fehler los: Weil versehentlich ein gar nicht benötigtes Radargerät eingeschalten war, meldete der überlastete Bordcomputer laufend Fehler. Gleichzeitig steuerte der Autopilot auf einen von riesigen Felsen bedeckten Kraterboden zu.

Um eine Bruchlandung abzuwenden, übernahm der Kommandant der Mission Neil Armstrong die Handsteuerung und setzte die Fähre am 20. Juli 1969 um 21.17 Uhr mitteleuropäischer Zeit im Staub des Mare Tranquillitatis gut sechzig Meter westlich des gefährlichen Kraters auf. „Houston, hier spricht der Tranquillity-Stützpunkt. Der Adler ist gelandet", meldete er an das Kontrollzentrum auf der Erde.

Als Neil Armstrong sechs Stunden später um 03.56 Uhr mitteleuropäischer Zeit als erster Mensch den Boden eines anderen Himmelskörpers als der Erde betrat, stand er erst einmal recht unbeholfen in seinem klobigen Raumanzug auf dem luftleeren Mond. Gleich seinen ersten, lange vorher einstudierten Satz „Das ist ein kleiner Schritt für einen Menschen, aber ein riesiger Schritt für die Menschheit" verhaspelte er vor lauter Aufregung: „Das ist ein kleiner Schritt für die Menschheit, ...". Nach drei Sekunden Zögern bügelte er seinen Patzer mit einer hastigen Korrektur aus: „... ein gewaltiger Sprung für die Menschheit!"

SOS aus dem Weltraum

*Nach Apollo 8 mit der ersten Mondumrundung führte sein nächster Weltraumflug im April 1970 James Lovell beinahe in den Tod: Er war Kommandant des Fluges Apollo 13, bei dem ein Sauerstofftank explodierte. Nur weil er zusammen mit den beiden Crewmitgliedern John Swigert (1931-1982) und Fred Haise (*1933) aus Tüten, Klebeband und Flugplänen einen Adapter für die Luftreinigung baute, überlebten die Männer den Flug.*

Der Astronaut Edwin Aldrin wird von seinem Kollegen Neil Armstrong (im verspiegelten Visier zu erkennen) am 21.7.1969 bei seinen ersten Schritten auf dem Mond fotografiert.

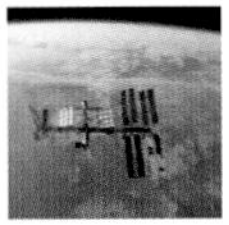

Teamwork der Eroberer

Die Internationale Raumstation ISS (seit 1993)

So spektakulär der erste Start eines Menschen in den Weltraum und die ersten Schritte von Astronauten auf dem Mond auch waren, mit einer Eroberung des Weltraums hatten diese Pioniertaten recht wenig zu tun. Mehr als Stippvisiten waren es nicht, zu denen Astronauten und Kosmonauten zuerst für ein paar Stunden und später für einige Tage und wenige Wochen in den Weltraum aufbrachen.

Frieden im Weltraum

Das änderte sich, als die Sowjetunion am 19. Februar 1986 begann, die Raumstation „Mir" (deutsch: „Frieden" oder „Welt") in einer Umlaufbahn um die Erde aufzubauen. Zwar waren schon vorher vor allem sowjetische Raumstationen einige Wochen lang bemannt gewesen, Mir aber war der erste Posten der Menschheit im Weltraum, der ständig besetzt war: Zwischen Februar 1987 und April 1989, sowie von September 1989 bis August 1999 war immer eine Besatzung an Bord. Zum ersten Mal war die Menschheit wirklich dauerhaft im Weltraum präsent.

Was der Name „Mir" oder „Frieden" zunächst für den Weltraum andeutete, wurde später tatsächlich Realität: Auf der Erde endete am Anfang der 1990er Jahre der sogenannte „Kalte Krieg" zwischen den USA und der Sowjetunion, sowie deren jeweils Verbündeten. Und auch im Weltraum näherten sich beide Seiten aneinander an: Seit dem Juni 1995 besuchten in regelmäßigen Abständen US-amerikanische Raumfähren die Raumstation Mir.

Freiheit in der Erdumlaufbahn

Um nicht erneut einen Wettlauf im Weltraum zu verlieren, bastelten auch die US-Amerikaner seit 1984 an den Plänen einer ständig bemannten Station in der Erdumlaufbahn. „Freedom" oder „Freiheit" hieß dieses Projekt und sollte eigentlich ein Gegenpol zur sowjetischen Vorherrschaft bei den Langzeitaufenthalten im Weltraum werden. Den Amerikanern aber liefen zunehmend die Kosten davon, das Projekt schien zu scheitern. Gleichzeitig ging nach dem Zusammenbruch der Sowjetunion auch den Russen bei der Vorbereitung ihres „Mir 2" genannten Nachfolgers für die eigene Raumstation das Geld aus. Da lag es natürlich nahe, die Pläne zusammenzuwerfen. Seit November 1993 wurde dann tatsächlich die Internationale Raumstation geplant, die kurz ISS genannt wird.

> *International*
>
> *Neben den USA und Russland beteiligen sich 13 weitere Länder am Bau und Betrieb der Internationalen Raumstation ISS: Deutschland, Frankreich, Italien, Belgien, die Schweiz, Spanien, Dänemark, die Niederlande, Norwegen und Schweden sind in Europa dabei, dazu kommen noch Kanada und Brasilien, sowie Japan.*

Die ISS ist wohl das größte Technologieprojekt, das die Menschheit je in Angriff genommen hat. Allein der am 20. November 1998 begonnene Aufbau in einer Umlaufbahn in rund 400 Kilometern Höhe über der Erdoberfläche dauerte mehr als zehn Jahre. 109 Meter Spannweite haben die riesigen Flügel mit den Sonnenzellen, mehr als 90 Meter ist die Station lang und bietet mit etwa 1000 Kubikmetern den Wohnraum eines geräumigen Mehrfamilienhauses. Russische Raketen und US-amerikanische Raumfähren hievten abwechselnd die Bauteile der Station in die Erdumlaufbahn, zu der neben Wohneinheiten auch ein amerikanisches, ein europäisches und ein japanisches Labor gehören. Am 2. November 2000 zogen die ersten Mieter in die ISS ein, seither ist die Station permanent besetzt.

Sechs Menschen leben ab dem Jahr 2009 gleichzeitig im Weltraum – die Menschheit ist dabei, eine neue Region zu erobern und lässt zum ersten Mal in ihrer Geschichte die Oberfläche der Erde dauerhaft hinter sich.

Die Internationale Raumstation ISS vom Space Shuttle Atlantis aus gesehen (18. Februar 2008). Scheinbar schwerelos scheint sie über dem blauen Planeten zu schweben.

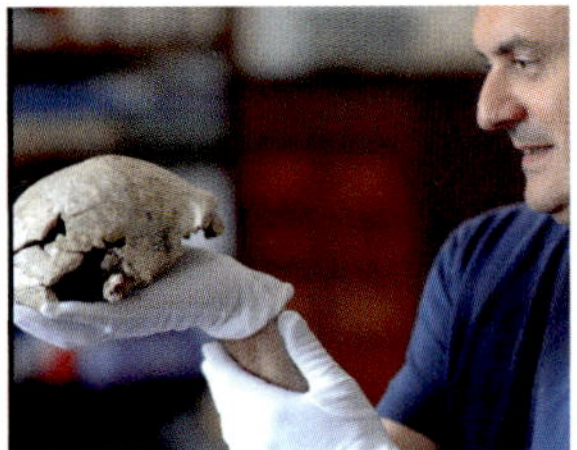

Gattung Homo erobert den Globus

vor ca. 1,8 Mio. Jahren

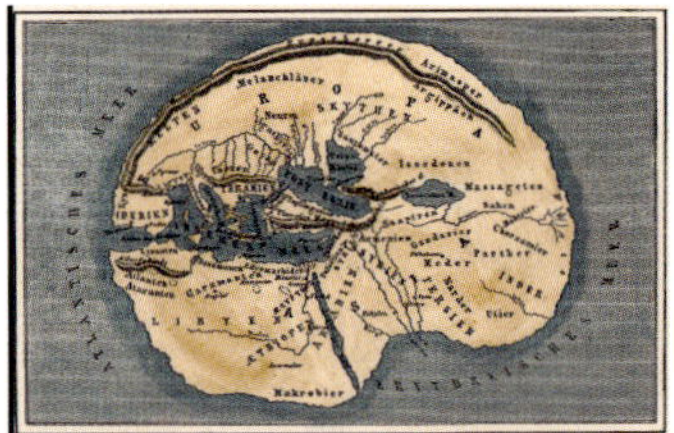

Herodot – Geschichtsschreiber, Geograf, Völkerkundler und einer der ersten Forschungsreisenden

484-425 v. Chr.

5. Jh. v. Chr.

Wikinger entdecken Grönland

9./10. Jh.

9./10. Jh.

vor ca. 200 000 Jahren

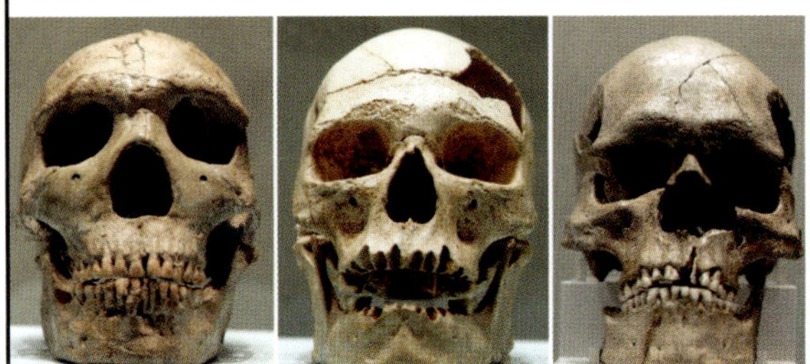

Homo sapiens erobert die Welt

Ende 10. Jh.

Leif Eriksson entdeckt Nordamerika

Polynesier erreichen Neuseeland

10./11. Jh.

13. Jh.

um 1274-1295

Marco Polos chinesische Reise

14./15. Jh.

Ibn Battuta reist durch islamische Reiche

Mitte 14. Jh.

1405-1433

Zheng He unterwegs zwischen China und Afrika

Madeira und die Azoren werden wiederentdeckt

1419 und 1427

Christoph Kolumbus entdeckt Amerika

12. Oktober 1492

Pedro Alvares Cabral landet in Brasilien

22. April 1500

Leo Africanus erreicht Timbuktu

1510

Hernándo Cortés landet in Mexiko

1519

Spanier erobern das Aztekenreich

1519-1521

15./16. Jh.

2. Hälfte 15. Jh.

Anfang der Gewürzroute wird entdeckt

Anfang 16. Jh.

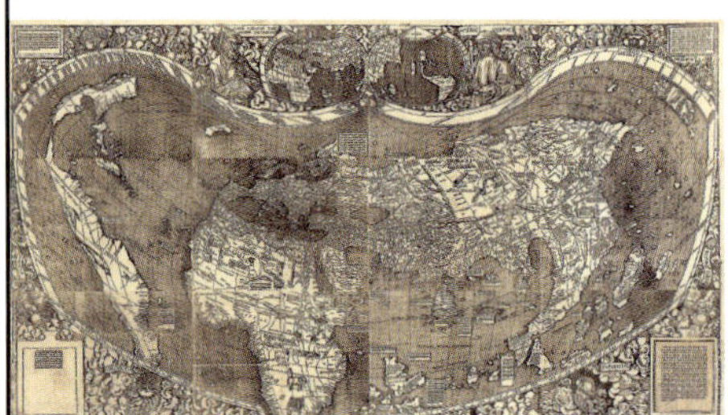

Amerigo Vespucci entdeckt den amerikanischen Kontinent

1519-1521

Ferdinand Magellan umsegelt als erster die Erde

Francisco Pizarro landet in Peru

1531

Pedro de Valdivia entdeckt Chile

1540/41

Spanier erobern den Südosten Nordamerikas

1. Hälfte 16. Jh.

Suche nach dem sagenhaften Goldland Eldorado

1. Hälfte 16. Jh.

16. Jh.

1532-1572

Konquistadoren erobern das Inkareich

1. Hälfte 16. Jh.

Jacques Cartier erkundet Kanada

1577-1580

Weltumseglung Francis Drakes

1594

Zusammenschluss Amsterdamer Händler zur „Gesellschaft für Fernhandel"

1600

Gründung der „Britischen Ostindien-Kompanie"

1608

Samuel de Champlain gründet Québec

16./17. Jh.

2. Hälfte 16. Jh.

Erforschung und Eroberung Sibiriens

1606

Holländer entdecken Australien

1642

Abel Tasman entdeckt Neuseeland und Tasmanien

Maria Sibylla Merian studiert die Schmetterlinge des süd-amerikanischen Dschungels

1699-1701

Vitus Bering entdeckt im Rahmen der Großen Nordischen Expedition als erster Europäer Alaska

1741

James Bruce sucht die Quellen des Blauen Nil

1768-1773

Beginn der Arbeiten am „Wilderness Trail", der Ost-West-Verbindung in den Vereinigten Staaten, unter Daniel Boone

1775

Mungo Park erkundet den Niger

1795-1797

18. Jh.

1744

Charles Marie de La Condamine befährt den Amazonas

1768-1770

James Cook sucht den Kontinent Terra Australis

1786

Erstbesteigung des Mont Blanc

Alexander von Humboldts amerikanische Forschungsreise

1799-1804

Meriwether Lewis und William Clark reisen von der Missouri-Mündung bis zum Pazifik

1804-1805

James Weddell erkundet die Gewässer der Antarktis

1819-1823

Johann Ludwig Krapf und Johannes Rebmann entdecken den Kilimandscharo

1848/49

19. Jh.

1817-1843

James Clark Ross erforscht die Polargebiete

1831-1836

Weltreise Charles Darwins auf der Beagle

1. Hälfte 19. Jh.

Erforschung Australiens

David Livingstone durchquert Afrika und entdeckt die Victoria-Fälle

1854-1855

Nord-Süd-Durchquerung Australiens endet dramatisch

1860/61

Erstmalig Menschen auf dem Gipfel des Matterhorns

14. Juli 1865

Georg Schweinfurth bereist Zentralafrika

1868-1871

19. Jh.

1850-1855

Heinrich Barths große Reise durch Nord- und Westafrika

Mitte 19. Jh.

Goldrausch in Kalifornien

2. Hälfte 19. Jh.

Henry Morton Stanley erschließt den Kongo für Belgien

1865-1867

Gerhard Rohlfs durchquert als erster Europäer die Sahara

19./20. Jh.

1873

Heinrich Schliemann entdeckt Troja

letztes Viertel 19. Jh.

Pierre Savorgnan de Brazza erkundet Gabun

1893-1935

Sven Hedin erforscht Zentralasien

1901-1903

Erste deutsche Antarktis-Expedition unter Erich von Drygalski

1870-1888

Nikolai Przewalski bereist Zentralasien

1893

Oscar Baumann findet die echten Quellen des Nil

1897-1899

Belgica-Expedition in der Antarktis

1902-1903/04

Robert Falcon Scott und Ernest Shackleton auf dem Weg zum Südpol

Hiram Bingham
entdeckt die Ruinenstadt
Machu Picchu

24. Juli 1911

Ernest Shackleton
in der Antarktis

1913-1915

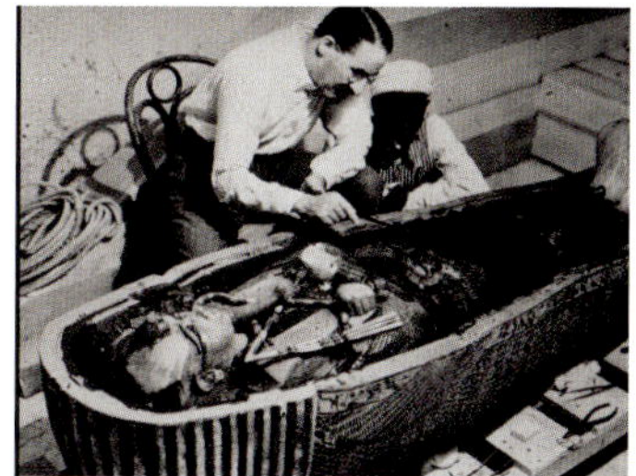

Howard Carter findet das
Grab Tutanchamuns

1922/23

20. Jh.

14. Dez. 1911

Roald Amundsen
ist der erste
Mensch am Südpol

1912

Robert Falcon Scott
verliert beim Wettlauf
zum Südpol sein Leben

1916

Rettung der
Endurance-Expedition

12. Mai 1926

Roald Amundsen
erreicht im Luftschiff
den Nordpol

20. Jh.

1947

Thor Heyerdahl fährt mit der Kon-Tiki von Südamerika nach Polynesien

9. Mai 1953

Edmund Hillary und Tenzing Norgay bezwingen den Mount Everest

12. April 1961

Juri Gagarin ist der erste Mensch im Weltraum

20. Juli 1969

Neil Armstrong landet auf dem Mond

seit 1993

Teamwork im Orbit: die Internationale Raumstation ISS

Auswahlbibliografie

Roald Amundsen:
Die Eroberung des Südpols 1910–1912,
Edition Erdmann, marixverlag,
Wiesbaden, 1989

Thomas Bührke:
Lift off – Die Geschichte der Raumfahrt,
Berlin Verlag, Berlin, 2008

Rosemary Burton, Richard Cavendish,
Bernard Stonehouse:
Die größten Entdecker der Welt,
Gondrom Verlag, Bindlach, 2002

James Cook:
Hunt for the Southern Continent,
Penguin Verlag, 2007

Fergus Fleming, Annabel Merullo:
Legendäre Expeditionen,
Frederking und Thaler, München, 2008

Georg Forster:
Reise um die Welt,
Eichborn Verlag, Frankfurt am Main, 2007

Jean de la Guérivière:
Die Entdeckung Afrikas,
Knesebeck Verlag, München, 2004

Kim Heacox:
Shackleton – The Antarctic Challenge,
National Geographic Verlag,
Washington, 1999

Thor Heyerdahl:
Kon-Tiki. Ein Floß treibt über den Pazifik,
Ullstein Taschenbuch Verlag, Berlin, 2000

Tony Horwitz:
Cook: Die Entdeckung eines Entdeckers,
Piper Verlag, München, 2006

Bernhard Kay:
Die großen Expeditionen der Seefahrt,
Area Verlag, Erftstadt, 2006

Christoph Kolumbus:
Bordbuch,
Heinrich Hugendubel Verlag,
Kreuzlingen/München, 2006

Ulli Kulke:
Die großen Entdecker,
Theiss Verlag, Stuttgart, 2006

Rainer K. Langner:
Duell im ewigen Eis,
Fischer (Tb.) Verlag, Frankfurt am Main, 2007

Marco Polo:
Die Wunder der Welt,
Insel Verlag, Frankfurt am Main, 2004

Beau Riffenburgh:
Die Entdeckung der Welt,
Bucher Verlag, München, 2007

Dava Sobel:
Längengrad,
BvT Berliner Taschenbuch Verlag,
Berlin, 2003

Stefan Zweig:
Magellan: Der Mann und seine Tat,
Fischer-Taschenbuch,
Frankfurt am Main, 1999

Register

Register

Register